人民共和國文化與文學叢書

十 一 編
李 怡 主編

第 **12** 冊

新世紀「介入現實主義」小說研究（下）

周 銀 銀 著

花木蘭文化事業有限公司

國家圖書館出版品預行編目資料

新世紀「介入現實主義」小說研究（下）／周銀銀 著 -- 初
版 -- 新北市：花木蘭文化事業有限公司，2023〔民112〕
目 4+172 面；19×26 公分
（人民共和國文化與文學叢書 十一編；第 12 冊）
ISBN 978-626-344-379-2（精裝）
1.CST：中國當代文學 2.CST：中國小說 3.CST：文學評論
820.8   112010208

ISBN-978-626-344-379-2

9 786263 443792

人民共和國文化與文學叢書
十一編　第十二冊　　　　　　ISBN：978-626-344-379-2

新世紀「介入現實主義」小說研究（下）

作　者 周銀銀
主　編 李 怡
企　劃 四川大學中國詩歌研究院
總 編 輯 杜潔祥
副總編輯 楊嘉樂
編輯主任 許郁翎
編　輯 張雅淋、潘玟靜 美術編輯 陳逸婷
出　版 花木蘭文化事業有限公司
發 行 人 高小娟
聯絡地址 235 新北市中和區中安街七二號十一三樓
　　　　 電話：02-2923-1455／傳真：02-2923-1452
網　址 http://www.huamulan.tw 信箱 service@huamulans.com
印　刷 普羅文化出版廣告事業
初　版 2023 年 9 月
定　價 十一編 12 冊（精裝）台幣 30,000 元

新世紀「介入現實主義」小說研究（下）

周銀銀　著

目

次

上　冊

第一章　新世紀「介入現實主義」小說的內涵與
　　　　特徵論 ……………………………………… 1

　第一節　遠眺與近觀：新世紀「介入現實主義」
　　　　　小說的出場與內涵 …………………… 1

　　一、新世紀「介入現實主義」小說的出場 …… 1

　　二、新世紀「介入現實主義」小說的內涵
　　　　釐定 ……………………………………… 4

　第二節　「銳氣」與「地氣」：新世紀「介入現實
　　　　　主義」小說研究趨勢 ……………………… 12

　　一、介入什麼：主題內容研究 …………………… 12

　　二、如何介入：介入方式研究 ………………… 14

　　三、介入效果：敘事困境研究 ………………… 19

　　四、新世紀「介入現實主義」小說研究的
　　　　限度與學術增長點 …………………………… 21

　第三節　從未「過時」或「終結」：新時期現實
　　　　　主義文學的譜系流脈 ……………………… 25

　　一、作家主體意識覺醒下啟蒙現實主義的
　　　　恢復和重建 ………………………………… 26

　　二、個體生存語境中還原現實主義的亮相和
　　　　畸變 ……………………………………… 28

　　三、時代裂變中「現實主義衝擊波」的出場
　　　　和公共性的凸顯……………………………… 30

　第四節　新世紀「介入現實主義」小說的獨特性‥ 34

第二章　新世紀「介入現實主義」小說的敘事學
　　　　分析……………………………………………… 41

　第一節　新世紀「介入現實主義」小說的「非
　　　　　常態」敘事視角…………………………… 41

　　一、局外人的身份與對現實的敞開………… 43

　　二、神秘主體與對現實的詩性超越………… 46

　　三、歷史的「怪獸」形象與對現實的拒絕…… 50

　　四、不可靠的敘述者與文學公共性景觀的
　　　　詩性建構………………………………… 53

　　五、現實的「無邊」與「非常態」敘事
　　　　視角的限度……………………………… 55

　第二節　新世紀「介入現實主義」小說的敘事
　　　　　時間…………………………………… 59

　　一、循環的時間與疾馳的現實……………… 59

　　二、交錯的時間與多元的現實……………… 75

　　三、逆時針時序………………………………… 85

　第三節　新世紀「介入現實主義」小說的敘事
　　　　　空間…………………………………… 98

　　一、典型空間形態與敘事功能之一：「重構」
　　　　與「流轉」的陰陽空間………………… 99

　　二、典型空間形態與敘事功能之二：「懸疑」
　　　　與「交錯」的夢境／現實空間………… 115

下　冊

第三章　新世紀「介入現實主義」小說的作家
　　　　精神學分析…………………………… 131

　第一節　新世紀作家濃郁的現實情懷和重心下移
　　　　　現象………………………………… 131

　　一、變革中的中國現實與崛起的介入文學…… 131

　　二、「中國現實」的複雜性與新世紀作家的
　　　　現實情懷……………………………… 132

　　三、新世紀作家「重心下移」的典型案例
　　　　剖析 ……………………………………… 138
　第二節　新世紀作家的藝術真實觀與文學現實觀
　　　　建構 ……………………………………… 150
　　一、客觀現實與「再現型」真實觀 ………… 150
　　二、主觀現實與「精神型」真實觀 ………… 157
　　三、日常現實與「還原型」真實觀 ………… 162
　　四、「神實」現實與「內在型」真實觀 ……… 168
　第三節　代際差異與「介入現實主義」小說的
　　　　區隔 ……………………………………… 174
　　一、作為方法的代際：從代際差異的角度
　　　　考察新世紀作家介入現實的有效性……… 174
　　二、焦點、敘事與立場：新世紀作家介入
　　　　現實的代際性差異呈現 ………………… 177
　　三、文化記憶與時代變遷：新世紀作家介入
　　　　現實的代際性差異成因 ………………… 196
　　四、代際經驗與創作限度：四個代際作家
　　　　介入現實的價值與侷限 ………………… 201
第四章　新世紀「介入現實主義」小說的價值
　　　　估衡 ……………………………………… 207
　第一節　中國敘事體系建構下新世紀「介入現實
　　　　主義」小說的文學史價值 ……………… 207
　　一、異質混成：拓展了現實主義文學的藝術
　　　　形態 ……………………………………… 207
　　二、回到「民族的天空」：掀起「現實化」與
　　　　「本土化」的敘事潮流 ………………… 212
　第二節　介入性與「新人民性」視域下新世紀
　　　　「介入現實主義」小說的社會學效應 … 224
　　一、通向「真實」：抵達當代中國社會的本質
　　　　真實 ……………………………………… 225
　　二、「介入」與「變革」：批判性的立場與
　　　　建設性的決心 ………………………… 230
　　三、中國現實的「召喚」力與文學公共性
　　　　圖景的詩性建構 ………………………234

第三節　文學傳播視域下新世紀「介入現實
　　　　主義」小說的跨國旅行與公共性建構 … 239

　一、回溯與反思：中國文學及現實主義
　　　文學的域外傳播與流變簡史 …………… 240

　二、多元化的話語：文學傳播與文學公共性、
　　　公共空間的互動性闡釋 ………………… 244

　三、真偽與強弱之辨：「介入現實主義」
　　　小說的揚帆出海與文學公共性的剔抉 … 248

　四、世界風景與中國立場：「介入現實主義」
　　　小說的海外傳播與公共性路徑探索 …… 257

第五章　新世紀「介入現實主義」小說的敘事
　　　　困境與突破維度 ……………………… 263

第一節　被臆造的中國現實與小說的詩性正義 … 263

　一、「正確的立場」與「簡化的現實」 ……… 264

　二、暴露的寫作與表象的現實 ……………… 268

　三、細節的偏差與失真的現實 ……………… 272

第二節　作家精神的疲軟與小說的文學紀律 …… 274

　一、介入文學的「建設性」需求與作家精神
　　　「霧靄」的角力 ………………………… 274

　二、政治救贖模式下的話語爭議 ………… 276

　三、文化救贖模式下的價值之辯 ………… 281

第三節　敘事姿態的偏頗與文學的理想之光 …… 284

　一、「黑暗美學」的敘事迷途與文學的內聚
　　　精神 …………………………………… 284

　二、「油滑敘事」的話語歧變與文學的理想
　　　之光 …………………………………… 286

參考文獻 ……………………………………… 291

後　記 ………………………………………… 299

第三章 新世紀「介入現實主義」小說的作家精神學分析

第一節 新世紀作家濃郁的現實情懷和重心下移現象

一、變革中的中國現實與崛起的介入文學

「文變染乎世情，興廢繫乎時序」，不管處於哪個時代，由於文學創作與社會文化語境的共振關係，文學怎樣介入或表現現實都是互古不變的話題。只不過，伴隨著社會現實的轉型、主流話語機制的嬗變、政治文化氛圍的更迭、媒介形態的變革、消費市場需求的更新、作家主體因素的遷移等因素，文學對現實的言說彰顯出強弱不一的態勢，表徵現實的方式也呈現出大相徑庭的一面。其中，相比於改革開放初期百廢待興的 20 世紀 80 年代和市場經濟崛起的 20 世紀 90 年代，新世紀之後的中國社會伴隨著全球化的深入和後工業化時代的到來進行著更為劇烈的時代轉型，其政治經濟結構、文化土壤、城鄉關係、文明形態、國民審美以及人倫觀念都受到了衝擊，亟待革新或重塑。可以說，在中國速度、中國模式、中國奇蹟頻繁上演的同時，中國現實也呈現出了光怪陸離、雜樹生花的萬花筒鏡像，時代奇觀層出不窮。

面對前所未有的當代中國經驗，作家們一方面紛紛感歎現實的瞬息萬變和追趕現實的無力感，「中國現實的複雜、荒誕、豐富和深刻，已經遠遠把作

家的想像甩到了後面。」〔註1〕「今天中國的現實充滿了戲劇性。」〔註2〕甚至，有些作家用「炸裂」一詞來概括當代中國現實的發展軌跡。同時，變動不居的現實和危機也召喚著作家們正視自己所處的時代，直面當下現實，參與公共生活，「任何一個作家面對這三十年，都必須做至少一次的正面回答。」〔註3〕畢竟，作家們扮演著社會的良心和思想的尖兵，而文學更是表現和見證時代現實的重要載體。當然，從寫作資源的角度來看，豐富葳蕤的現實盛宴也給作家們提供了取之不盡、用之不竭的富礦，「今天，中國的現實給我們提供的寫作資源豐富到了信手拈來的程度。」〔註4〕在由花樣繁多的當下現實催逼出的合力中，我們發現新世紀以來作家們的創作風向發生了變化。他們拒絕成為現實的「逃兵」，不約而同地走出封閉的精神城堡或告別幽暗的歷史隧道，將目光轉向了熱氣騰騰的中國現實與當代經驗，開始了與現實的「親密接觸」。在對現實的全身心「擁抱」中，作家們以個人獨異的美學方式來介入公共生活、發掘疑難雜症、回應存在性和可能性危機，燭照出了深刻的現實關懷與整體性的公共情懷，也在文學想像中打造出了「詩性正義」的文學景觀。

新世紀以來，莫言、閻連科、賈平凹、范小青、余華、畢飛宇、蘇童、東西、艾偉、徐則臣、路內、李浩、石一楓、雙雪濤、甫躍輝、顏歌、王威廉等不同代際的作家紛紛跳出「私域」的「圍牆」，在與公共生活的對話中貢獻了直面社會現實的「硬寫作」，比如《生死疲勞》《蛙》《受活》《炸裂志》《極花》《高興》《吃瓜時代的兒女們》《太平狗》《兄弟》《第七天》《黃雀記》《篡改的命》《瓦城上空的麥田》《人鏡》《耶路撒冷》《慈悲》《陌上》《世間已無陳金芳》《我們家》《平原上的摩西》。

二、「中國現實」的複雜性與新世紀作家的現實情懷

既然本書探討的話題是新世紀作家對「中國現實」的介入，那麼，我們首先要追問的是何為「中國現實」？作家們如何以文學化的方式對龐雜無序的

〔註1〕何晶、高亞飛、周惟娜：《閻連科：穿過光明走向黑暗的寫作》，《羊城晚報》2013年12月1日第B03版。

〔註2〕艾偉：《生於六十年代——中國六十年代作家的精神歷程》，《花城》2016年第1期。

〔註3〕閻連科：《作家要對現實做正面回答，哪怕一次》，《錢江晚報》2013年11月5日第C0002版。

〔註4〕閻連科：《作家要對現實做正面回答，哪怕一次》，《錢江晚報》2013年11月5日第C0002版。

「中國現實」圖景進行整飭，打造出在場感、詩意性與厚重感並存的「文學現實」？毫無疑問，「中國現實」是一個相對寬泛和曖昧的概念，具有包羅萬象的特徵。如果不對這個核心詞彙進行必要的界定，那麼，我們的研究將會陷入無力與虛蹈之中。本書中所指的「中國現實」並非俗世生活中相對平淡的日常現實，而是 20 世紀 90 年代尤其是新世紀以來，在當代中國社會發生並引起高度關注的重大社會問題或公共事務。此類「中國現實」昭示出了這些鮮明的特徵：它們在當今時代切實存在，與國計民生密切相關，所反映的問題比較尖銳，矛盾相對突出，已經影響了社會的良性運行，破壞了多數社會成員的共同利益和生活，比如城鄉問題、腐敗問題、醫療問題、教育體制改革與教育危機問題、公共安全問題、生態環境問題、資源分配不公與貧富分化問題、鄉村振興問題、人口問題、道德失範問題、現代人的精神困境和健康問題等。凡此種種，構成了「亂花漸欲迷人眼」的現實困局。根據新世紀以來作家們聚焦的現實問題，我們大致從鄉村經驗和城市經驗兩個維度來具體分析「百年未有之大變局」下的中國經驗，探掘作家們如何在現實症候的爆發下出現重心下移和現實情懷的高漲，怎樣將生活經驗轉變為文學經驗和美學經驗，繼而開始接地氣的文學寫作？

　　從新世紀「介入現實主義」的小說來看，作家們首先聚焦並且熟悉的往往是中國鄉村現實。畢竟，在大多數作家眼裏，「中國文明的根在農村」〔註5〕，「關注鄉村就是關注中國。」〔註6〕儘管他們已經進入現代化的大都市，鄉村對他們而言仍是精神的庇護所或情感的出發地，具有尋根、家園或血地的意義。在文學之路上，鄉村也往往成為其創作的原點，他們由此開始通往世界的旅程。只不過，今天的中國鄉村已然今非昔比，在疼痛與蟬蛻中發生了天翻地覆的變化，「至少就近現代一百多年來中國來說，這一變化是前所未有的，甚至有社會學家稱它是『千年未有之變局』」〔註7〕，以致於作家們紛紛感慨「我記憶中的那個故鄉的形狀在現實中沒有了，消亡了。」〔註8〕

〔註5〕盧歡、葛水平：《葛水平：我是鄉村遺失在城市的孩子》，《長江文藝》2016 年第 6 期。

〔註6〕舒晉瑜：《關注鄉土就是關注中國——訪中國現代文學研究會會長、南京大學教授丁帆》，《當代作家評論》2017 年第 5 期。

〔註7〕賀仲明、楊超高：《鄉土小說研究的前景與困惑——賀仲明教授訪談錄》，《河北民族師範學院學報》2020 年第 1 期。

〔註8〕賈平凹、郜元寶：《關於〈秦腔〉和鄉土文學的對談》，《上海文學》2005 年第 7 期。

　　在聚焦鄉村現實劇變時，作家們幾乎都會將筆觸對準城市化進程。的確，在林林總總的社會實驗中，大刀闊斧的城市化進程對中國農村產生了舉足輕重的影響。從 20 世紀 90 年代到新世紀前十年，伴隨著城市的不斷擴建，鄉村經濟得到了快速發展，但也開始了源源不斷地失地失鄉、人口流失的過程。無論是農民原有的生產勞作方式還是世俗生活模式抑或情感處理方式都受到了一定的衝擊。值得注意的是，當鄉村處於激流勇進的變革浪潮中時，大歷史下的諸多小人物並未真正準備好「斷捨離」，在村莊空心的同時也面臨著精神落空的危機。特別是對土地上老一輩「沉默的大多數」而言，他們的血液中汩汩流淌的是傳統農耕文明下的智慧之泉，土地之根的猛然斷裂導致他們無法適應狂飆突進的現代化和城市化進程，其生存狀態發生了突變甚至是畸變。面對家園的喪失，他們要麼宛若行屍走肉，成為生命力委頓或消逝的「閒人」，比如《麥河》中的韓腰子、《萬物花開》中的二皮叔、《河父海母》中的風，要麼被迫離開故土「為稻粱謀」，開始進城打工，在心靈的無所歸依中承受著難以排遣的鄉愁。當然，相比於老一輩農民難以癒合的創傷，在金錢本位思想的腐蝕和城市文明的誘惑下，鄉村裏的青壯年們則高舉「進城」旗幟，選擇主動出走，追逐現代文明。不過，在新世紀之初，新一代農民來到城市後往往拿著最微薄的薪酬，幹著最累人的活計，並難以獲得身份認同。作為都市上空的異鄉人，一旦出走，就難以歸鄉，在城鄉兩端的排擠和尷尬的身份中，他們常常遭遇著深重的心靈折磨與困窘的生存本相，彷彿一葉葉孤獨的扁舟，飄蕩於城與鄉的界河上，甚至為此誤入歧途，比如《泥鰍》中的陶鳳、寇蘭，《麥河》中的桃兒。當然，在城市釋放的引力波下，也有不少個體經過艱難的精神泅渡，於生活、情感、思維上進行著由「前現代」向「現代」的真正轉型。伴隨著農村勞動力的大量出走，「空心村」現象也成為嚴峻的社會問題，空巢老人、留守兒童、留守婦女等群體備受關注。孫惠芬的《後上塘莊》《吉寬的馬車》、弋舟的《我在這世上太孤獨》、王潔的《花開有聲》等文均對這些社會熱點進行了回應，將筆觸伸向了邊緣群體的生存狀況與精神地帶。

　　不過，近十年來，伴隨著協調城鄉發展關係、推動城鄉融合發展的新格局，新農村建設正在如火如荼地進行。特別是在強調鄉村振興戰略和新型城鎮化的「雙輪驅動」下，中國農村重新盤活土地、人力等資源，改革土地政策、促進基礎設施和公共服務建設、完善人才「回流」機制。這種「蝶變」意識一方面激發了鄉村自身的生命力，給依然留守在鄉村的失地、失鄉的農民開闢了

脫貧脫困的新路徑，與此同時，鄉村的變革還能召喚「遊子」的歸來，吸引更多的資本流入。在城鄉協同發展下，城市與農村已告別了單向流動的「鄉—城」模式，轉變為城鄉之間的雙向互動。這種互動讓鄉村成為一個流動、開放、新興的包容性場域。在這一求新求變的場域中，進城農民工、經商人員、高校畢業生返鄉就業、投資或創業成為一股潮流，他們也扮演著新時代中國農村「舊貌換新顏」的主力軍角色，甚至重新確立了「新農人」的身份。作為時代風向標的作家們自然目睹了新時代的山鄉巨變，他們也以文學的方式書寫了新世紀鄉村世界波瀾壯闊的改革史，勾勒了鄉村子民波伏曲折的精神史，比如關仁山的《金谷銀山》《白洋淀上》、趙德發的《經山海》、王方晨的《大地之上》、陳應松的《天露灣》、王松的《暖夏》、羅偉章的《涼山敘事》、溫燕霞的《琵琶圍》既在縱橫捭闔間記錄了時代的滄桑變化，也楔入人們隱秘的內心世界，映照出複雜的生命鏡像。當然，社會主義新農村建設之路並非一帆風順，當中仍然存在新疾舊患，權力和資本聯姻、腐敗問題與幹群矛盾、基礎醫療設施不足、生態環境惡化、鄉村教育資源不平衡、傳統文化的式微等問題輪番上演。尤其是在一些偏遠的農村，農民的生存本相仍然較為殘酷，正如賈平凹所感受到的，「如果你回到西北偏遠的農村去看，確實日子難過得要命。」〔註9〕作家們面對新時代鄉村生活的多元與鄉村文明的裂變，選擇正視鄉村現實中暴露的傷口與膿瘡，在疼痛的書寫中，一股現實感與當下感撲面而來。

　　除了錯綜複雜的中國鄉村經驗，城市也猶如被打開的「潘多拉魔盒」，呈現出波詭雲譎的現實景觀。近年來，伴隨著城市化進程的展開和全球化的深化，文學中的城市以及城市文學已經不再是默默無聞的文學一角，而是演變成了當代中國文學的創作重鎮。尤其是 70 後、80 後、90 後作家，他們目睹著城市前所未有的變局，儼然成為城市文學創作的中堅力量。那麼，新世紀後的二十年來，當代中國城市展示了何種時代劇變呢，又呈現了哪些乖張現實，爆發出多少城市危機呢？提及城市，人們通常會想到 20 世紀 30 年代海派作家筆下燈紅酒綠、紙醉金迷的物質生活，這也是雷蒙・威廉斯在分析城鄉區隔時談到的人們對城市天然的負面聯想，「說起城市，則認為那是吵鬧、俗氣而又充滿野心家的地方。」〔註10〕在市場、欲望、消費、效率的刺激下，城市如同永

〔註 9〕賈平凹、陳思和、孫周興：《文學的生成與土壤——賈平凹與陳思和、孫周興對談錄》，《同濟大學學報（社會科學版）》，2019 第 2 期。

〔註10〕〔英〕雷蒙・威廉斯：《鄉村與城市》，韓子滿等譯，北京：商務印書館，2013年，第 1 頁。

不停擺的車輪，於喧囂物化中滾滾向前奔走。處於城市狂流中的個體們被裹挾著前進，一旦停歇，就會面臨被無情碾壓或是時代戰車拋棄的風險。在行色匆匆的發展步調中，城市也暴露了光怪陸離的病症。比如，功能定位與空間布局問題、交通擁堵問題、環境污染惡化、人口結構不合理、公共安全問題、城市住房問題、城市貧困問題、城市特色丟失、價值失序失位、倫理道德崩塌等。在令人眩暈的問題圈中，城市人的精神難題不容忽視。可以說，處於龐大卻又擁擠的城市空間，在超負荷的運轉中，城市居民的身心往往處於「失血」狀態，緊隨其後的是孤獨、迷惘、焦慮甚至抑鬱的症狀。在精神價值的含混或虛空中，他們開始懷疑個體存在的意義，不知道如何安放自己的內心世界或重新建構自身的精神圖譜。這種城市症候在諸多城市群體中都有顯豁的體現。比如城市下崗工人，在社會轉型的浪潮中，他們被迫下崗。然而，下崗後的從頭再來並非易事。在為稻粱謀的掙扎中，他們面臨著生存的窘境、保障的匱乏、精神的迷惘及世俗的偏見等一系列難言之隱。同樣體悟著陣痛的還有城市移民，特別是對那些勞動力移民而言，他們本是為了擺脫農村的陰影，從鄉村「逃往」城市，經歷一番奮鬥後終於在城市落腳。然而，落戶城市後依然存在「他者」的偏見和文化身份認同的困境。此時，作為漂泊者，他們往往會懷念記憶中熟悉的故鄉。然而，回故鄉之路已經斷裂，那麼，他們如何填補心靈荒野，緩解精神鄉愁，為迷失的靈魂尋找一個有所歸依的載體？對於大多數城市精英而言，他們在精神充實和欲壑難填之間也常常走到了兩難的境地，進入了心靈的窄門。即使是城市中的大多數居民，在煙火漫捲的日子裏也面臨著「一地雞毛」的煩惱人生。無論是公共經驗還是私人經驗，當代中國的城市現實在「野蠻生長」和「中國速度」中一方面呈現出了欣欣向榮的新貌，但同時在物質形態、文化傳承、城市精神上也暴露出了不少暗角與病象。

面對變動不羈、泥沙俱下的中國現實，作家們一方面感覺到了巨大的迷惘、焦慮和無力，這番對現實的焦慮唯有正面直對且訴諸筆下才可能得以緩解。另一方面，大多數作家自覺懷揣著知識分子的使命感和責任感，作為這個時代的同行者和見證人，他們不願躲在一個人的私密空間或沉湎於遙遠的歷史遺存中對現實置之不理，而是以自己個性化的方式來介入所處的時代，關心民瘼、關切民生，在通往現實真相的道路上披荊斬棘，揭示出當下中國現實中的痛點與創傷。除了表露對現實質疑、批判和省察的魄力，為人民立言、為天地立心的作家們自然不能完全喪失心底理想的微光，他們還要在否定性的泥

淖中去汲汲尋找建設性的發展方向，如此，才能為人們在密集的時代病症和茫然情緒中找到新生與新創之路。這就是文學對現實的介入、見證與擔當，正如閻連科發出的感慨，「在這個時代，如果不去思考和面對，那麼這個作家是失職的。」所以，他希望作家「正面回答」時代，「哪怕是錯誤的都不重要。」〔註11〕堅定的言語中彰顯的是作家們「向著火跑」的現實情懷和公共關懷。

　　從文學創作的維度來看，我們看到當代文壇的作家們都把目光轉向了蕪雜多變又鮮活蓬勃的現實景觀。比如，莫言、閻連科、余華、賈平凹、范小青、畢飛宇、周大新、劉慶邦、艾偉、東西、徐則臣、盛可以、付秀瑩、雙雪濤等作家都將筆觸探入了大時代發展進程中暴露的症候危機上，對當代中國駁雜葳蕤的鄉村經驗和城市經驗進行了追蹤與回應，記錄了波瀾壯闊的社會改革史、活色生香的世俗生活史及跌宕起伏的群體精神史。在此維度上，有研究者將這些聚焦社會問題的作家稱之為「時代記錄員」。需要注意的是，大多數作家並非簡單地記錄社會歷史進程或刻圖吞棗地進行新聞「植入」，而是對廣闊的現實生活畫卷和嚴峻的社會問題表達自己獨立的思考和判斷，在「惡聲」中傳達著對大眾、民族和國家最真切的現實關懷，燭照出知識分子的底色和人道主義的精神。因此，比起「記錄員」的稱謂，他們更像現實的「剖析師」。這也是文學與社會學、歷史學、新聞學的分野。面對波詭雲譎的當代現實經驗，社會學家、歷史學家、政治學家、新聞工作者都會從自己的領域出發，進行專業化的判斷。相比於他們數字化、實證化、精準化的洞見，小說家們是立足於審美化、人性化和生動化的維度來進行詩性的文學創作。他們需要撥開朦朧的現實迷霧，下沉到生活河床的底部，挖掘出表象之下的種種潛流、暗礁與漩渦，以深邃的眼光和縝密的思維從歷史、政治、權力、制度、人心及人性等多個維度對時代病象追根溯源，在文學想像和公共生活之間打造詩性正義的景觀。這也對應著米蘭・昆德拉的那句經典論斷，「小說惟一的存在理由是說出惟有小說才能說出的東西。」〔註12〕比如莫言的《蛙》描寫的是「計劃生育」這一項曾經的基本國策，從歷史理性的角度出發，他採取客觀的價值姿態，承認「計劃生育」的歷史合理性。但是，作為一個文學家，他更從人性關懷出發，力圖透過宏大的歷史事件來關注「人」的存在，特別是揭開大歷史中底層民眾

〔註11〕閻連科：《作家要對現實做正面回答，哪怕一次》，《錢江晚報》2013 年 11 月
　　　　5 日第 C0002 版。
〔註12〕〔法〕米蘭・昆德拉：《小說的藝術》，董強譯，上海：上海譯文出版社，2014
　　　　年，第 46 頁。

的殘酷生存本相，以此表達自己作為知識分子的思考和反省。賈平凹的《極花》是以轟動全國的「郜豔敏事件」為原型進行重構的。在「婦女拐賣」這個牽扯大眾情緒的公共話題上，小說呈現出來的價值立場和故事結局備受爭議。實際上，作為一個具有理性精神的作家，賈平凹「深入虎穴」，從法律法理和社會正義的角度出發，自然對拐賣婦女的行徑和傳統農村的落後、愚昧及自私進行了批判。然而，在批判之下，作家還致力於去挖掘鄉村核心岩層的沉屙弊病，從鄉村傳統倫理道德的層面呈現了鄉土中國的病痛，探尋了人性的善與惡，揭示了鄉土文明的衰微，暴露了政治文化土壤的痼疾，表達了對底層小人物的命運關切。這些都足以彰顯作家的悲憫情懷。因此，對於胡蝶最後回到村莊這一結局，我們不能簡單地說賈平凹是在替拐賣行徑做辯解，只能說作家在女性主體意識、社會現實真相、鄉村生命繁衍和未來命運之間陷入了一種悖論。這種悖論恰恰是文學面對社會現實時的複雜性。

三、新世紀作家「重心下移」的典型案例剖析

新世紀以來，面對時代熱切的召喚，作家們結束了和現實的疏散關係，開始與中國現實同呼吸、共命運，朝著現實大踏步回歸，這構成了集體性重心下移的現象。其中，「底層文學」思潮的興起、先鋒作家的二度「變法」，「私人化」寫作的女性作家由「私域」走向「公域」等文學現象往往被當成「返程」或「接地」的典型。那麼，他們的敘事重心是如何下移的呢？何以下移？

（一）方興未艾的底層敘事與「新人民性」文學的討論

如果要爬梳近二十年來當代文壇出現的文學思潮，「底層文學」思潮自然備受矚目。進入新世紀，「底層寫作」的呼聲日益高漲，作家紛紛將筆觸伸向農民工、礦工、留守兒童等社會邊緣人物或弱勢群體，率先誕生了曹征路的《那兒》《霓虹》、陳應松的《太平狗》《馬嘶嶺血案》、羅偉章的《大嫂謠》、劉慶邦的《神木》、盛可以的《北妹》、鬼子《被雨淋濕的河》等轟動之作，隨後，莫言、閻連科、方方、賈平凹、范小青、劉醒龍等作家也加入到「底層文學」創作的大本營，彰顯了作家直面敏感題材、介入社會現實的勇氣，呈現出對底層民眾的人性關懷，昭示了新世紀文學的「新人民性」特色。其實，「底層」這一概念最早來自於意大利馬克思主義思想家葛蘭西的《獄中劄記》，指的是一種革命力量，是被排除在歐洲主流社會之外的群體，這是「社會學」層面的「底層」。回到國內，社會學家陸學藝主編的《當代中國社會階層研究報

告》一書系統闡述了社會學概念的「底層」，認為在組織資源、經濟資源和文化資源方面很少或者基本不佔有的群體被稱為「底層」。作為文學概念的「底層」，較早出現於蔡翔 1995 年的散文隨筆《底層》。蔡翔從自身經歷和思考出發，認為在政治、經濟、文化上的地位都處於最下層者被稱為「底層」，並且提出：在中國，真正的底層在農村。當前，對於「底層」的普遍認識包括這樣的內涵：即在社會經濟、政治、文化中都處於弱勢的群體。

　　「底層敘事」真正成為一股文藝思潮是在 2004 年之後。首先，《天涯》雜誌於 2004 年第 2 期開闢了「底層與關於底層的表述」專欄。同年，曹征路的中篇小說《那兒》在《當代》第 5 期發表，作為反映當下底層生活和工人階級命運悲歌的一部力作，在文壇引起極大關注，引發了關於底層寫作、「純文學」反思、「左翼文學」傳統的復蘇、文學與現實的關係等諸多思考。隨著影響的擴散，《那兒》被當作文學介入民族公務的範本而逐漸升溫，它反映出來的「底層敘事」被放置到整個當代文壇去考察，學術界和評論界掀起了關於「底層敘事」的討論熱潮。這既標誌著作家們對「現實」的回歸，也彰顯著「介入現實主義」的強勢出場，還象徵著 20 世紀 90 年代式微的文學公共性開始復蘇。與此同時，除了那些自己即身處底層的作家為群體代言，所謂的「精英」作家們也紛紛視野下沉，重心下移，加入到底層文學的隊伍中來，共同揭露社會底層小人物面臨的生活困境，聚焦精神受辱、身份歧視、勞資矛盾、階層對立、暴力反抗等尖銳的社會問題，站在正義的立場上表達個人的憤怒之情和憐憫之心。

　　底層文學之所以產生風靡的社會效應，除了與評論界的助推密不可分，還與社會轉型期的中國現實休戚相關。國家在揮斥方遒的改革浪潮中往往會改變原有的利益格局，企業破產、工人下崗等現象頻頻發生，人群、階層都出現了分化，加上城鄉差距和貧富差距的拉開，社會矛盾和問題病症輪番上演，處於改革鏈條最低端的社會底層人物的生存境況自然觸發了公眾關注和文學聚焦。作家們代表「社會的良心」，紛紛對邊緣群體原生態的生存世界進行探秘和解碼，並發起了對當代現實陰暗面的質疑。當然，除了時代使然，從文學自身的發展和賡續來看，關注底層是有悠久的文學傳統做精神支撐的。回溯中國文壇，底層人物的書寫可上溯至 20 世紀初，魯迅、茅盾及鄉土小說派的作家們塑造了眾多經典的底層人物形象。但是，這一時期的作家以及後起之秀們基本從啟蒙立場出發，著重展示鄉村的破敗、落後，批判底層人物的愚昧、自私

及麻木,並試圖拯救他們。作為知識分子,他們具有優越感,居高臨下的姿態使得筆下的底層人物難以發出自己的聲音。不過,「五四文學」傳統中折射的悲憫情懷、現實主義和批判精神延續到此後的底層人物書寫中。

值得注意的是,即使是今天方興未艾的底層文學,依然存在「如何表述底層」和「誰來表述底層」的問題。在表述底層的問題上,我們看到了兩種模式:底層的自我表述、知識分子為底層代言。對於前者,大部分學者認為無論是從底層的生存環境還是教育水平出發,他們都難以完成自我表述。但是,也有學者高度肯定這種「在生存中寫作」的文學,認為其「充滿真正的現實精神」〔註13〕。當然,「打工文學」的出現已經證明了底層自我表述的能力。只不過,由於作者多為業餘,藝術上難免粗糙和膚淺。對於後者,大部分學者都持肯定態度,「底層現在很難表達自己,它只能通過知識分子的敘事完成。」〔註14〕當然,也有學者對知識分子代言的有效性產生了質疑,「表述得再偉大也是一種扭曲,真正的他們仍然沒有出現。」〔註15〕所以,知識分子儘管重心下移,但他們敘述底層的話語在真切的現實面前仍然碰壁了。我們認為,無論是誰來表述底層,都應該以文學的標尺進行衡量。一方面,不管作家們介入的是如何疼痛殘酷的現實,都不能僅僅停留於景觀的鋪陳,而是要撥開現實的表象,掀開歷史的褶皺,從政治文化土壤的核心岩層、文明形態的變更本質、人性的幽微與複雜、社會制度的運行機理等角度進行深入探掘,為底層改變窘迫的現狀進行先行鋪路。同時,大部分作家在表述底層時都彰顯了單刀直入、不卑不亢的文學風骨,流露出悲天憫人的胸襟和「介入」情懷,但是,在話語資源的選擇上存在一些弊病。比如,他們普遍攫取了人道主義精神作為表述的底色,想借助人道主義的籮筐來網住底層的苦難經驗,在對底層邊緣群體的悲苦生活進行描摹時也表達了個人作為正義之士的憤怒。然而,當底層人民以魚死網破、惡惡相撞甚至沉淪墮落的方式進行報復時,作家們不對底層進行罪責肅清,反而為底層「蔽惡」甚至支持暴力行徑的姿態顯然是缺乏理性和大愛的。正所謂,文學如燈,在現實的疼痛與潛藏的危機中,我們不能忘卻「向生」的光束,要在發現現實的苦難、危險和黑暗後尋找光明的力量與未見的光輝。同樣要說明的是,我們需要關懷處於社會邊緣的底層,但「弱者」並不意味著獲得道德

〔註13〕張未民:《關於「生存中寫作」——編讀箚記》,《文藝爭鳴》2005年第3期。
〔註14〕蔡翔、劉旭:《底層問題與知識分子的使命》,《天涯》2004年第3期。
〔註15〕劉旭:《底層能否擺脫被表述的命運》,《天涯》2004年第2期。

的豁免力量，對於藏污納垢的底層景觀，作家們同樣要理性地予以批判。這也是聚焦底層生存情狀、勘探底層精神境況、揭露底層存在問題的「新人民性」文學的應有之義，「在揭示底層生活真相的同時，也要展開理性的社會批判。維護社會的公平、公正和民主，是『新人民性文學』的最高正義。」〔註16〕除了關注「底層文學」流露的「正義」色彩，我們更要聚焦它的「詩性」韻致。新世紀以來，底層文學呈現出了嘈切錯雜的創作格局，雖然形成了一股強勁的文學潮流，但也暴露了不少美學困境，比如事件的突出與人物的蒼白；激憤過度，怨氣彌漫，正面力量闕如；題材雷同，資源浪費。這些都反映了作家生活體驗的貧瘠和思考的乏力。可以說，不管以何種文學方式來言說底層，最重要的即「說出的是不是他們的心裏話」，是否傾聽了他們的心聲〔註17〕。作為知識分子，作家們應該響應莫言提出的「作為老百姓的寫作」〔註18〕這一號召，把自己降解到和老百姓同樣的處境、心態、情感方式，最大限度地探究底層的生存圖譜和精神軌跡，傾聽「沉默的大多數」內心真切的吶喊，書寫他們的「痛」與「愛」，不避諱陰暗，不漠視光明，讓現實主義的旗幟再度高揚。

（二）從「天空」到「落地」的重心轉向：先鋒作家的集體「變法」

關於新世紀作家濃郁的現實情懷和重心下移現象，先鋒作家的集體「落地」和「變法」無疑成為明證。回到百廢待興的 20 世紀 80 年代中期，「先鋒」作家強勢崛起，以劍走偏鋒之態為那個多音和聲共鳴的文學黃金時代添上了最有力的一筆。如今，先鋒思潮雖然偃旗息鼓，當年的頑童劍客們要麼轉型，要麼退隱，但是關於先鋒作家的話題卻永不落幕。之所以如此，與他們當年大行其道的觀念革新及風生水起的形式革命休戚相關。20 世紀 80 年代中期，殘雪、馬原、洪峰、孫甘露、扎西達娃、余華、蘇童、格非等作家都爭先恐後地「到別處去」，開始了對西方現代主義和後現代主義文學的頂禮膜拜。在「影響的焦慮」下，他們常常來不及消化外國文學資源，只能粗暴地將其「移植」和「嫁接」到中國文學中，儘管彰顯了前衛的敘事技巧和新潮的文學觀念，但是往往遠離了中國社會切實的現實經驗，流露出刻意抽象化的特徵，呈現在我

〔註16〕孟繁華：《新人民性的文學——當代中國文學經驗的一個視角》，《文藝報》2007 年 12 月 15 日第 3 版。

〔註17〕張清華：《「底層生存寫作」與我們時代的寫作倫理》，《文藝爭鳴》2005 年第 3 期。

〔註18〕莫言：《文學創作的民間資源——在蘇州大學「小說家講壇」上的演講》，《當代作家評論》2002 年第 1 期。

們眼前的是觀念的突兀、情節的淡化、故事的消解、人物的模糊、時間的凌亂或語言的荒誕。在花樣百出的迷宮、圈套、空缺等形式鑽營和新穎奇崛的觀念更新中，人們既對他們的異軍突起而擊節讚歎，也疑惑著「先鋒」與「現實」的關係。畢竟，在他們筆下，鮮活生動的本土現實大地被棄置一旁，或者，當代中國現實只是淪為作家們觀念安放或技術操練的背景化存在。

那麼，「現實」在頑童悍將的筆下為何會產生逃遁之態或萎縮之勢？回到歷史現場進行勘探，不難發現這樣幾個原因。首先，在思想解凍的 20 世紀 80 年代，無論是遲暮歸來的老作家還是作為「學徒者」的叛逆先鋒，他們在鬆綁個人的靈魂時也期待能暫時飛離沉重不堪的現實土壤，抵達輕盈的「別處」。尤其是他們作為時代的參與者和見證人，目睹了極端歲月裏中國文學與政治現實的高度關聯性，迫切渴望從「文以載道」的傳統中突圍，找到讓文學復歸本體意義和創作紀律的密鑰。此時，伴隨著中外文學關係的復蘇，西方文學思潮如千帆競渡般湧向中國，先鋒作家在這種潮流的轟炸和「跨文化」的對話中開始了思想的革新和靈魂的洗禮。於是，我們看到部分文藝先鋒們對「垮掉的一代」「黑色幽默」「迷惘的一代」「新小說」等以存在主義哲學作為精神底色的文學流派產生了濃厚的模仿欲望。他們從政治、理想、信念等現實維度的「宏大敘事」中抽離出來，開始汲汲探求存在的意義、人的異化與迷惘、個體與社會的關係、孤獨與死亡、虛無與荒誕等關乎人類「存在」的哲學命題。因此，我們無法從這些小說中尋覓到蓬勃豐富的中國當代現實和本土生活經驗的蹤跡，現實也只是充當先鋒體驗者們觀念變革的場所。其次，重返生機勃勃的 20 世紀 80 年代，文學在對啟蒙文學傳統進行復蘇後迫切需要「新生」「新創」與「新變」。那些闖蕩江湖的先鋒劍客們扮演了「破壞者」和「改革者」的角色。為了凸顯與父輩作家和既往文學傳統的區隔，他們對「寫什麼」並不關心，而是執著於「怎麼寫」的試驗練兵。這樣，我們看到先鋒作家向外國文學大師致敬的同時也開始了技巧的「搬運」。為了趕上世界列車的潮流，許多作家懷揣著「外國的月亮比較圓」的文化心理，不對技巧進行中國化的評估和轉化，而是生搬硬套地植入中國文學。如此的先鋒實驗固然令人耳目一新，但也抽空了真切的中國現實經驗，在飛翔、迷宮與陷阱中墜入了「無根」的困局，風靡一時的先鋒盛宴也開始風流雲散。

不過，先鋒文學一時的落幕並不意味著先鋒作家對文學場域的徹底逃離或先鋒精神永久的終結。伴隨著曲高和寡的樣式逐漸走向沒落的窄門，余華、

蘇童、格非、洪峰、孫甘露等頑童悍將們在步履維艱中也只能選擇「退場」。不過，就那些仍舊高舉著文學「變革」旗幟的叛逆者來說，「退場」並不意味著銷聲匿跡，而是開啟了沉澱、蟄伏與調適。特別是 20 世紀 90 年代以來，隨著消費文化的崛起、媒介形態的變革、市場需求的更迭、民族審美文化心理的轉化以及作家創作心態和思維方式的易變，余華、蘇童、格非、葉兆言等先鋒作家在嘈雜物化的時代語境中重新思考文本的內容呈現、故事情節與敘事技巧的定位以及關聯，對先鋒文學的小說觀念也開始省察和糾偏，發現了「寫什麼和怎麼寫的重要性，應該說從來都是等量齊觀的，而且它們密不可分。」〔註19〕在這番求索中，他們中的大多數無法對全球化進程下中國社會現實的裂變視而不見，也試圖正視文學創作與現實生活之間剪不斷、理還亂的膠著關係，並且再度認識到了作家有責任對現實發言、為民眾立言，即文學理應保持對時代的見證、參與及介入功能，「我覺得每個作家對現實永遠是要發言的，這種發言有時候是滯後的，是遲到的。」〔註20〕於是，從 20 世紀 90 年代余華的《活著》《許三觀賣血記》、蘇童的《妻妾成群》《我的帝王生涯》、格非的《敵人》《欲望的旗幟》、北村的《施洗的河》開始，我們看到了曾經的先鋒將士們出現了創作的蛻變和分化，他們開始向著故事和傳統回歸，不規避尖銳的先鋒話語和普通世俗生活的融合。新世紀以來，他們繼續「變法」之路，不再於形式的天空裏曼舞飄搖，也不再糾纏於歷史的漩渦，而是越發腳踏實地，敘述重心和觀察視野均出現「下沉」趨勢，《兄弟》《第七天》《黃雀記》《荒唐》《糾纏》《春盡江南》《篡改的命》等精品佳作的問世釋放出了強烈的信號：先鋒虎將們風雲再起，他們回到了當代中國現實的懷抱，完成了從「高空」到「落地」的旅程。當然，與曾經勢如破竹的先鋒文學相似，面對雜草叢生般的現實問題和社會矛盾，他們仍舊持守著特立獨行的介入方式，在嬉笑怒罵中探索著現實真相，發表著對社會的思考與洞見。這也彰顯著作家們的先鋒氣質和現實情懷。

　　比如曾經宣稱「小說已死」的先鋒悍將馬原早期對現實經驗不屑一顧甚至「仇視」現實。在他的作品《拉薩河的女神》《岡底斯的誘惑》中，我們只能看到天馬行空的故事情節、支離破碎的敘述語言、神秘莫測的人物關係，無邏

〔註19〕李洱：《為什麼寫，寫什麼，怎麼寫——在蘇州大學「小說家講壇」上的講演》，《當代作家評論》2005 年第 3 期。
〔註20〕范寧、蘇童：《蘇童：發現被遮蔽的命運》，《長江文藝》2013 年第 6 期。

輯或非邏輯的遊戲性探索下暴露的是光怪陸離的圈套和障礙。不過,暌違文壇
20 餘年後,他帶著《牛鬼蛇神》《糾纏》《荒唐》等小說強勢歸來,昭示著與現
實的「和解」。在這些小說中,他把財產分割、食品安全、碰瓷、假離婚等當
代中國社會在改革進程中爆發的現實問題都容納進來,通過一個家族來燭照
一個時代,彰顯了作家「貼地行走」的姿態和對當代中國社會發展進程的全盤
性關注。相比於馬原的退隱和返場,一直作為文壇「留守者」的余華始終思考
著文學與現實、荒誕與真實的關係,探索著作家介入現實的「方程式」。從《許
三觀賣血記》《活著》開始,他就向平凡生活轉型,到了新世紀的《兄弟》《第
七天》,他越發感覺到作家有責任對尖銳的現實發出質疑和提問,並表達對勞
苦大眾的關懷,「作家必須關注現實,關注人群的命運,這也是在關注他自
己。」〔註21〕於是,我們才看到了余華對各種社會問題和民族公務的直面,折
射出他要「寫出這個國家的疼痛」的誠摯訴求。當然,在與現實的劍拔弩張
中,他並未採取傳統的寫實策略,而是經由荒誕變形的方式去楔入中國當代社
會風雲變幻的改革史和生活史。不同於余華與現實的短兵相接,同為先鋒「叛
逆者」的蘇童選擇了距離地面「高度三公尺的飛行」〔註22〕。重返時間之流,
在一群年輕的「破壞者」中,蘇童率先讓先鋒文學落地,隨後開始了他對新歷
史寫作和個體生存經驗的深掘。對於這種創作的「變道」,他自言,「所有在形
式上顛覆的努力,本身確實是一種年輕氣盛的藝術衝動,它跟一個人的靈魂沒
有太大的關係。」〔註23〕到了新世紀,他的目光再次發生位移,開始聚焦底層
邊緣人物和蕪雜的中國現實,《蛇為什麼會飛》《黃雀記》即為他對社會現實的
發聲。同樣高蹈遺世的格非,闊別文壇後歸來時也脫下了華麗的先鋒戲袍,力
求對蟬蛻下的中國鄉村以及揮斥方遒的城市化進程進行反思。從形而上的虛
幻「迷舟」到形而下的「江南」現實,無論是內容的變法還是形式的反撥,格
非都陳述了變革的來源,「35 歲後的寫作,必須和傳統有關係。」〔註24〕當然,
這種傳統的繼承「一定要基於當時的現實和今天的現實」〔註25〕。此外,李
洱、東西、呂新、北村等作家在新世紀都通過文學的魔術和「變臉」技藝表達

〔註21〕余華:《文學是怎樣告訴現實的》,《北京青年報》2014 年 3 月 21 日第 B09 版。
〔註22〕傅小平、蘇童:《別了,先鋒的江湖》,傅小平:《四分之三的沉默:當代文學
　　　對話錄》,桂林:廣西師範大學出版社,2016 年,第 185 頁。
〔註23〕蘇童、姜廣平:《留神聽著這個世界的動靜——與蘇童對話》,《莽原》2003 年
　　　第 1 期。
〔註24〕格非、李洱、呂約:《現代寫作與中國傳統》,《文藝爭鳴》2017 年第 12 期。
〔註25〕格非、李洱、呂約:《現代寫作與中國傳統》,《文藝爭鳴》2017 年第 12 期。

著對劇變中的中國當代社會現實的見證、記錄與介入。

　　談及這種從「天上」回到「地下」的轉型，一方面自然是時代變換和當代中國現實的召喚。置身於多棱鏡般雜亂的現實叢林中，作家們產生了面對的焦慮和表述的欲望，他們無法逃離自己所處的人群和現實，「因為他孕育在人群之中，置身於現實之間，所有發生的，都與他休戚相關。」〔註26〕正是這份「內心的需要」敦促著他們朝現實的縱深處跋涉，扮演時代巨變的記錄者和思想者角色，掘出那些「受苦者何以受苦」的原因，以引起療救的注意。除了面對現實油然而生的焦慮感和責任感，他們對現實的直面也與這一代人的生存遭際、心態轉換和人生觀汲汲相關，「二十年過去了，社會環境變了，人變了，整個的思維方式、生活方式都變了，再像以前那麼寫作對自己已沒有意義。」〔註27〕在風起雲湧的20世紀80年代，先鋒騎士們正當壯年，破舊立新的勇氣鼓舞著他們不斷「衝撞」父輩作家建立起來的敘事規則。如今，時過境遷，曾經的叛逆少年們已經人到中年，他們的人生經歷、思維方式、觀察視角都發生了前所未有的轉變。在這種轉變中，他們變得越發沉穩和踏實，無法對社會現實置若罔聞，關注點自然也從形式把戲轉向內容表達，從精神探掘轉向現實人生。同樣，伴隨著讀者群體和民族審美心理的轉變，先鋒作家們要想東山再起，必須要適度觀照讀者的閱讀需求，搶佔文學市場，回歸現實顯然是一條光明大道。當然，從「飛翔」到「落地」的過程也是作家們在文學藝術中自律求變的結果。當年的先鋒文學在登峰造極般的技巧角逐和觀念高蹈中走向了寂寞的深淵，而一心求變的作家們並不願墜入悄無聲息的谷底，他們保持著變革的精神，開始了新一輪的求索和超越。比如馬原，他從前以「神秘」詩學作為寫作的支點，執著於對人與神、上帝之間神秘關係的探微，「我天生對形而上特別著迷」〔註28〕，但是在虛無的泥淖中跋涉太久，他自覺要搬回當下，畢竟「形而下才是我生活本來的狀態」〔註29〕。於是，我們看到了他從「很虛無、很遙遠的方向」向著「具體而微的生活」轉向。〔註30〕蘇童則一直保持著「改

〔註26〕余華：《文學是怎樣告訴現實的》，《北京青年報》2014年3月21日第B09版。

〔註27〕王敏：《回到生活的常態——格非、馬原對談錄》，《社會觀察》2005年第8期。

〔註28〕舒晉瑜：《馬原：儘量讓自己的一生離自己的心近》，《中華讀書報》2019年1月9日第11版。

〔註29〕馬原：《一場大病把我變成思想家》，《北京晨報》2017年11月20日第A14版。

〔註30〕馬原：《一場大病把我變成思想家》，《北京晨報》2017年11月20日第A14版。

變」的心性，從歷史廢墟到日常經驗再到直面現實，從奔湧的河流到岸邊的停靠再到低空的飛翔，在他看來，「背叛先鋒本身是一種先鋒。」〔註31〕每一次華麗的轉型背後都隱含著作家對形式與內容的思考。在先鋒作家們對 80 年代那場文學革命遺產的繼承與祛蔽中，我們看到作家們已經摘下了那頂沉重的「先鋒」桂冠，經歷了技巧轉換和觀念變革後，在偏至與平衡的融合中朝著更廣闊、遼遠、複雜的現實大地奔跑。不過，不管如何「接地氣」，他們都未放棄對先鋒技藝的求索，而且還經由各種幽徑、彎路或捷道企圖更快更好地掘進現實河流，通往真實之岸。在這個維度上，他們恰好又一次對接了「先鋒」精神，畢竟，「真正的先鋒，其實就是一種精神的超前性。」〔註32〕

（三）從「一個人的房間」到「與天地萬物風雨同行」：女性私人化寫作的世紀轉型

在新世紀作家們向當下現實和當代經驗的復歸中，「女性私人化寫作」群體的轉型可以視為典型。回顧 20 世紀 90 年代嘈雜錯切的文壇，女性「私人化」或「私語化」寫作無疑成為高亢尖銳的異音，不斷衝撞著文壇的文學傳統和既定秩序。以林白、陳染、徐坤、海男、徐曉斌為代表的女性作家們在個人化崛起的時代裏對傳統主流文學敘事中重視男性話語、忽視女性經驗和女性話語的範式產生了質疑及顛覆的欲望。她們開始面向個體的內心世界，注重對女性隱秘性的私人經驗的開掘，專注於描寫個體記憶、自我經驗、邊緣化的情感或生活，在獨語化的迷宮中誕生了《一個人的戰爭》《私人生活》《破開》《狗日的足球》等另類文本。這些文本憑藉邪魅異質的色彩和生猛灑脫的表達給當時的文壇帶來了「震驚」效應。女性私人化寫作群體的亮相既象徵著女性自我性別色彩的張揚，也彰顯出她們力圖逃離男性中心話語的決心。在這種逃離中，她們不僅對女性心理進行了深度探幽，經由女性的隱秘生活史和精神成長史完成了重新發現女性的舉動，還以鮮明的女性視角建構了豐富的女性話語空間，構成了 90 年代文壇的重要力量。當然，這種極端化的「自我指涉」和叛逆的「飛翔」姿態在避開國家、民族、政治、集體等宏大命題時也遠離了公共領域和現實生活。

〔註31〕蘇童：《關於寫作姿態的感想》，汪政、何平編：《蘇童研究資料》，天津：天津人民出版社，2007 年，第 49 頁。

〔註32〕余華：《先鋒小說的真相》，姚霏：《那些啼驚世界的鳥》，昆明：雲南人民出版社，2013 年，第 14 頁。

　　不過，新世紀以來，女性私人化寫作群體開始了由「私域」走向「公域」的轉型。她們逐漸從一個人私密的心靈空間走出來，轉而融入風雲變幻的當代社會公共生活，找到孤獨的個體與他者、現實、世界聯結的紐帶，並與葳蕤雜亂的現實生存經驗展開對話，甚至朝著奔湧不息的現實河流的縱深處游去。

　　在這群創作發生明顯轉向的作家中，林白無疑是最具典型性的一位。作為20世紀90年代女性私人化寫作的旗手，從《同心愛者不能分手》《穿過子彈的蘋果》開始，林白就執著於探求女性隱秘的精神腹地和解鎖女性複雜的心靈密碼，表達著女性的反抗意識與生命意識。隨後，1994年發表的《一個人的戰爭》在文壇一石激起千層浪，當中，無論是私密的個人經驗還是別致的女性視角抑或強烈的女性意識，都讓林白異軍突起。後期的《致命的飛翔》《說吧，房間》等文本更是奠定了林白在女性寫作中的領軍地位。不過，作為文學的冒險者，林白絕不會只盯著某一處的風景，她還向著更高更遠的藝術山峰攀登。新世紀以來，她調轉寫作航向，告別絕對化的私語寫作，突破自我內心世界與現實世界之間的鐵門，向著無垠的現實大地敞開心胸，尤其是把自己置放到廣闊的人群中，去關注中國社會變動不羈的現實經驗，體察民間社會的疾苦，傾聽底層百姓的聲音。這種轉變從2000年「走馬黃河」後的《枕黃記》開始，近兩萬里的行走與采風活動讓她走出了幽閉的精神空間，接觸到現實大地上豐饒生動的民間生活。於是，在這部實驗性質的文本中，我們看到了歷史文化和民間話語的滲入，她自言，「從《枕黃記》開始，我慢慢不再沉浸在自我的感受中，朝更深遠處走去。」〔註33〕如果說《枕黃記》只是小試牛刀，那麼，2003年的《萬物花開》和2004的《婦女閒聊錄》則是林白在鄉村現實經驗面前的大顯身手。無論是大頭眼中狂歡與災難共存的村落王榨，還是木珍閒聊中呈現出來的野性蓬勃的農村世界和喧鬧熙攘的婦女生活，都昭示著林白對民間和底層生命情狀以及生存本相的正面掘進，彰顯著她從「一個人的戰爭」中脫身而出，開始「與世界交流」，與當代中國社會現實親密接觸。稍作停歇之後，林白在2012年的《北去來辭》中再一次完成華麗「轉身」。她從銀禾和海紅的世界出發，將女性個體的兒女情長、悲歡離合與改革開放以來波瀾壯闊的鄉村變革史及城市流動史融合起來，在私語寫作和公共寫作之間找到了平衡點，既表達了對女性自我經驗的關注，也呈現了豐饒撲朔的現實景觀，更提供

〔註33〕何晶：《林白：及物很重要，老是形而上會瘋掉》，《羊城晚報》2015年4月12日第B03版。

了宏大敘事寫作的另一種範本。即使是到了重返精神之河的《北流》，林白在野性的筆法和碎片化的文本實驗中，依然保持著對鄉土底層的深情回眸。她借助漂泊者的姿態捕捉著眾生的靈魂密語，回應著現實世界的千變萬化。

除了林白，其他「女性私人化寫作」的作家們也在新世紀開始了從沉湎於精神世界到關注社會生存經驗的轉向，比如陳染、海男、徐坤。陳染以《私人生活》名噪一時，浴室、臥室等私密的閨房空間成為她作品的標籤，象徵著她對廣闊現實的繞道而行。然而，到了《我們能否與生活和解》《聲聲斷斷》中，陳染雖然仍秉持著「我不是為廣大讀者寫作」〔註34〕的信念，但我們能看到她不再對世俗化的日常生活經驗完全保持拒斥姿態。相比陳染的內斂，曾被冠以「女王朔」名號的徐坤新世紀後則以巨大的熱情親近和介入中國當下現實。《八月狂想曲》《北京夜未眠》《愛之路》《春天的二十二個夜晚》《廚房》等文是她從私人世界走向遼闊現實、從嬉笑怒罵走向深沉穩重的證明。可以說，在新世紀的文化語境中，作家們從曲高和寡的秘密花園中走出來，走進了煙火繚繞的生活流中。

之所以出現從私人生活走向公共領域的轉型，與新世紀以來社會現實的劇變、文學場域的更迭、文學自身的發展規律、作家生活觀和文學觀的轉變等因素休戚相關。新世紀以來，無論是中國鄉村還是城市都進行著史無前例的蛻變，也誘發了光怪陸離的現實病症。其中，在大時代的激流勇進中，底層邊緣群體的問題尤為突出。對於一直以聚焦女性生活、彰顯女性意識、揚明女性立場作為標誌的林白、陳染、徐坤們來說，她們顯然關注到了時代激變中城市下崗女性、進城打工女性、農村留守婦女等在社會底層屈身而行的女性群體，當然也瞥向了時代異動中其他女性角色的浮沉騰挪。這種對女性的關懷意識和局促的社會現實促使她們重心下移、視野下沉，以強勁的筆力去挖掘邊緣女性的生存狀態和精神實況，楔入她們豐盈的精神肌理，對她們的現實陣痛和生存願景實現全面勘探。經由撕裂、困厄或迷惘的女性景觀，作家們揭露了時代危機，也發出了對現實的質疑。可以說，這種視野的下沉超越了作為知識分子的作家對底層百姓的代言型關懷，而是成為一種情感的共振效應，正如林白在轉型後的自白，「對底層的關注是必須的，但我希望不是站在外面的一種張望，而是置身其中，也就是說，是從自身的生命出發，散發出自己的生命氣息。是

〔註34〕康宇：《作家陳染撩開自己的面紗：性在精神上應體現美好和詩意》，《北京青年報》2001 年 2 月 13 日第 B5 版。

自白，而不是代言。」〔註35〕在自白中，她們對邊緣者的生存本相進行了全方位的演繹。除了現實的召喚，私語寫作的轉向還與文學自身的發展規律相關。90 年代的女性私人化寫作因為對男權話語圈文化的挑戰和女性話語世界的建構而獨樹一幟，象徵著女性文學創作的又一高潮。然而，隨著消費主義的崛起和商業炒作的流行，衛慧、棉棉等人主導的「身體寫作」作為「私人化寫作」的變種，則在窄門中將私密的女性寫作引入了歧路與窮途。「身體寫作」雖然也聚焦女性隱秘的經驗，但是它不再致力於對男性權力話語的解構和女性話語空間的張揚，而是在商業化浪潮的引領下逐漸趨於欲望化和庸俗化，甚至故意通過私密的身體敘事去迎合男性的獵奇心理，在精神價值的混亂中恰好再次落入男權話語文化的圈套。這種喪失精神底色的女性文學必然會走向沒落。曾冠以「女性私人化寫作」名號的作家們在風流雲散的結局中也不得不開始轉型。在轉型之路上，她們既要撕掉過去的標籤，也要觀照新世紀以來的社會文化語境和讀者審美心理。顯然，這個時代的文學已經在消費主義的助攻和文學場域的合謀下進入了日常化、世俗化的狀態，林白、陳染、徐坤等作家從前作品中呈現的過於尖銳決絕的異質心理和歇斯底里的反抗姿態與大眾此時的精神需求產生了罅隙，存在被邊緣化的危機。這種文壇格局和讀者需求的改變也驅動著作家們從「自己的屋子」中走出來，轉身投入「天地萬物」的懷抱，如此，才能打開與讀者交流的大門。當然，在現實的合鳴中，我們仍能聽到女性主義話語的遺響。

關於女性私人化寫作群體從拒斥公共經驗到加入現實的合唱，學者們莫衷一是。有學者認為當初純粹面向內心的寫作才是真正唯我獨有的個性化和異質化寫作〔註36〕，也有學者從創作與時代的關係維度提出「一個作家的價值，不是體現在他和時代的同步上，而恰恰是體現在他和時代的差異和錯位上。」〔註37〕不過，面對新世紀變動不羈的社會現實，作為「為天地立心，為生民立命」的作家，此時回到現實的軌道上來，發揮文學對現實的介入和擔當功能，呈現他們對時代和世界的觀照無疑具有積極意義。還需說明的是，作家與天地萬物風雨同行，直擊社會現實的熱點、焦點和痛點，回應所處時

〔註35〕林白：《生命熱情何在——與我創作有關的一些詞》，《當代作家評論》2005 年第 4 期。

〔註36〕黃發有：《屏蔽內心：新世紀文學的外向化趨勢》，《文藝研究》2015 年第 12 期。

〔註37〕李永宏：《曲高和寡的歷史錯位》，《現代快報》2014 年 7 月 21 日第 A21 版。

代的訴求並非一定就意味著屏蔽內心。事實上，在林白、陳染等人的轉型之作中，她們依然保持著對女性心理的探秘，也並未放棄女性立場。當然，她們從「私域」走向「公域」的轉型也給當代文壇提供了介入現實的另一種範式：在傳統文學中以政治、民族、國家、集體為要核的宏大敘事解體後，作家仍舊可以通過個人化的方式來對接公共經驗、敞開社會問題、展示精神圖譜並描摹時代進程。

第二節　新世紀作家的藝術真實觀與文學現實觀建構

　　「文學離開現實，文學就是一座死山，一堆死了的文字。」〔註38〕在古今中外的文學創作中，文學與現實、真實之間的關係總是備受矚目，作家們始終不懈探索著這幾個範疇的奧秘。那麼，置身於多元共存的當代文化空間與氣象萬千的當下現實生活中，不同代際的作家怎樣從私人化的現實經驗與公共性的時代話語出發，來處理文學「現實」問題，又如何理解藝術「真實」？換句話說，到了新世紀，當作家們紛紛扛起當下中國現實這面大旗時，他們秉持著何種現實觀和真實觀？對現實和真實的理解雖是一個綿延已久的問題，但是，直到今天，它們仍牢牢控制著作家們的題材選擇、話語表達和審美追求，影響著作家們如何看待這個紛繁蕪蕪的時代，規約著他們通過哪條敘事路徑來到達「真實」的彼岸，表述鮮活多姿的中國經驗。正如閻連科所說，「不同的眼光，在作家眼裏產生著不同的現實」，「每個作家都有自己對『真實』的理解，都有自己的真實觀。」〔註39〕那麼，新世紀這個「無名」化的文學場域中匯聚了哪些典型的現實觀與真實觀？它們是新世紀才初露頭角還是在此之前即已「登場」？作家們對「現實」的理解和對「真實」的追求怎樣左右著他們介入現實的力度、廣度和深度，打造了何種新世紀現實主義的文學沃野？

一、客觀現實與「再現型」真實觀

　　面對時代激變中亂象叢生的現實景觀，仍有不少作家選擇了傳統現實主義的重式寫作或者「硬寫作」的路數，強調通過對客觀現實的再現來獲取社會歷史本質的真實。這在曹征路、陳應松、王祥夫、劉慶邦、李佩甫、羅偉章、陳彥、季棟樑等人的底層文學和王躍文、張平、閻真、周梅森、劉醒龍、陸天

〔註38〕閻連科：《當下文學與現實的關係》，《揚子江評論》2007 年第 1 期。
〔註39〕閻連科、張學昕：《寫作，是對土地與民間的信仰》，《西部》2007 年第 4 期。

明、周大新等人的官場文學中體現得最為明顯。作家們以傳統現實主義的反映論方式為讀者提供了廣闊的時代鏡像。

顯然，此番現實觀與真實觀並非新世紀才出現，而是從亞里士多德的「摹仿說」和莎士比亞的「鏡子論」中就能找到源頭。無論是摹仿還是反映，從方法出發，都強調按照生活的本來面目再現生活；從精神出發，都注重現實世界的客觀性與真實性。當然，最初的現實主義並沒有對「傾向性」做出明確指示，直到批判現實主義崛起。它同樣主張客觀的寫實，但要求呈現鮮明的批判傾向。就百年中國文學而言，現代時期雖然思潮流派此起彼伏，但成為中流砥柱的仍是這種再現型的反映論。回首風雷激盪的年代，作家們扮演時代的見證人、記錄員和闡釋者角色，既持守文學書寫要追求「客觀真實」與「本質真實」的理念，更提出作家要於啟蒙與救亡的歷史使命下揚明立場。1949 年以後，現實主義出現了「社會主義現實主義」「革命現實主義和革命浪漫主義相結合」「三突出」等多重變奏，看似是對現實主義理論的中國式豐富，實則，在政治話語的鉗制下，「現實」與「真實」已然被曲解，「客觀性」遁隱無形，真正的現實主義精神也趨向沉寂。新時期之初，作家們告別歷史的「傷痕」，從「夢魘」和「寒冬」中走出，與此同時，文學藝術也從暮氣沉沉的狀態中回過神來，等待復蘇與變革。那麼，作家們如何經由文學窗口來破除冰凍，展示生機勃勃的新世界呢？首先，他們採取了傳統的「再現型」真實觀，「文學世界和現實世界處於一加一還等於一的『還原關係』」〔註40〕，這特別體現在風靡一時的傷痕文學、反思文學以及改革文學中。當時的作家們奉行著「舉起鏡子照自然」的反映論，依舊小心翼翼地遵循著文學還原生活的真實觀，堅持在對生活自身的摹仿中來客觀再現社會現實和生活真實。不過，這種真實並不意味著作家們必須照葫蘆畫瓢般地去復刻現實世界真實發生的人或事，他們完全可以行使虛構和想像的權利，只是，經由虛構和想像創造出來的情節需要符合大眾的生活經驗，不能超出大眾固有的認知範圍。在表現形式上，這種復蘇後的現實主義也要求提煉出典型環境中的典型人物，並注意細節的真實。就新時期的「典型性」而言，作家們普泛性地從裹挾「大我」色彩的人物和事件著手，將個體的生命發展軌跡融入到宏闊的社會現實與繁複的歷史語境中去，憑藉他們跌宕起伏的經歷來突出外部的存在真實，而往往將內在的心靈真實屏蔽了。就新

〔註40〕閻連科：《小說與世界的關係——在上海大學的演講》，《上海文學》2004 年第
　　　　 8 期。

時期的時代精神而言，置身於這個高歌猛進的歲月裏，作家們接續起了五四時期「為人生」的寫作傳統，既以宏闊的視野和博大的胸襟對記憶中的歷史創傷進行了省思，也充分調動生活經驗，在現實的海洋中大顯身手，把筆觸探向時興的改革和建設話題，並經由「改革」號角下的美好藍圖去療愈傷痕和鼓舞眾生，樸實無華的筆法與針砭時弊的文字中彰顯出了相當的理想主義精神。

可以說，新時期之初的《班主任》《傷痕》《芙蓉鎮》《喬廠長上任記》等「傷痕」「反思」和「改革」文學的扛鼎之作均是客觀現實與「再現型」真實觀下的產物。作家們基本都是以中國社會發展進程中切實發生的重大歷史事件或正在進行的改革現實為寫作起點。無論是控訴、反思抑或改革，他們都恪守著樸素的寫實筆法，對「現實」保持著絕對忠實的姿態。同時，他們也對人與社會環境的關係進行了解剖，刻畫了一個個能揭示社會生活本質特徵、折射轉型時代精神風貌的典型人物，比如謝惠敏（《班主任》）、王曉華（《傷痕》）、胡玉音（《芙蓉鎮》）、陸文婷（《人到中年》）、許靈均（《靈與肉》）、秦慕平（《記憶》）、方麗茹（《記憶》）等「受害者」形象，馬纓花（《綠化樹》）、秋文（《蝴蝶》）、黃香久（《男人的一半是女人》）等「拯救者」形象，喬光樸（《喬廠長上任記》）、車篷寬（《開拓者》）、李向南（《新星》）、鄭子雲（《沉重的翅膀》）、劉釗（《花園街五號》）等英雄化的「改革者」形象。當然，擺脫歷史的「噩夢」，從對「傷痕」往事的咀摸、反思到對「改革」圖景的歡欣，從聚焦平凡個體、落幕英雄到煉成「在場」的英雄神話，儘管當中仍然殘存著「傷痕」的基因，字裏行間湧動的則是理想主義的激情與樂觀主義的色彩。其實，即使是在以控訴話語為主的《班主任》《傷痕》等「傷痕」文學中，伴隨著新世紀之初真實性、人性與政治性的交鋒，我們也不難發現：作家在歷史與現實的時空中穿行，其潛在話語是「遺忘過去，相信未來」，即「創傷成為『混亂』的過去所發生的故事，而我們『現在』正在走向完美的未來！」〔註41〕在這種創傷敘事機制下，絕望、虛無從來不是他們的應有之意，信念、理想、未來才成為終極旨歸。由此可知，不管是題材選擇、藝術手法抑或價值立場，「傷痕」「反思」和「改革」文學在現實書寫上大同小異。作家們秉持著傳統現實主義文學「再現型」的真實觀，呈現出了與國家話語遙相呼應的文學敘述範式。這也是陳思和在反思新時期之初文學時所感慨的：「作家表現現實生活的基本思路是完全

〔註41〕李敏：《時間的政治──以「傷痕」和「反思」小說中的創傷敘事為例》，《山東社會科學》2007 年第 2 期。

一樣的。」〔註42〕誠然，回望那個乍暖還寒的「解凍」時代，作家們個性與獨立的觸角只是微微張開或仍維持蜷縮狀態。

從新時期到新世紀，不管是時代的斗轉星移還是文學的除舊布新，作家們早就打開了個性的雙翼，衝破了種種敘事窠臼，開創了令人眼花繚亂的美學「新途」，貢獻了「無名」時代的文學盛宴。值得注意的是，在亂花漸欲迷人眼的新世紀文壇，面對複雜多變的現實，仍有不少作家堅持以靜制動，恪守著傳統現實主義的筆法，經由「再現型」的真實觀來介入和見證這個時代。在龐大的作家群體中，熱衷於底層文學書寫和官場文學敘事的作家往往成為此番現實觀與真實觀忠實的擁護者。比如從「黃泥地」中走來的劉慶邦始終固執地認為素樸的現實主義筆法是講述「中國故事」的法寶，在他眼裏，「文學是時代的產物，卻不是時尚的產物。」〔註43〕「來自平民」的他也從錯綜複雜的現實中提取了「出自平常」的生活經驗與「貴在平實」的美學原則。從先鋒實驗的日暮窮途走向寬闊平坦的寫實大道，王祥夫逐漸成為「再現派」的擁躉，「我想我應該是再現派」，「我喜歡的一句話是忠實於生活。」〔註44〕因此，相比於振翅高飛的小鳥，他更願意成為在草叢中跳來跳去的「昆蟲」，風餐露宿中得以感受接地氣的生活，尋覓那些被常態視域所忽視的暗隅。劉醒龍對新世紀後你追我趕的寫作潮流保持著清醒的認知，他矢志不渝地高舉現實主義的標牌，揚言要「恢復『現實主義』的尊嚴」〔註45〕。趙德發面對時代的滄桑變幻堅持「走在現實主義的道路上」〔註46〕，用好現實主義這支筆，來為新時代祖國的山鄉巨變和脫貧攻堅「鼓與呼」。除了擅長底層文學書寫的作家將「再現型」真實觀奉為正宗，那些官場文學的弄潮兒也以此作為呈現中國官場政治生態的「靈丹妙藥」。比如，學者型作家閻真在楔入當代權力場域時即鍾愛本真的傳統現實主義筆法，「我是一個絕對的現實主義者。寫出生活的真相是我的最

〔註42〕陳思和：《世紀之交的中國文學——在特里爾大學的演講》，張清華編：《中國當代作家海外演講》，北京：北京大學出版社，2012 年，第 253 頁。

〔註43〕王覓、劉慶邦：《作家要不斷向生活學習——訪作家劉慶邦》，《文藝報》2015年 11 月 30 日第 001 版。

〔註44〕李雲雷：《底層關懷、藝術傳統與新「民族形式」——王祥夫先生訪談》，《文藝理論與批評》2008 年第 2 期。

〔註45〕劉醒龍、汪政：《恢復「現實主義」的尊嚴——汪政、劉醒龍對話〈聖天門口〉》，《南京師範大學文學院學報》2008 年第 2 期。

〔註46〕何晶：《趙德發：用歷史眼光觀照，以文學酵母加工，記錄下時代樣貌》，《文學報》2019 年 9 月 19 日第 6 版。

高原則。」〔註47〕在對生活真實的描摹中,他既揭示出黑暗角落裏散發著惡臭的膿瘡,也洞悉著那些深陷權力沼澤的知識分子幽微黯淡的精神圖譜。被譽為「官場小說第一人」的王躍文,其作品真實得堪比「厚黑學」,他也坦言自己是「頑固的現實主義文學者」,在對現實的客觀反映中,他揚眉仗劍、手起刀落,劈開汙糟的現實世相,暴露出時代的疼痛。

需要說明的是,「客觀」與「再現」不是要求作家粗暴地「磨刀霍霍向豬羊」,也不是機械地對現實生活進行複製與黏貼,而是強調在面對公共生活時要進行「萃取」與「去蔽」,這需要有足夠的敘事智慧和思想能力。那麼,置身於變幻多端的當代社會語境中,目睹光怪陸離的現實經驗,在對客觀現實的反映和「再現型」真實觀的驅使下,作家們是如何介入現實的呢?

首先,從創作內容上來看,他們都以宏闊的當代中國現實作為寫作的原點,選取了民族公共事務中較為突出的社會矛盾進行真實地反映。同時,他們特別關注社會中「被侮辱與被損害」的蟻族們,不遺餘力地刻畫了他們沉甸甸的悲涼命運和愛恨交織的精神雲圖。比如劉慶邦以「鄉土」和「煤礦」作為寫作的園地,以筆代刀扎向魚龍混雜的中國現實,奉獻了一部部刺痛人心的作品。在《黃泥地》《神木》《女工繪》《紅煤》《黑白男女》中,他貼地行走,既揭示出頑固的城鄉差異、權力文化的扭曲、資本對底層的盤剝等惡相,也關注著匍匐於社會底層的邊緣者的生存狀態,書寫他們的生死游離與愛恨情仇,探秘個體精神的黑洞與光亮,傳達著魯迅式的國民性思考。把「蒼生」放在第一位的王祥夫在「城」和「鄉」之間行走,目光自然也投向了暗流湧動的現實深處,在《米穀》《五張犁》《尋死無門》等小說中,他不斷傳達著城市化進程中的畸變景觀,比如鄉村的消逝、道德的失衡、資本的猖狂、人性的險惡,這些冷峻的元素不斷給卑微的底層增加著悲劇的砝碼。對閻真、周梅森、王躍文等將視野投向不同領域的「腐敗」與「墮落」的作家而言,他們更是以清醒的姿態介入現實的潛流與漩渦中,揭示出令人咋舌的現實怪狀。閻真的《滄浪之水》和《活著之上》將犀利的筆鋒對準了高校和官場,敞開了權錢媾和下醜態百出的黑幕和「潛規則」,展覽了赤裸裸的殘酷現實。他一方面勾勒出知識分子隨波逐流的墮落軌跡,一方面刻畫出他們堅守風骨和尊嚴的艱辛,特別關注聶致遠等普通個體在生存境遇與精神陣痛之間的猶疑。無論是失格、掙扎還是持守,

---

〔註47〕閻真、趙樹勤等:《還原知識分子的精神原生態——閻真長篇小說創作訪談》,《南方文壇》2009 年第 4 期。

他們都能折射出時代的陣痛，這自然也是作家眼中「生活的真實」。王躍文被戲謔為「黑暗教主」，在《國畫》《蒼黃》《梅次故事》等小說中，他以冷峻的筆觸楔入當代現實中的宦海浮沉、爭權奪利、爾虞我詐，揭示出尖銳的社會矛盾和複雜的人性曲變，在對真相的追尋和解密中鞭撻了現實的醜惡及嚴酷。當然，無論是底層寫作的能手還是官場寫作的專業戶，對這些作家而言都只是一個標籤，事實上，他們的創作風格是多元化的。不過，不管題材如何變遷，他們的視角都探向了現實的深井，挖掘出社會存在的罪惡，彰顯出正義的光芒。

就創作方式而言，在「再現型」真實觀的指引下，作家們基本都放下了種種現代主義技術「變法」的武器，向著天然與素樸回歸，遵循著寫實筆法和典型化路數，並且強調細節的真實。不過，現實主義畢竟是一個不斷融合、成長的概念，面對新世紀以來蕪雜花哨的現實，作家們以重擊重時也偶而摻雜一些古典主義和現代主義的技藝，以抵達「冰山」下更多的真實。比如，不管文壇格局如何演變和重組，劉慶邦執著地保管著「寫實」的密碼。無論是裹挾著殘酷溫情的鄉土小說還是呈現礦工浮世繪的煤礦文學，他都經由個體真誠、純樸的感知方式來實錄式地反映光怪陸離的現實世相，在這些弔詭的世相中透視人心的冷暖、解鎖人性的曲折。當然，他的「再現」並非自然主義式的復刻，而是通過當下特殊群體的生存境遇來折射時代鏡像，正如他所說，「煤礦的現實就是中國的現實，而且是更深的現實。」〔註48〕在對社會與現實總體性的把握之外，劉慶邦還打造了一個個真切的細節，在生活的真實之中保持著文學的詩性。作為現實主義的標杆，王祥夫堅持貼著生活來寫作，他充分調動個人生活經驗，勘探城鄉核心場域，客觀呈現了裂變時代底層民眾的「痛」與「愛」。同樣，王祥夫也並非對現實依葫蘆畫瓢，而是採取了「照生活之貓畫小說之虎」〔註49〕的演繹方式，在典型人物跌宕起伏的故事和生動綿密的細節中潛入現實河流的最深處。劉醒龍、李佩甫、趙德發等作家在《天行者》《聖天門口》《羊的門》《生命冊》《經山海》等文中均將現實主義視為寫作指南，他們身心下沉、視野下移、深入現場，在對客觀現實的把握和雕樑畫棟的精準細節中書寫轉型時代的陣痛、蟬蛻與振興，呈現人性的本真力量與掙扎中的異化扭曲，塑造出了孫四海般的民辦教師、呼天成般的權力狂魔、吳小蒿似的扶貧幹部等

〔註48〕劉慶邦：《紅煤・後記》，北京：北京十月文藝出版社，2009 年，第 374 頁。
〔註49〕李雲雷：《底層關懷、藝術傳統與新「民族形式」——王祥夫先生訪談》，《文藝理論與批評》2008 年第 2 期。

有血有肉的典型人物形象，展示出了閡約深美的時代風景。王躍文、閻真、周梅森等作家同樣擅長客觀直陳的手法，但是，客觀直陳並非照搬生活，而是從平庸的生活碎片中挑揀出閃光的幾塊，在對它們重新排兵佈陣中去穿透現實表象，發掘另類真相，抵達生活的本質真實。這也是閻真的追求，「文學應該去表現生活中有特色的事物。」〔註50〕王躍文的感受與閻真大同小異，「文學應表現有意義的真實，而非自然主義的真實。」〔註51〕所以，他們在對現實的直面、典型化的加工、細節性的打磨中折射出強悍無比的生存現實和萬花筒般的立體風貌，看似土、舊、笨的敘事方式也爆發出極強的輻射力。正是在此維度上，有評論家一語道明「大作家身上一定要有笨拙、拙撲的東西」〔註52〕，這種笨拙和樸素之下積蓄著巨大的能量。

從創作姿態來看，捍衛著「客觀性」的原則，這些「麥田裏的守望者」們往往從生活真實出發，對現實的罪惡保持了亢直不撓的詰責和反抗姿態，在批判的酸性溶液裏促使大眾對現存的社會制度進行重審和反思。不過，以人道主義作為精神話語資源，作家們在批判之下依然閃現著理想主義的溫情，他們將赤裸裸的現實客觀暴露出來後，也汲汲尋找療救與撫慰的藥方，探求建設性的社會道路，流露出深厚的人文關懷。比如劉醒龍以「再現型」真實觀為指南，選擇與現實「正面強攻」，在對一處處潰爛現實的敞開中既不失卻生活的客觀性，又燭照出知識分子感時憂國的批判風骨。然而，除了對黑暗濁流的呈現，劉醒龍還擎起「愛」與「善」的倫理旗幟，「唯有愛是偉大的，永恆的，它關懷一切，撫摸一切，溫馨一切，化解一切。只要有愛，所有應該改變的，最終肯定會改變。」〔註53〕所以，無論是面對民辦教師舉步維艱的困境，還是目睹鄉村權力土壤上的人性之惡，劉醒龍都沒有放棄用「愛」來化解生活的苦痛，用「善」來驅逐人性的惡魔。凡此種種，均是現實主義內在精神的照耀。劉慶邦煤礦文學和沉重鄉土中針針見血的文字彰顯著他對現實罪惡的絕不姑息，捨我其誰的氣概內呈現著作家清醒的批判意識。然而，刺痛人心的文字之下依然不乏理想主義的種子，「理想好比是黑暗中的燈火，黎明前的曙光……作家作為人類精神和靈魂的工作者，工作的本質主要是勸善的，是改

〔註50〕閻真、吳投民：《閻真：我的寫作原則是現實主義》，《芳草》2015年第1期。
〔註51〕曾明輝：《專訪省作協主席王躍文：「我所寫的，是我所觀察與思考的，並不帶有成見」》，《湘潭日報》2017年4月16日第1版。
〔註52〕謝有順：《長篇小說寫作的基本問題》，《西藏文學》2011年第5期。
〔註53〕劉醒龍：《閱讀和寫作，都是為了紀念》，《中國比較文學》2012年第3期。

善人心的。」〔註54〕正是在理想旗幟的高懸下，《黑白男女》《女工繪》等小說才沒有變成一臺苦大仇深的控訴大戲，而是在苦難中奏響了一曲曲人生壯歌。相比於文學的「術」，致力於成為魯迅般人間「鬥士」的王祥夫更傾向於思想的「道」，在有關城鄉的殘酷敘事中，王祥夫懷著正義的憤怒和深厚的悲憫對層出不窮的時代病症進行了嚴厲地批判，彰顯著文學的擔當和立場。然而，殘酷之下依然潛藏著作家的暖意，「我崇拜溫情，我寫殘酷的事，其用意也是期待著人們能朝與此相反的方向進步。」〔註55〕面對歧路交錯的現實，他期待著從亂象中開闢新路。閻真面對污濁的時代世相和現實的灰色地帶始終保持著批判的鋒芒，然而，晦暗之中，《活著之上》也滲透了一束光亮，催逼著人們思考「活著」之上還有哪些有尊嚴的「活法」，在現實生活中一路摸爬滾打的聶致遠即代表著作者「活著之上，向遠而生」的信念。一直與現實褶皺深處的慣性與罪惡做鬥爭的王躍文也沒有忘記在黑暗中留下理想主義的光芒，「文學除了描寫和展示，還必須有一種向善的力量。」〔註56〕所以，除了污濁的泥潭，我們還能看到理想的高光。可以說，作家們在堅持客觀寫實筆法的同時，也都固守著現實主義的精神高地，打造出獨屬於這個時代的高翔的文學。

二、主觀現實與「精神型」真實觀

　　新世紀以來，面對變動不羈的社會現實，諸多作家都對其置身的現實世界的「真實性」與「穩定性」產生懷疑，轉而對精神世界橫生「偏愛」。在他們眼裏，關乎心靈的精神世界從深層維度來看反而昭示著「實在性」和「永恆性」。導因於此番現實觀和真實觀，他們對客觀世界的現實或真實不屑一顧，而是集中筆力楔入人們的主觀心靈世界，索解精神圖景中存在的「真實」，經由人性的迷失與復歸、精神的黯淡與光明、意識的混沌與理性等斑駁的內心風景來反映光怪陸離的當下現實。從文學形式上來看，作家們也對「再現型」真實觀下傳統現實主義的寫作筆法避之不及，轉而採取了意識流、魔幻、變形、寓言、象徵、夢境、幻覺、暗示等創造性技術，彰顯出神秘性、抽象化、非理性的特質。這在殘雪、格非、墨白、韓少功、呂新等作家的作品中體現得較為明顯。

〔註54〕劉慶邦：《小說創作的實與虛》，杜昆編，《劉慶邦研究》，開封：河南大學出版社，2015 年，第 28 頁。

〔註55〕李雲雷：《底層關懷、藝術傳統與新「民族形式」——王祥夫先生訪談》，《文藝理論與批評》2008 年第 2 期。

〔註56〕王躍文：《永遠虔誠和謙卑》，《王躍文文學回憶錄》，廣州：廣東人民出版社，2017 年，第 66 頁。

　　這種懷疑物質世界可視的「客觀現實」、偏愛從屬於心靈的「主觀現實」，並力求探秘「精神真實」的現實觀與方法論並非新世紀作家所獨創，而是能從西方現代主義作家那裡尋覓到源頭。比如博爾赫斯就不認同現實世界的真實性，「我並不認為物質的東西非常真實」。他信奉的是精神世界的真實與存在主體瞬間的真實，「瞬間是唯一真實的東西，每一瞬間有他它獨特的悲哀、喜悅、興奮、膩煩或者激情。」〔註57〕弗吉尼亞·伍爾夫在眼前可見的「客觀現實」之外也強調「精神內海」中抽象的直覺感知。波德萊爾、愛倫坡等象徵派作家同樣追尋「深在的真實」和超越客觀世界的「彼岸」的真實〔註58〕。前輩們對客觀主義真實觀的拒絕與對主觀主義真實觀的追求不僅左右著他們自身的題材選擇和藝術手法，還伴隨著80年代百舸爭流般的西方現代主義及後現代主義思潮進入中國，影響了彼時開啟理想探尋和精神追問的頑童騎士們，讓他們發動了一場文學「地震」。其中，現代派作家和先鋒作家們在西方文學的營養澆灌下全身充滿了「反叛」與「破壞」的力量。他們首先對父輩建構起來的「再現型」真實觀「亮劍」，對反映論嗤之以鼻，「反映論的觀點老掉牙了。」〔註59〕甚至，他們認為生活本身即充滿虛假和粉飾，又何以滋生「真實」。其中，馬原一馬當先，在真實與虛構之間憑藉弔詭的敘事圈套顛覆了傳統現實主義的真實觀。當然，顛覆並不意味著他們放棄對「真實」的追求，「我們寫小說的人沒有人不在乎真實」〔註60〕，「我覺得我所有的創作，都是在努力更加接近真實。」只不過，「我的這個真實，不是生活裏的那種真實。」〔註61〕在他們眼裏，客觀現實或生活真實根本無足輕重，甚至，他們鼓吹，「生活實際上是不真實的，生活是一種真假參半、魚目混珠的事物。」〔註62〕導因於這番對現實的理解，他們對看起來「笨重」「古舊」卻又秩序井然、一板一眼的「再現型」寫實筆法不屑一顧，認為這種忠誠的描摹只能抵達有限的表層經驗真實，於是，轉而汲汲追尋靜水

〔註57〕〔阿根廷〕豪·路·博爾赫斯：《博爾赫斯全集 詩歌卷》，林之木、王永年譯，杭州：浙江文藝出版社，1999年，第360頁。

〔註58〕趙樂蛙、車成安、王林主編：《西方現代派文學與藝術》，長春：時代文藝出版社，2009年，第65頁。

〔註59〕黃帥：《專訪殘雪：神秘低調的「諾獎熱門作家」揭開面紗》，《中國青年報》2020年1月14日第11版。

〔註60〕馬原、宋燕：《馬原：我最在乎的是真實》，《燕趙都市報》2019年8月27日第14版。

〔註61〕余華：《我的真實》，《人民文學》1989年第3期。

〔註62〕余華：《我的真實》，《人民文學》1989年第3期。

流深的「主觀現實」與「精神真實」,「對任何個體來說,真實存在的只能是他的精神。」〔註63〕所以,他們的寫作背離常態邏輯,去挖掘精神世界中抽象性甚至玄妙性的「一種願望」或「一種欲望」,這些都是「非常真實可信」〔註64〕的,而客觀現實世界卻是雜亂無章。受制於這番「離經叛道」的真實觀,馬原、余華、蘇童等文學「狂狷者」與「再現式」的宏大寫作一刀兩斷,開始解剖個體的精神肌理,探索人性隱秘的幽微與畸變。比如在《鮮血梅花》《河邊的錯誤》《現實一種》《褐色鳥群》等風靡一時的小說中,作家幾乎無一例外地挑開生活表層的幕布,直抵人們內心世界的神秘地帶,企圖通過人性的錯位、扭曲或裂變來探尋個體即時性的心靈波動與真實化的精神存在。無論是人心的迷失還是人性的暗洛,作家們都縱情暴露著仇恨、絕望、迷狂、暴力、荒誕、恐懼、震驚式的體驗。在他們眼裏,這些看似畸變的因素實則是精神真實的呈現,它們的炸裂都來源於個體內心的力量和欲望。為了表達這種隱秘的內在真實,作家們對傳統寫實手法繞道而行,而是踏上了極端抽象化的小徑,隨後,敘事空缺、陷阱、圈套、迷宮紛至沓來,構成了佶屈聱牙的美學盛景。

新世紀以來,在錯綜複雜的當代中國現實中,也有不少作家仍然執著關注著「心靈現實」,尋覓著「精神真實」,「有什麼樣的人心,就有什麼樣的現實。」〔註65〕不過,和20世紀80年代中期的寫作範式不同,他們沒有對客觀現實避之不及,也沒有癡迷於內向化的觀念表達與形而上的哲學思考,而是立足於鮮活的中國大地和中國經驗,既從本真的生活經驗去挖掘精神真實,也從內在的精神真實來透視紛繁多面的時代圖譜。

這裡,我們以「文學女巫」殘雪為例。受到博爾赫斯、卡夫卡等作家的影響,殘雪形成了自己的現實觀和真實觀。她認為現實世界不僅有客觀存在的「表層現實」,還有內在永恆的「深層現實」。她要打撈的固然是「深層現實」中個體的「精神真實」:「我要寫的是深層的東西,不是表面的現實,那個表面的現實跟我要寫的東西沒有多大關係。」〔註66〕20世紀80年代,秉持著這番精神真實觀,殘雪的眼睛從客觀世界移開,聚焦隱蔽的主觀心靈世界,開始盤旋於複雜的人性。《黃泥街》《山上的小屋》《污水上的肥皂泡》《蒼老的

〔註63〕余華:《虛偽的作品》,《上海文論》1989年第5期。
〔註64〕余華:《我的真實》,《人民文學》1989年第3期。
〔註65〕唐小林:《蘇童老矣,尚能寫否?》,《文學自由談》2018年第1期。
〔註66〕殘雪:《殘雪文學觀》,桂林:廣西師範大學出版社,2007年,第67頁。

浮雲》等文都是她對陰暗的人性角落和幽微的精神世界的勘探，在閉鎖式的勘探中傳達出了存在的荒誕。這些小說中佶屈聱牙的現代派寫作給彼時的文壇吹來了一陣黑暗的旋風。新世紀以來，殘雪從黑暗王國的夢魘中醒來，她開始關注現實生活中龐大的底層群體，誕生了《新世紀愛情故事》《民工團》《黑暗地母的禮物》《赤腳醫生》等小說。不過，作為一個與生俱來的「叛逆者」和藝術的「復仇者」，殘雪從未放棄精神的高蹈姿態。她仍舊撥開荊棘叢生的蕪雜現實，經由羊腸小道楔入人們的精神世界。這也是她在提及《新世紀愛情故事》的創作旨歸時所坦言的：我寫的不是表面的真實，「我的所有的故事都指向現實的本質。」〔註67〕但是，在對精神世界的解剖中，此時的殘雪也突破了封閉性的個體心牆，開始經由個體與他者、社會的關係來打量時代的千姿百態，其文本內部流淌著一絲真正的生活氣息。比如《民工團》看似是一個平面化的進城打工者的故事，實則，殘雪由人的異化與飄零呈現了一個人性之惡的精神地獄。經由這個「溢惡」的地獄，作家也透視出了當代城鄉現實土壤中權力機制的運行規則，自然也展覽了民工群體真實的生存境況和精神版圖，關注了他們現實生活中話語權的問題。《黑暗地母的禮物》探索了五里渠小學眾人幽微曲折的精神秘境，但是，當中也涉及現實生活中親情倫理的書寫和人際關係的處理。當然，這一切都離不開殘雪對主觀現實和精神真實探索的執著。

除了殘雪，在對新世紀弔詭現實的介入中，墨白、呂新、韓少功、石一楓、須一瓜、東西等作家同樣崇尚精神真實。主張「寫作要切到血肉裏」的先鋒悍將墨白即直言，「作家要有自己的精神高地」，要營造「精神世界的廣度和深度」〔註68〕。與當下現實短兵相接的須一瓜也承認，「人性世象或者精神真實才是小說的王道。」〔註69〕散發著詩人氣質的呂新自認，「寫作於我，不是去趕集，更不是去表演」〔註70〕，所以，他寧願沉浸到時間的河流中去慢慢追蹤人性的

〔註67〕 金瑩：《殘雪：我所有的故事都指向現實的本質》，《文學報》2013年1月17日第5版。

〔註68〕 田中禾、墨白：《與墨白對話：小說的精神世界》，田中禾編：《在自己心中迷失》，鄭州：河南大學出版社，2012年，第486頁。

〔註69〕 酈亮：《作家觀點：精神真實才是小說的王道》，《青年報》2018年8月16日第A03版。

〔註70〕 呂新：《我為什麼寫作》，《白楊木的春天》，廣州：花城出版社，2013年，第220頁。

弧光。當然，新世紀以來，在對心靈世界的劈開與精神真實的尋覓中，他們也沒有忘記所處的現實世界，「你要關注的永遠應該是你所處的社會現實，應該關注你所熟悉的那些人的生存狀態和精神狀態。」〔註71〕故而，在墨白的《事實真相》《告密者》《逃亡者》等小說中，他關注社會眾生的精神世界，但這種精神世界是根植於現實大地的。他借助不同階層的人所面臨的尷尬的生存和裂變的心靈去審視轉型時代的中國現實。擅長「鐵血童話」創作的須一瓜在《甜蜜點》《太陽黑子》《雙眼颱風》等小說中經由「探案」的刀鋒直抵人的靈魂暗處。不過，無論是呈現「正與邪」的較量，還是「罪與罰」的博弈，抑或「懺悔與救贖」的艱難，在人性真實的解鎖和精神真實的探微中，她都以「驚雷」般的姿勢曝光出社會現實。

需要追問的是，面對變動不羈的社會現實，作家們如何掀開生活表層的皺皮，呈現精神真實呢？導因於對「再現型」真實觀的摒棄，他們對傳統寫實手法毫無興趣，而是採取了花樣繁多的現代主義「飛翔」技術，比如奇崛的夢境、弔詭的幻覺、魔幻的異度空間、神秘的物象、破碎的場景，共同打造了一個混沌、荒誕的精神世界。比如，自稱為「長夢不醒的藝術工作者」〔註72〕的殘雪儼然「專業築夢師」，《民工團》《黑暗地母的禮物》等文就經由夢境、幻覺、意識流等先鋒手法建構了可以直抵人性晦暗地帶的異域空間。墨白是堅持先鋒實驗的「百變高手」，在《告密者》《孤獨者》《迷失者》《逃亡者》等小說中，他將夢境、幻覺、回憶、想像穿成珠串，通過它們的輪迴放映去呈示當代社會眾生的生存現狀與精神實況。在他眼裏，夢境、幻想等看似抽象性的事物都與人們經歷的現實生活掛鉤，甚至，它們還高於客觀的物質世界，「幻想和夢境成了我們最真切的精神載體，這是不爭的事實。」〔註73〕值得注意的是，這些令人眼花繚亂的怪誕筆法在三十年前的先鋒盛宴上早已屢見不鮮，頑童作女們紛紛以「虛擬的形式」去通往精神真實的彼岸。那麼，當年的盛宴早已煙消雲散，新世紀作家們抵達精神真實的奇崛技藝與當年相比，有何分野呢？無論是交叉小徑的花園，還是曲折蜿蜒的迷宮，抑或疑點重重的圈套，當年的神秘空間或詭異物象往往都呈現出極端私密化和

〔註71〕高俊林、墨白：《精神自由與人格獨立——墨白訪談錄》，《小說評論》2010 年第 3 期。

〔註72〕殘雪：《異端境界》，《從未描述過的夢境：殘雪短篇小說全集》，北京：作家出版社，2004 年，第 4 頁。

〔註73〕墨白：《夢境、幻想與記憶》，《山花》2005 年第 5 期。

高度抽象化的特徵，加上作家們反抗現實秩序的邏輯線索與曲高和寡的哲學迷思，更是渲染了非理性化的色彩，阻擋了讀者順利進入的可能。新世紀以來，作家們依然依靠千奇百怪的先鋒筆法來獲取「精神真實」，但是，這些技藝並非遠離地面，而是與鮮活熱辣的當代社會現實勾連起來，儘管裏挾著怪誕的外衣，卻呈現出了偏「外向化」和「理性化」的意味，也降低了晦澀難懂的等級，允許讀者楔入他們的心靈世界。正如殘雪對《黑暗地母的禮物》的評價：「這是我最好讀的一部小說。」〔註74〕關於這種從極端「內向化」到相對「外向化」的轉向，有學者認為削弱了文學的詩性，降低了作家的精神氣質。但是，在我們看來，這種「外向化」順應了時代發展和文學更新的步伐，既沒有放棄對內心世界和精神真實的掘進，又實現了對當代社會現實的回應。事實上，並不是孤僻難懂的文學就勝人一籌。同時，這種「外向化」並非是採取反映論的方式來再現現實，而是注重多種藝術的兼容並蓄，正如殘雪所言，「我一直在致力於中西兩種文學文化的融合。」〔註75〕在敘事升級中，他們不斷拓展著精神真實與文學真實的疆域。

三、日常現實與「還原型」真實觀

　　新世紀以來，作家們看到的是令人驚異的現實劇變，這些斑駁陸離的現實對他們來說無疑構成了「震驚」體驗。面對這一體驗，有作家選擇了「以重擊重」的「撞牆」藝術，也有作家撥開現實表層，在暗流湧動的精神版圖上深度開墾，還有作家試圖四兩撥千斤，借助俗世生活中的「日常經驗」來對抗「震驚經驗」，在「以輕擊重」中還原現實真相。面對盤結錯落的社會現實，不少作家之所以對「日常經驗」情有獨鍾，老老實實地貼著生活摹寫，首先導因於他們秉持的文學觀：「小說是什麼，小說就是小聲說話。它要說家常話，要找到生活中細小的縫隙，然後慢慢撬開。」〔註76〕其次，這也與他們的人生觀密不可分：「人生就是日子的堆集，所謂的大事件也是日常生活的一種。寫日常生活就看人是怎麼活著的，人與人的關係，人與萬物的關

〔註74〕殘雪、張迪：《女巫殘雪：我的書要「讀十幾遍」》，《瀟湘晨報》2015年10月11日第A07版。

〔註75〕盧歡：《殘雪：在精神廢棄的時代，始終關心靈魂生活》，《唯有孤獨才有可能思考：當代著名作家訪談錄》，南京：江蘇鳳凰文藝出版社，2017年，第212頁。

〔註76〕江玉婷、付秀瑩：《寫小說是因為對生活有話要說》，《中國出版傳媒商報》2022年9月2日第7版。

係。」〔註77〕故而，即便是遇到了敏感尖銳的重大現實問題，他們也保持著波瀾不驚的姿態，從自然素樸的日常生活楔入，熱衷談論兒女情長、鄉村倫理和家長裏短，在細緻入微的觀察甚至是近乎田野調查的實證方式中來呈現人們本真的生存鏡像。近年來，林白、魏微、賈平凹、季棟樑、付秀瑩、馬金蓮等作家就不厭其煩地講述著日常生活經驗，持守著「還原型」的真實觀。

　　作家們對日常化生活敘事的重視以及遵循的「還原型」真實觀不僅能從歐洲自然主義文學流派那裡找到線索，還能接洽1989年前後中國文壇掀起的「新寫實主義」小說浪潮。回溯新寫實小說，池莉、方方、劉震雲、劉恒等作家與彼時的社會現實可以說是「親密」接觸。他們主張「還原」日常生活，力求毛茸茸的、原生態的真實。無疑，這悖離了傳統現實主義文學秉持的真實觀。在「新寫實」作家眼裏，那種凸顯「典型環境」和「典型人物」的現實主義藝術既缺乏地氣，也脫離了生活真實，畢竟，作家們在孜孜追求的「宏大敘事」中對鮮活生動的現實進行了重新剪裁、挑選和提煉，這種精雕細琢的操作無疑是對客觀現實的一種篡改。因此，「新寫實」派們摒棄剪裁，而主張「拼板」〔註78〕，以呈現「天然去雕飾」的本真生活。同時，關於先鋒文學中頑童悍將們汲汲追求的「主觀現實」與「精神真實」，新寫實的作家們也公然反抗。在他們看來，先鋒騎士們信奉的「精神真實」過度倚仗個人化視角和主觀性介入，顛覆了日常經驗與客觀的現實真實。所以，在「還原型」真實觀的引領下，他們的寫作題材轉向普通人的現實處境，不遺餘力地展示老百姓的日常生活和生存境況，以他們庸常的衣食住行、吃喝拉撒睡作為描寫對象，內容都是世俗生活中雞毛蒜皮的小事，場域也基本固定於家庭、單位等相對較狹窄或封閉化的地方。在碎片化、「生活流」般的「小家」敘事中，作家們經由印家厚、小林等底層人物或凡俗個體「冷也好熱也好，活著就好」的生存狀態來編織原生態的日常生活圖景，呈現「一地雞毛」式的煩惱人生，展示本真、本土的現實，「我的作品完全是寫實的，寫客觀的現實，拔高了一個，就代表不了人類。」〔註79〕就「新寫實主義」小說家的敘事姿態而言，他們也放逐了傳統現實主義文學自上而下的「大我」式「啟蒙」姿態，同樣屏蔽了先鋒文學極端內向化的「小我」型主觀姿態，強調作家們要以心如止水的客觀化姿態沉浸到看似無意義的、瑣

〔註77〕賈平凹、楊輝：《究天人之際：歷史、自然和人——關於〈山本〉》，《揚子江評論》2018年第3期。

〔註78〕丁永強：《新寫實作家、評論家談新寫實》，《小說評論》1991年第3期。

〔註79〕丁永強：《新寫實作家、評論家談新寫實》，《小說評論》1991年第3期。

碎、蕪雜的生活碎片中去，接受卑微、平庸、拉拉雜雜的世俗生存和灰色人生。應該說，這類小說呈現出來的是「存在即合理」的哲學觀。在此番哲學觀中，作家無意扮演讀者引路人的角色，他們迴避崇高、放棄理想、消解主體、淡化立場、逃避承擔，在冷淡的態度中強調「零度情感」的介入，「生活對我的影響很大，寫生活本身，不要指導人們幹什麼。」〔註80〕當然，這種對日常生活敘事的偏愛也讓我們重審作家的平民主義立場，反思世俗化文學潮流的價值。

新世紀以後，我們迎來了急劇化的社會轉型時代，現實在裂變中展覽出盤根錯節的面貌。面對一團亂麻式的現實景觀，不少作家再次重拾「還原型」真實觀，試圖以「樸素」對抗「混亂」，借助對日常生活的還原來暴露人們真實的生存狀態，悄然無聲地展示新時代的山鄉巨變與精神演進史。這在林白、賈平凹、季棟樑、付秀瑩、魏微等作家筆下有著顯豁的呈現。

比如，曾經徜徉於精神私密堡壘的林白從「一個人的戰爭」中走出來後，便敞開心胸、破繭成蝶，與世間萬物風雨同舟。在「天氣」與「地氣」的營養輸送中，她感受人間煙火，凝視世界的本來面目，聆聽民間的聲音，擷取著人們「具體、鮮活、生動、豐富」的「實感經驗」〔註81〕，還原著大地上原原本本的現實生活，「我希望保留最原汁原味的東西。」〔註82〕所以，在《婦女閒聊錄》中，她扛起攝相機，以局外人的姿態拍攝著「王榨」的家長裏短、衣食住行等原生態的生活世相，於一地雞毛中串聯起了218個瑣碎卻又真實的片段，瑣碎和真實恰恰對應著村落王榨甚至是整個鄉土中國的風貌。號稱「片段使我興奮，也使我感到安全」〔註83〕的她在《北去來辭》和《北流》中同樣採取了碎片化與生活流式的擴散型結構，在漫不經心的敘述中呈現了蕪雜凌亂的城鄉全景圖。季棟樑希望自己一直保持著「放羊娃般」的真實狀態，在對故鄉西海固的深情回眸中堅持「樸實、紮實、厚實」〔註84〕的寫作路數。他的書寫對象是匍匐於社會底層的勞苦大眾，為了原本呈現這個龐大群體的生存境況，他避開了典型化的萃取，而採用了普泛性的原生態手法，「倘若按照常規的小說寫作，寫一個或幾個人、一家或幾家人的命運糾

〔註80〕丁永強：《新寫實作家、評論家談新寫實》，《小說評論》1991年第3期。

〔註81〕林白：《就這樣寫成了〈北去來辭〉》，《東吳學術》2014年第2期。

〔註82〕林白、田志凌：《徹底向生活敞開》，《南方都市報》2004年10月19日。

〔註83〕林白：《生命熱情何在——與我創作有關的一些詞》，《當代作家評論》2005年第4期。

〔註84〕舒晉瑜：《季棟樑：〈西海固筆記〉付出我最大的耐心與敬意》，《中華讀書報》2022年3月30日第11版。

葛，就無法反映目前整個農村恍惚、焦慮、困惑的現狀，……因此，我選擇了原生態的寫作。」〔註85〕所以，在《上莊記》中，他用一種近乎田野調查的方式對上莊人日常生活的點點滴滴進行了別開生面地復現，文中的照相機成了扶貧幹部行走、觀察、記錄真相的重要道具，作者更通過加注釋的方式來印證細節的客觀性和精確性。《西海固筆記》同樣是地地道道的還原敘述，在對生活本真的摹寫和搖曳生姿的細節中展示了新時代以來脫貧攻堅的偉大成就。賈平凹也是「還原型」真實觀的膜拜者，貢獻了一系列「法自然」的作品。經歷了時代的騰挪轉移和個人的波瀾起伏，在他眼裏，「其實最好的東西都是最樸素、最平實的，你就老老實實地把它表現出來，勝過一切技巧。」〔註86〕因此，他總是從日常生活出發，在隨物賦形中「跟著感覺走」，描摹出毛茸茸卻又不乏力量的原生現實。回顧《秦腔》《帶燈》《山本》等小說，賈平凹基本都採取了散漫化、流水帳的記敘方式，通篇幾乎都是瑣碎、平淡、庸常的日常生活，缺乏完整、連貫的故事情節，甚至小說章節也是模糊不清的。在青年作家群體中，處於現實夾縫中的「70後」一代也對煙火氣息濃郁的日常生活經驗充滿了書寫的興趣，其中，付秀瑩是典型代表，無論是《陌上》還是《他鄉》抑或《野望》，在散點透視的篇章結構和瑣碎化的生活敘事中，她的寫作旨歸就在於「我想把生活的本來面目指給你看。」〔註87〕除了上述作家，金宇澄、魏微、馬金蓮、石一楓等人也都從日常現實和「還原型」真實觀中汲取養分，呈現了生活本身的碎片式面目。

當然，新世紀以來的作家們雖然保持著對日常現實生活的熱忱，恪守著「還原型」真實觀，但是，由於作家主體精神的嬗變和社會現實的轉型，相比於曾經風靡一時的「新寫實主義」浪潮，他們的創作在敘事動機和敘事姿態上還是出現了分野。

從敘事動機上來看，新世紀以來林白的《婦女閒聊錄》《北去來辭》、賈平凹的《秦腔》《帶燈》、季棟樑的《上莊記》《西海固筆記》、付秀瑩的《陌上》《他鄉》、魏微的《煙霞裏》、馬金蓮的《馬蘭花開》《長河》等作品和新寫實小說類似，都排拒沉重的「宏大敘事」，以日常生活經驗作為寫作的起點，照

〔註85〕 李建軍等：《季棟樑〈上莊記〉帶給我們的思考和啟示》，《寧夏文藝評論 2015 年卷》，銀川：寧夏人民出版社，2015 年，第 307 頁。

〔註86〕 行超：《賈平凹：「我有使命不敢怠」》，《文藝報》2015 年 5 月 11 日第 1 版。

〔註87〕 徐春林、付秀瑩：《付秀瑩：「我想把生活的本來面目指給你看」》，《潯陽晚報》2017 年 6 月 17 日第 6 版。

相式地聚焦一地雞毛的生存鏡像。但是，當年池莉、劉震雲等作家筆下的新寫實小說在庸常的吃喝撒拉睡和平面化的手法中呈現出來的是消解意義、拒絕崇高的理念。新世紀以來，作家們雖然關注雞毛蒜皮的瑣事，但拉拉雜雜的散漫敘述中滲透出來的不是「小我」的哼哼唧唧，而是「小中見大」的敘事旨歸，日常經驗的小敘事隱含著他們對大時代的現實追詰及人性叩擊，「『小說』就是『往小處說』，我們有大的眼光、關照，還不妨往細微之處、人性的起伏波折之處去落筆和探索。」〔註88〕所以，在林白的《婦女閒聊錄》中，看似是「王榨」鋪天蓋地的生活流，其實，這裡不僅有婦女們家長裡短的日常閒聊，更有關乎鄉村底層婦女問題、道德倫理的崩塌問題、隱秘的男女關係問題等當下時代的「大現實」。在季棟樑的《上莊記》中，作家拋棄了從前的「線狀敘事」，取而代之以「片裝敘事」〔註89〕，呈現的是一章一個故事的散落式寫作。但是，在事無巨細的書寫和夾泥帶沙的重複語調中，無論是上莊的空心化帶來的孤寡老人與留守兒童問題，還是閉塞的交通條件與教育資源的匱乏，抑或民族傳統的消逝、鄉村精神的式微、道德倫理的失範，都是沉重的問題景觀。這些花樣百出的問題病症其實也是鄉土中國的縮影，折射著當代農村社會錯綜複雜的政治與文化生態，似乎每動一個地方都會落下灰塵，給人帶來貶骨的疼痛。賈平凹的《秦腔》《帶燈》等都是平淡如水的流水帳敘事，但是在支離破碎的日常生活故事中，我們看到了轉型期中國傳統村落的裂變與頹敗，聽到了小故事中大時代車輪轟隆前行的聲音。在「以小見大」的敘事中，不難理解作家「我要給我的故鄉豎起一塊碑子」〔註90〕的願望。閱讀付秀瑩的《陌上》，芳村的人或事看似像一粒粒珍珠般隨意散落在文本中，實則，這些微小的珍珠串起來講述的既是變動不羈的故鄉，更是轉型時代泥沙俱下的「他鄉」，當中包含了傳統農村失土失鄉的困局、生態環境的惡化、傳統倫理共同體的式微、鄉村社會結構失衡等「大」時代的中國故事。正是基於這樣的敘事倫理，作家才真誠道明心聲，「老實說，我是有著為芳村立傳的野心的。」〔註91〕《野望》同樣是在蜚短流長和拉拉雜雜的敘述中呈現新時代中國鄉村日新月異的新氣象。魏微的《煙霞

〔註88〕付秀瑩：《開闊的視野 豪放的敘事》，《文藝報》2017年4月26日第7版。
〔註89〕季棟樑、火會亮：《對於「上莊」，理解力比想像力更重要——就〈上莊記〉對話季棟樑》，《朔方》2015年第7期。
〔註90〕賈平凹：《秦腔·後記》，北京：作家出版社，2015年，第516頁。
〔註91〕徐春林、付秀瑩：《付秀瑩：「我想把生活的本來面目指給你看」》，《潯陽晚報》2017年6月17日第6版。

裏》也是從世間普通個體田莊經緯交織的個人地圖出發，在她跌跌撞撞的成長、成熟與消逝中去接洽大時代的波光雲影，呈現了波瀾壯闊的改革史。這既照應著作家「我認為小說是小以見大」的日常美學書寫範式，也昭示著她「對人生、對時代做整體的把握」的宏願。〔註92〕因此，作家們在「還原型」真實觀的影響下，不僅真實記錄了人們日常生活的零碎與繁雜，更是抱持著「見微知著」的理念，在「小」故事中燭照「大」時代，以凡塵煙火折射現實的浩波巨瀾。這讓文本在「原生態」中呈現出一種生猛與力量，也對應了列斐伏爾對日常生活的評判：日常生活看似無意義，實則是「一個產生意義的地方」〔註93〕。

　　從敘事姿態來看，新世紀之後的林白、賈平凹、季棟樑、付秀瑩、馬金蓮等人雖然強調還原日常生活和本真的摹寫姿態，盡力降低自己的寫作姿態，但是，在蕪雜的生活流和看似波瀾不驚的敘述口吻中，他們未必做到「零度介入」，而是仍然呈現了知識分子面對這個時代的真誠、擔當與責任。顯然，這與「新寫實小說」一味標榜的情感的零度不同。在《煩惱人生》《冷夜好熱也好活著就好》《不談愛情》《一地雞毛》《單位》等新寫實的典範之作中，作家們在瑣碎的話家常中基本都隱匿了自己的身影，淡化了精神立場。當然，也有評論家為新寫實小說申辯，認為這種面無表情、激情退卻的寫作本身就隱含了一種批判傾向。即便如此，我們從文本自身出發，也不能否認作家們在凡俗小事的庸常生活和波瀾不興的平面敘述中彰顯出的主體降維甚至消解姿態。但是，到了新世紀上文提及的小說中，作家們不僅對現實進行了還原，還在大時代的折射中隱現了主體「介入」的心情，不顯山不露水的敘述中同樣奔湧著作家們情感的潛流。比如林白在《萬物花開》《婦女閒聊錄》《北去來辭》《北流》等小說中表面上流露的是對於現實「我沒有希望也沒有失望」的「冷漠」姿態，但除了面對，還有「背對」，在背對世界時，林白聽到的是「滾滾洶湧流動的血液，血液裏的某種聲音。」〔註94〕所以，在小說的字裏行間，我們能看到林白面對鄉村裂變、城市流動、傳統消逝、女性生存等話題時的百感交集，當中既有對藏污納垢下鄉村荒野「炸裂」現場的痛心，也有對喧鬧熙攘中鄉村女性野蠻生長

〔註92〕舒晉瑜：《魏微：我終於等來了這一刻》，《中華讀書報》2023 年 1 月 18 日第 11 版。

〔註93〕〔法〕亨利‧列斐伏爾：《日常生活批判》，葉齊茂、倪曉暉譯，北京：社會科學文獻出版社，2018 年，第 316 頁。

〔註94〕林白：《世界以它本來的面目運行，我面對它，傾聽和凝視》，《花城》2020 年第 4 期。

的敬畏，更有對時間河流和改革浪潮下城市知識分子精神暗落的惋惜。季棟樑堅持「踩進生活的泥土中去」〔註95〕的寫作理念，在原生態的樸素寫作中，我們固然見識了作者面對殘酷現實的冷峻，但更體會到作者與鄉土大地貼身而行時那種鄉土已逝的心靈「剝離」般的刺痛感。比如在《上莊記》中，日常生活看似風平浪靜，實際上上莊的「膿瘡」不斷在暴露甚至潰爛。作者面對遍體鱗傷的鄉村不忍批判，而是為積重難返的鄉村尋求著突圍之徑。「趙樹理式」解決問題的方式中固然暗含著作家與現實的妥協，但未必不湧動著他對故鄉的大愛。相比於同時代的莫言、閻連科等人，賈平凹的文字似乎缺少了凌厲之感，他一直以平和、沖淡、瑣碎的筆觸來還原日常生活，遵循著「減法」式的寫作，「把事情說完就行了，虛張聲勢的東西沒有必要。」〔註96〕然而，「草蛇灰線」式的筆法實則伏筆千里，「法自然」的軌跡最終推衍出來的是鄉村的滄海桑田和時代的悄然生變。在故鄉的殘垣斷壁中，賈平凹雖然沒有表達尖銳的激憤之情和犀利的批判，畢竟，在他眼裏，「人生就是日子的堆集，所謂的大事件也是日常生活的一種」〔註97〕，但是，從那些綿密的細節中，我們依然能感受到賈平凹對自然、人性、鄉村畫卷深刻的思考和寫作的溫度。付秀瑩的《陌上》在小橋流水般的敘述中呈現著蕪雜凌亂的「芳村之旅」，不過，從她「小中見大」的敘事雄心中就不難發現作家對時代的介入。她以腳下的「芳村」作為寫作起點，抵達的卻是整個中國山鄉巨變中百姓的生存現狀與精神地圖。所有的人性世故、鄉野變遷都不是一板一眼地呈現，而是蘊含著作家深沉的情感力量，比如對於故鄉血地的牽腸掛肚，以及對中國農民的深度悲憫。從這些作品中不難發現，作家們雖然遵循著「還原型」真實觀的敘事法則，以雲淡風輕的口吻道出雞零狗碎的日常生活，建構起日常敘事詩學範式，但是從悠長和從容中，我們能隱約聽到風雷呼嘯而過的聲音，感受著作家們靜水流深中孕育的情感力量。

四、「神實」現實與「內在型」真實觀

新世紀以來，面對大千世界中波詭雲譎的時代景觀，更多作家開始從荒誕

〔註95〕舒晉瑜：《季棟樑：〈西海固筆記〉付出我最大的耐心與敬意》，《中華讀書報》2022 年 3 月 30 日第 11 版。

〔註96〕舒晉瑜：《賈平凹：寫胡蝶，也是寫我自己的恐懼和無奈》，《中華讀書報》2016年 2 月 24 日第 11 版。

〔註97〕賈平凹、楊輝：《究天人之際：歷史、自然和人——關於〈山本〉》，《揚子江評論》2018 年第 3 期。

不經的現實中來探索溢出表面生活邏輯的「神實」真實或常態視域難以看見的「內在」真實。不管是經由荒誕性質的文學來折射人類生存的現實世界，還是借助現實世界的光怪陸離去萃取出荒誕色彩，在作家們看來，「神實」真實或「內在」真實中隱含的一點即：荒誕無異於真實。比如，建構起「神實主義」文學觀的閻連科對於作品中曲折離奇的荒誕性敘述即言，「我以為荒誕性恰恰就是現實性，就是現實主義」〔註98〕，「愈真實愈荒誕，愈荒誕愈真實。」〔註99〕與現實血肉相搏的東西發出了「極度的荒誕也是極度的真實，它們像是連體嬰兒」〔註100〕的肺腑之言，劉震雲更是拋出了「真實的東西最荒誕」〔註101〕的言論，余華也反覆強調，「真實就是荒誕。」其實，回溯20世紀西方聲勢浩大的現代派文學，加繆、薩特、尤奈斯庫、貝克特等文壇「先鋒」即對荒誕與真實、荒誕與現實的關係進行了闡釋。不過，他們筆下的「荒誕」並不聚焦形而下的現實生活，而是指向形而上的人類存在範疇，象徵著世界、人生整體的無意義。新世紀以來，中國作家們紛紛想以「荒誕」擊穿「現實」並建構「真實」，本質上導因於他們對當下社會現實景觀的判斷，「所謂荒誕，不過是真實故事」，「荒誕在我們的生活中，無處不在」〔註102〕，「與其說作家在現實中發現了荒謬，還不如說是越來越荒謬的現實讓小說不得不荒謬起來。」〔註103〕甚至，作家們更偏激地認為，今天的社會現實比小說裏的事件要荒誕得多，「與現實的荒誕相比，小說的荒誕真是小巫見大巫」〔註104〕，「今天中國現實的豐富性、複雜性、荒誕性與作家的想像力，已在同一條跑道上，輸掉的經常是中國作家而不是現實本身。」〔註105〕正因為當今時代中滑稽的「超現實」〔註106〕成為重要現實甚至構成現實調色盤的底色，所以，無論是作家們在文本中呈示

〔註98〕 張學昕、閻連科：《現實、存在與現實主義》，《當代作家評論》2008年第2期。

〔註99〕 閻連科、蔡瑩：《文體：是一種寫作的超越——閻連科訪談錄》，《上海文學》2009年第5期。

〔註100〕 東西：《滑翔與飛翔》，《廣西文學》1996年第1期。

〔註101〕 衛毅：《劉震雲 傾聽芝麻變西瓜的聲音》，《南方人物週刊》2012年第29期。

〔註102〕 鬼子、姜廣平：《鬼子：直面人民在當下的苦難》，《西湖》2007年第9期。

〔註103〕 東西：《關於寫作的多種解釋——在法蘭克福大學的演講》，張清華編：《中國當代作家海外演講》，北京：北京大學出版社，2012年，第171頁。

〔註104〕 余華：《〈兄弟〉夜話》，《小說界》2006年第3期。

〔註105〕 閻連科：《平靜的生活與不平靜的寫作——在悉尼大學孔子學院的演講》，《一派胡言》，北京：中信出版社，2012年，第107頁。

〔註106〕 余華：《我們生活在巨大的差距裏》，北京：北京十月文藝出版社，2015年，第209頁。

的荒誕故事還是有意打造的荒誕感，都並非捕風捉影，而是有堅實的現實根基，只不過這種荒誕的現實有時埋藏於生活深處或被表層的平靜所遮蔽。也正是在此基礎上，作家們要掀開現實世界表層經驗的面具，繼而潛入到生活內部暗流湧動的漩渦中，探索世界景深中「那些被省略的部分，那些被暗示的部分」〔註107〕，挖掘到「荒謬的真實」〔註108〕或「內在的真實」〔註109〕。這就是閻連科發現的「神實現實主義」，也是胡學文堅持的「冰川現實主義」〔註110〕或王威廉口中的「深度現實主義」〔註111〕。

那麼，面對弔詭奇崛的荒誕現實，作家們如何恰如其分地呈現出它蘊含的真實呢？新世紀的作家們不滿足於「必然王國」裏樸素的傳統現實主義筆法，而是向著開放性的「自由王國」〔註112〕行進，「我希望我的寫作能超出我的生活經驗。也就是，生活的經驗不是照耀在我的頭頂，而是被我踩在腳下。」〔註113〕因此，他們告別了寫實的「直道」，踏上了「荒誕」的彎道，正所謂，「荒誕裏面承載著更高的真實」〔註114〕，「荒誕的敘述，怪異的講述才是接近真實的不二法門」，「荒誕敘述的背後，恰恰是真實現實的紙上再現。」〔註115〕從作家的敘事技巧來看，閻連科、莫言、劉震雲、余華、格非、李洱、鬼子、李浩、王威廉等不同代際的作家在認同「超現實」時均持守著「荒誕即真實」的真實觀。他們操縱著想像、誇張、傳奇、神秘、魔幻、假想、寓言、夢境等「飛翔」的藝術武器，試圖以荒誕的敘述來洞穿荒誕的現實，從而更快地抵達現實大地的核心岩層，更深地把握事物的本質真實。

新世紀以來，作家閻連科在對現實主義理論的揚棄和對當代文學創作軌跡的勾勒中離析出了「神實主義」小說這一株奇花異草，並借「神實主義」理

〔註107〕 〔美〕：雷蒙德・卡佛：《大教堂》，南京：譯林出版社，2009 年，第 236 頁。

〔註108〕 閻連科、張學昕：《我的現實 我的主義：閻連科文學對話錄》，北京：中國人民大學出版社，2011 年，第 214 頁。

〔註109〕 閻連科、蔡瑩：《文體：是一種寫作的超越──閻連科訪談錄》，《上海文學》2009 年第 5 期。

〔註110〕 鄢波：《胡學文的「冰川現實主義」》，《長江文藝》2020 年第 11 期。

〔註111〕 王威廉：《寫作的深度現實主義》，《文學報》2017 年 10 月 26 日第 5 版。

〔註112〕 范小青、舒晉瑜：《寫作慢慢地走向自由王國》，《上海文學》2016 年第 1 期。

〔註113〕 鬼子、姜廣平：《鬼子：直面人民在當下的苦難》，《西湖》2007 年第 9 期。

〔註114〕 張清華、余華等：《余華長篇小說第七天學術研討會紀要》，《當代作家評論》2013 年第 6 期。

〔註115〕 周明全：《以荒誕擊穿荒誕》，《當代作家評論》2013 年第 6 期。

論發表了他對「荒誕與真實」關係的思考。何謂「神實主義」，即「在創作中摒棄固有真實生活的表面邏輯關係，去探求一種『不存在』的真實，看不見的真實，被真實掩蓋的真實。」〔註 116〕「神實主義」與傳統現實主義最大的區別在於「創造真實」〔註 117〕。當然，這種真實觀的建構並非朝夕之間，而是經歷了漫長的觀念博弈和精神重塑。從閻連科的創作譜系來看，20 世紀 90 年代以前，他創作出了「東京九流系列」與「瑤溝系列」，當中，傳統現實主義手法依然根深蒂固。90 年代後，從《尋找土地》開始，他自覺生發出了文體變革的意識，「希望換個方法寫作、講述小說的故事了」〔註 118〕，並開始了對傳統現實主義真實觀的反思與質疑。而後，在《年月日》《鳥孩誕生》《天宮圖》《日光流年》到《受活》《丁莊夢》《堅硬如水》《炸裂志》《日熄》等文中，閻連科與經典現實主義進行了「依賴、疏離、糾結、背叛、決裂」的搏鬥，最終，他不無偏激地說道，「至少說，我們幾十年所倡導的那種現實主義，是謀殺文學的最大元兇。」〔註 119〕當然，每一次深層裂變背後映像出的都是閻連科對中國現實生活的個性化解讀以及對「真實」的重新審視。除了消解傳統現實主義真實觀，在對當代社會生活的體察以及民間文化的暈染中，閻連科還逐漸建構起了「荒誕就是真實」〔註 120〕的真實觀。在怪誕的真實中，他尤其強調因人類肉眼無法洞察和抵達而被忽視的弔詭真實，「生活中其實有一種不存在的存在，不真實的真實。或者說，有一種亟待我們重新發現的真實。」〔註 121〕實際上，它並非確切的不存在，而是因為過於荒誕乖謬被自動過濾或誤讀為不存在，這種荒謬中恰恰潛藏著生活「內在的真實」〔註 122〕。無論是通向看得見的荒誕還是掘開被生活真實遮蔽的真實，閻連科認為「神實」都無異於最佳通道。在《堅

〔註 116〕閻連科：《發現小說》，北京：人民文學出版社，2014 年，第 154 頁。

〔註 117〕閻連科：《發現小說》，北京：人民文學出版社，2014 年，第 154 頁。

〔註 118〕閻連科、張學昕：《我的現實　我的主義：閻連科文學對話錄》，北京：中國人民大學出版社，2011 年，第 125 頁。

〔註 119〕閻連科：《尋求超越主義的現實・代後記》，《受活》，北京：人民日報出版社，2007 年，第 364 頁。

〔註 120〕閻連科、張學昕：《我的現實我的主義：閻連科文學對話錄》，北京：中國人民大學出版社，2011 年，第 142 頁。

〔註 121〕閻連科：《個人的現實主義——在首屆「中國當代文學・『南京論壇』的發言」》，《拆解與疊拼：閻連科文學演講》，廣州：花城出版社，2008 年，第 110 頁。

〔註 122〕閻連科、蔡瑩：《文體：是一種寫作的超越——閻連科訪談錄》，《上海文學》2009 年第 5 期。

硬如水》《受活》《炸裂志》《丁莊夢》等小說中，他均借助誇張、變形、寓言、夢境、魔幻等反常性的荒誕筆法來超越生活表層的現實，穿過逆流與渦旋，自由抵達本質真實的彼岸，逼近現實的本來面目。在劍指城鄉社會現實的魚龍混雜時，閻連科尤其通過荒誕變形的藝術敞開了中國式城鄉權力觀念、權力內部運行方式的弊端。他的筆法越是離奇誇張，就越能凸顯權力的扭曲異化。作為一個執著探求「人、人性和靈魂的根本」〔註123〕的作家，他也憑藉反常性的荒誕敘述撕開了人性的溫和一面，露出了青面獠牙的人性之惡。當然，人性之惡與現實之惡往往相互催逼。質言之，在由「『不真』走向真實」〔註124〕的觀念指引下，閻連科經由「神的橋樑」〔註125〕去尋覓現實深井處的「內真實」。

　　除了閻連科，近年來與現實貼身「肉搏」的余華同樣致力於探索荒誕與現實的關係。實際上，從20世紀80年代開始，作為叛逆的先鋒帝皇，余華就在疏離客觀真實的同時完成著「精神型」真實觀的搭建。新世紀以來，伴隨著作家主體精神的異變和當代社會現實的轉向，余華面對千奇百怪的時代風景，開始追求荒誕中蘊藏的「內在」真實。不過，這並不意味余華徹底拋棄「精神型」真實觀，只不過，在荒誕現實和「內在型」真實觀的制導下，余華不再把自己完全封閉於形而上的精神堡壘以求遺世獨立，而是突破城堡，俯瞰熱辣滾燙的現實大地，聚焦近二十年來當代中國發生的重大現實事件。置身於泥沙俱下的時代，在諸多「想像不到的真實」〔註126〕中，他自覺「荒誕」成為最大的中國現實，「我們今天面對的一個現實就是：現實比小說荒誕。」〔註127〕在匪夷所思的怪誕風景中，余華自言只有借助「荒誕」的力量方可開啟「潘多拉」魔盒，且更快捷、自由地抵達現實真相，「我認為只有用這種方式才能把我們時代中那麼多荒誕的事情集中起來。」〔註128〕其中，他在新世紀出版的《兄弟》

〔註123〕 閻連科：《文學的愧疚——在臺灣成功大學的演講》，《揚子江評論》2011年第3期。

〔註124〕 閻連科：《鄉土把聊齋丟到哪兒了？》，《小說評論》2022年第3期。

〔註125〕 閻連科、張學昕：《我的現實我的主義：閻連科文學對話錄》，北京：中國人民大學出版社，2011年，第213頁。

〔註126〕 余華、張清華：《「混亂」與我們時代的美學——余華訪談錄》，《上海文學》2007年第3期。

〔註127〕 余華：《寫作的自信與難題》，吳虹飛：《這個世界好些了嗎》，上海：上海人民出版社，2007年，第53頁。

〔註128〕 余華：《我們生活在巨大的差距裏》，北京：北京十月文藝出版社，2015年，第216頁。

和《第七天》均是「荒誕即真實」這一真實觀的實踐。《兄弟》甫一問世便以其荒誕的筆法和放肆的敘述招來一片譁然。在小說中，余華將筆觸對準了兩個風雲變幻的時代：上部是波詭雲譎的特殊革命時代，下部是高歌猛進的改革歲月。對著這兩個藕斷絲連的極端時代，余華採取了寓言化的濃縮寫法。此番「抄近路」的方式看似過於傳奇化，實則對接著波瀾壯闊的當代中國歷史進程，「一個西方人活四百年才能經歷這樣兩個天壤之別的時代，一個中國人只需四十年就經歷了。」〔註129〕難怪，余華會發出「比起我們現實的荒誕，《兄弟》裏的荒誕實在算不了什麼」〔註130〕的慨歎。無論是精神狂熱的極端革命時代還是浮躁縱慾的當下改革時代，荒謬絕倫的事件接踵而來，人們的心靈世界也在崩塌與重組中反覆波動，以致於社會之惡與人性之惡不斷交錯疊加，構成了亂象叢生的時代版圖。比如，在上部中，他經由變形誇張、奇觀堆積等怪誕藝術劈開了壓抑卻又迷狂的世相。余華特別呈現了個性泯滅的時代裏烏合之眾的集體「狂歡」與「造惡」行為。在批鬥、遊行等廣場式公共空間裏，「我們劉鎮」的百姓們不遺餘力地進行著宣洩式的「表演」。然而，正是在縱情狂歡的喜劇中，我們又看到慘無人道的悲劇不斷上演。讓人難以置信的是，到了蒸蒸日上的新時期，導因於資本、權力、性的強大聯盟，「我們劉鎮」平庸的大眾們再一次淪陷於物慾橫流的時代，道德倫理顛覆、精神價值失落、社會秩序失範等病象接踵而至。面對又一個狂歡時代，余華採取了越發放蕩不羈的怪誕筆法，來集中燭照現實的「混亂」。無論是李光頭的發跡史還是求愛史，抑或全民狂歡的處美人大賽，在毫無節制的敘述和遍地開花的鬧劇中，我們感受到極端年代的迷狂景觀再一次上演。當然，我們不能否認《兄弟》過度傳奇化的一面，諸多情節帶有想像和臆造的色彩，但是，從整體上來看，反常誇張的荒誕敘述呈現出的「另類真實」未必不是現實的另一副面孔。《第七天》同樣是以荒誕之筆通往現實之岸的作品。作家採取的亡靈視角本就是「非常態」敘事，在怪誕的視角中，余華經由楊飛魂靈在陰陽空間的自由穿梭，將現實世界的晦暗與惡相以倒影的方式呈現出來，在一個個現實真相被挖開的同時，他也寫出了當代中國現實裂變中的疼痛與昏寐。可以說，從先鋒文學走到今天，余華所面對的當下現實比小說現實要搖曳生姿得多。當現實變得弔詭離奇時，寫

〔註129〕余華：《兄弟・後記》，北京：作家出版社，2012年，第631頁。
〔註130〕余華：《我們生活在巨大的差距裏》，北京：北京十月文藝出版社，2015年，第208頁。

實的筆法往往顯得心有餘而力不足，而荒誕不經的策略恰好可以另闢蹊徑，換個角度來重新打量現實，並探尋內在的真實。

近年來，關於荒誕與現實的關係，東西、李洱、畢飛宇、鬼子、艾偉等20世紀90年代嶄露頭角的新生代或晚生代作家也孜孜不倦地探索和攻克著這一難題。這些新生代作家作為「後先鋒時代」的崛起者，同樣是傳統文學的叛逆者。他們20世紀90年代的作品雖然不像先鋒頑童們那麼背離時代主潮或懸置中國經驗，但也沒有與廣闊遼遠的社會現實貼身而行，大多數作家要麼沉醉於技法練兵，要麼癡迷於深度自我，追尋的仍是先鋒作家們的「精神型」真實觀。新世紀以來，新生代作家們不願再做「塞在瓶子裏的蚯蚓」〔註131〕，他們渴望從熱氣騰騰的現實土壤上獲取寫作來源和靈感養分，願意成為現實寫作戰線上的「尖兵」。當然，作家們也發現了中國現實和當代經驗的紛繁複雜，「現實太令人眼花繚亂了，它所發生的一切比做夢還快。」〔註132〕面對撲朔迷離的現實，他們同樣選擇了以荒誕變形的方式去求索內在的本質真實，亮出個體的價值立場。在他們眼裏，「這種寫作（荒誕的寫作）簡直就是寫現實的最佳方法。」〔註133〕閱讀東西的《沒有語言的生活》《篡改的命》、艾偉的《越野賽跑》《盛夏》、李洱的《石榴樹上結櫻桃》、鬼子的《瓦城上空的麥田》《大年夜》等作品，不難發現，作家們紛紛嘗試了形態各異的荒誕筆法，以自由、誇張、反常的敘述來接近他們所理解的真實，並對城鄉社會中的權力、制度、人性等問題進行了鞭辟入裡的分析，在荒誕與殘酷中來抵達現實的本相。

第三節　代際差異與「介入現實主義」小說的區隔

一、作為方法的代際：從代際差異的角度考察新世紀作家介入現實的有效性

放眼新世紀，中國邁向了劇烈的轉型時代。伴隨著一路高歌猛進的經濟發展，當代社會也爆發了五花八門的症候危機。繁複新異的當代經驗和令人目眩

〔註131〕東西：《尋找中國式的靈感》，《江南》2016年第6期。

〔註132〕東西：《尋找中國式的靈感》，《江南》2016年第6期。

〔註133〕東西、周新民：《東西：永遠的先鋒──六〇後作家訪談錄之十五》，《芳草》2015年第4期。

的當下現實召喚作家們回歸現實。於是，我們看到與 20 世紀 90 年代消費形態的「私人化」寫作及歷史寫作大行其道、公共領域的匱乏不同，這時期的作家紛紛對時代重大問題秉持關切之心，從反思、反諷甚至反抗的角度來診斷社會病象，以悲憫之心來關注民瘼，彰顯出公共情懷和現實關懷。

　　值得注意的是，雖然面對的是當下中國現實這一共同的寫作資源，但「50後」「60後」「70後」「80後」這四個不同代際的作家在介入同一個話題時呈現出了不同的文學風景，這主要體現在敘事重心、介入路徑、觀察視角、價值立場等維度。與此同時，同一時代出生的作家們面對現實話題時又不乏共性。從這一向度出發，以代際差異作為一個觀察視角來探討當代社會現實在不同作家筆下呈示出來的豐富性，自然是可行的。

　　之所以如此論斷，除了直觀的閱讀體驗，深層次原因在於「代是年齡─社會─文化─歷史之流。」〔註134〕這短短幾個字實際上強調了代的「自然屬性」和「社會文化屬性」兩方面。也即，代首先是一個與年齡相關的生物學問題，其次，在年代之上每一個年齡層的人所面對的特定的社會文化條件和成長環境，形成了「他們所具有的不同於其他各代的價值觀念、生活（存）處境、思維方式、情感體驗乃至語言習慣」〔註135〕，構成了這一代的文化基因密碼。社會學視域中的代際分野自然也會過渡到當代作家的現實介入中，導致各代作家在同一話題上展示出區隔性的關注焦點、審美路徑、介入動因、現實觀及價值觀等。因此，我們不妨以 10 年為一個週期，將 20 世紀 50、60、70、80 年代出生的作家們劃分為相應的代際，去探求每個代際作家的社會文化屬性，索解文化差異怎樣投射到他們對當代經驗和當下現實的反映中去。當然，為了保證研究結果的相對客觀，10 年的時段並非絕對的嚴格界限，可向兩端適度延展。同樣，我們的代際考察不是涵蓋每一個作家，而是選取了各個代際中的典型性作家，畢竟，「跨代」「滯代」「模糊代」般的間際現象總是存在的。

　　當然，代際差異並非到新世紀才演變成一個重大問題，而是一個綿延已久的問題。我們之所以將「新世紀」作為考察的窗口，是因為代際差異和時代變遷相關。人類學家瑪格麗特・米德在《代溝》一書中曾以「後象徵文化」「互

〔註134〕廖小平：《倫理的代際之維──代際倫理研究》，北京：人民出版社，2004 年，
　　　　　第 31 頁。
〔註135〕廖小平：《倫理的代際之維──代際倫理研究》，北京：人民出版社，2004 年，
　　　　　第 25 頁。

象徵文化」「前象徵文化」〔註136〕來命名人類演進過程中的三種文化模式，傳遞的思想是：社會變遷越劇烈，不同代際之間價值觀念、生活方式、思維模式等的差異就越大，代際衝突越激烈。回到新世紀，我們進入了疾馳時代，在變動不羈的現實中，社會變遷步伐明顯加快，各個代際之間也出現了巨大的分化。這種分化自然投射到了當代作家群體身上。就「介入中國現實」這一文學現象來看，在新世紀以前，「50後」「60後」「70後」「80後」這四個代際的作家雖然貢獻了不少直擊現實的寫作，但真正對重大民族公務、社會公共問題投以介入熱情的還以50年代出生的作家居多。不過，20世紀90年代，當文學被排擠到邊緣地帶時，他們也一度回到歷史的隧道，在過去的時光裏打撈碎片，遠離了公共生活，其他幾個代際的作家在這個問題上更是乏善可陳。新世紀以來，隨著「底層文學」的崛起，大批作家回到當下現實，關注社會生存的焦點、痛點與熱點，文學呈現出「不斷走來和明顯走進」的趨勢，「現實」再度成為矚目的問題。尤其是在2010年左右，隨著「80後」作家嚴肅寫作的登場，我們對四個代際的作家進行比較才有了依據。除此，在追求比較的客觀性上來看，新世紀介入現實小說中的現實主體囊括了90年代到當下的社會現實，並以新世紀以來的現實為主，而此段時光是四個代際的作家共同見證的。面對這個問題時，作家們自身經驗的多少或記憶的盈缺造成的差異性遠沒有重述歷史往事時那樣突出。由此，排除了對介入對象的記憶、個人經驗等元素的絕對性干擾，在同一敘事維度上，更有助於探討他們在精神姿態、文化觀念等方面的內在差異。

同樣要說明的是，張麗軍、黃發有等學者對某一代際的作家都有獨到的見解，而洪治綱、沈杏培等學者從總體上對代際問題進行了分析。不過，在他們的研究視域中，「80後」這個群體還是被忽視的一群。同時，在具體探索其差異時，洪治綱〔註137〕主要從整體上分析了幾代作家的創作區別，沈杏培的《代際差異與新世紀作家的文革敘事分野》〔註138〕則將關注點置於「文革」敘事維度上，這的確可以發現明顯的代際分野。現在，當把問題切向當下的時代陣痛時，四個代際的作家所處的是同樣的社會環境，攫取的是類似的寫作資

〔註136〕〔美〕瑪格麗特‧米德：《代溝》，曾胡譯，北京：光明日報出版社，1988年，第20頁。

〔註137〕洪治綱：《中國新時期作家代際差別研究》，北京：人民出版社，2014年。

〔註138〕沈杏培、姜瑜：《代際差異與新世紀作家的文革敘事分野》，《中國現代文學研究叢刊》2011年第12期。

源，面對現實時那種旁觀者、親歷者、想像者的身份區隔不大，但是，他們的代際差異並未消弭。那麼，當不同代際的作家皆以醒世獨立的精神來強勢介入自己的時代時，究竟在哪些維度上構成了差異景觀，這些景觀是由哪些文學和非文學因素合力打造的，如何來評價各代在現實書寫上的貢獻與不足？

二、焦點、敘事與立場：新世紀作家介入現實的代際性差異呈現

（一）焦點轉移與介入方式的代際差異

　　「50 後」作家身為與中華人民共和國共同成長的一代人，自幼便接受了革命理想主義、英雄主義、集體主義的洗禮，肩負著強烈的使命感和責任感。作為時代急先鋒，他們面對新世紀以來中國社會千奇百怪的現實，自然無限焦灼與憤懣，表達的訴求也不容置喙。因此，2004 年左右，當「底層文學」掀起波瀾時，除了曾經的官場作家和反腐作家一如既往地對現實發問，一大批在90 年代馳騁於歷史天空裏的作家也迅速拉近與現實的距離。自詡為民眾代言人，他們筆端對準的是最尖銳的矛盾衝突和與國計民生休戚相關的民族公務，如城鄉對立、基層政權腐敗、農民工問題、教育問題、社會風險問題等，呈現出來的是一種「硬寫作」〔註139〕。在林林總總的現實癥結中，對鄉土問題的傾心從來都是他們這一代人在劫難逃的宿命，正如賈平凹深切地說道：「我習慣了寫它（農村），我只能寫它，寫它成了我一種宿命的呼喚。出生於（上世紀）50 年代的寫鄉村的作家，大概都是這樣，這也是這一代作家的生命所在。」〔註140〕特別是新世紀以來，鄉村在百年未有之大變局中經歷著裂變與重建之路，「50 後」作家感受著時代律動，既書寫鄉村在風高浪急中的俯仰浮沉，也為鄉村探索著蟬蛻與蝶變的振興之路。他們對鄉村的書寫規模遠遠勝過其他幾個代際的作家。

　　在把脈現實問題時，他們通常選擇短兵相接的方式來正面直攻時代。兵戎相見中，他們對重大社會事件導致的激烈的外部衝突和波詭雲譎的現實本身進行了濃墨重彩地描繪，以此來復呈堅硬、混亂的現實如何給底層暗角處屈身而行的人們帶來了傷害。與其他幾個代際作家熱衷於從內部來描寫現實

〔註139〕閻連科：《作家要對現實做正面回答，哪怕一次》，《錢江晚報》2013 年 11 月5 日第 C0002 版。

〔註140〕賈平凹：《賈平凹：我是鄉村的幽靈在城市裏哀嚎——華西都市報〈當代書評〉獨家對話文壇「勞模」賈平凹》，《華西都市報》，2016 年 1 月 9 日第A11 版。

對人心靈的挫傷不同，「50 後」作家尤其擅長構建狂歡性質的鬧劇、慘劇或亂劇景觀，經由觸目驚心的宏闊場面直接袒露現實對人們肉體的蹂躪，大面積的死亡、病殘屢見不鮮。他們希冀以這種「看得見」的傷口去擲地有聲地追討現實，喚醒讀者蟄伏的心靈，引起人們對現實的警覺，正所謂「小說一定要強烈，對現代麻痺的讀者要造成強烈的刺激……要真實，令人感動，還要讓人疼痛。」〔註 141〕這些血淋淋的場面在莫言、賈平凹、閻連科、曹征路、周大新、劉醒龍、劉慶邦等作家筆下有著顯豁的呈現。比如莫言《蛙》中耿秀蓮、王仁美、王膽等底層女性被抓去墮胎的場景觸目驚心，昭示著大歷史中小人物殘酷的生存本相；閻連科《炸裂志》中上演的集體吐痰鬧劇和朱慶芳被痰嗆死的慘劇，指陳著改革進程中的異化之舉和迷狂景觀；林白《萬物花開》中兩個村莊集體性質的鬥毆事件既暴露了人們生命力無處發洩的壓抑，更展覽出鄉村藏汙納垢的混亂場景；賈平凹《懷念狼》和陳應松的《獵人峰》中頻繁發生的人獸混戰，不僅折射出人性與獸性的糾纏，更是揭示出強大的國法與靠山吃山的百姓生存之間的對峙。這種刺目的廣場空間一方面營造出了強烈的「現場感」，另一方面也燭照出「50 後」作家的大時代視野和悲憫情懷。

除了強悍的圖景描繪，他們還擅長於建構一種「宏大敘事」。正如劉醒龍所說，「對史詩的寫作歷來都是每個作家的夢想，在當下，更是成為像我這種年紀的作家的責任。」〔註 142〕閻連科也在訪談中多次反思他們這一代人的關注方向，「我們一寫都是宏大敘事，都是歷史大事件」〔註 143〕，「我們這代人對時代的經驗會更敏感一點。」〔註 144〕當他們聚焦當代經驗和當下現實時，往往選擇將現實放置於複雜斑駁的社會環境中，並在歷史思維的照耀下來為現實揭秘，索解重大現實問題的前世今生。畢竟，對這代從時代的驚濤駭浪中走來的作家而言，一切當下現實皆非偶然發生，它始於歷史並走向未來，「以歷史眼光觀照當下現實」是他們普遍信奉的文學觀，「即便你試圖寫當下，寫

〔註 141〕 周新民、陳應松：《靈魂的守望與救贖——陳應松訪談錄》，《小說評論》2006
年第 6 期。

〔註 142〕 術術、劉醒龍：《劉醒龍：寫作史詩是我的夢想》，白燁編：《中國文情報告》
（2005～2006），北京：社會科學文獻出版社，2006 年，第 188 頁。

〔註 143〕 董子琪、閻連科：《我希望我的寫作可以從宏大敘事中走出來》，https://www.
jiemian.com/article/6390189_toutiao.html，2021 年 7 月 24 日。

〔註 144〕 賀夢禹、閻連科、楊慶祥等：《我們現在怎樣看前輩？》，《北京青年報》2014
年 01 月 10 日第 D02 版。

昨天，寫今天下午，歷史對你造成的影響還是難以擺脫的。」〔註145〕比如，在《生死疲勞》《蛙》《秦腔》《山本》《炸裂志》《日頭》《還魂記》《我的名字叫王村》《經山海》《公豬案》《河灣》等文中，作家們面對的雖是鮮活熱辣的現實，卻從未忘記歷史的眼光。他們在家族變遷、社會動盪、時代變革的描寫中，從政治文化、權力運行、民族心理等層面出發，全方位挖掘社會病象產生的根源。文本在蕩漾著現實感的同時還洋溢著歷經滄海桑田的厚重感和縱深感，這也構成了「50後」作家的根性寫作。在這一點上，儘管其他代際的作家並不缺乏對疑難雜症一探到底的宏願，但由於文化氣質、知識儲備、精神立場等的不同，他們有時視域過於狹窄，或拘泥於細枝末節、過度依賴主觀意緒，難以探出病源。

與「50後」作家的平穩持重不同，「60後」作家是扛著「反叛」和「先鋒」這兩面旗幟登上文壇的。甫一出場，他們便衝撞著當時既定的文壇秩序，自覺疏離著「宏大敘事」與大詞亮語，「50後」引以為豪的民族責任感和使命感在他們那兒成了一種沉重的負擔和窒息的捆綁。因此，這代作家最初的創作都迴避了對現實的直面，或淪為形式炫技的舞臺，或步入觀念演繹的窄門，或走進封閉性的私人堡壘。不過，脫離了現實存在的個人化創作與時代還是漸行漸遠，在消費文化崛起的時刻悲壯落幕。爾後，蘇童、余華等作家調轉航向，開始從日常生活經驗中汲取創作源泉，《活著》《許三觀賣血記》等文即為明證，但是，他們與現實的關係並非親密無間，還會偶然回到歷史的餘暉中。一直到新世紀，這一代作家才出現了集體的代際轉型。他們啟動「返程」和「落地」的開關，向著廣闊的現實復歸。這既包括以馬原、余華、蘇童、格非、孫甘露、葉兆言、洪峰、北村、呂新為代表的先鋒騎士，也包括以邱華棟、畢飛宇、艾偉、韓東、朱文、東西、徐坤、張欣、陳染、刁斗等為代表的新生代或晚生代作家。這種群體「變法」不僅與時代劇變下現實對作家的召喚休戚相關，「我覺得每個作家對現實永遠是要發言的，這種發言有時候是滯後的，是遲到的」〔註146〕，作家必須「對社會有所洞見」〔註147〕，還與作家創作心態的轉變密不可分。畢竟，在二三十年的顛蕩沉浮中，從意氣風發的叛逆「少年」到沉穩踏實的退伍「老兵」，他們的思維方式、情感方式都發生了變化，「停了整整20

〔註145〕莫言：《跨界寫作——在新作研討會上的發言》，《中國文學批評》2019年第1期。

〔註146〕范宵、蘇童：《蘇童：發現被遮蔽的命運》，《長江文藝》2013年第6期。

〔註147〕范宵、格非：《格非：我再也不寫三部曲》，《長江文藝》2013年第4期。

年之後再寫小說，突然發現原來對於小說的一些理解、在小說當中尋求的方向都有了很大改變。我個人的小說由對形式、對方法論的關注轉向內容本身。」〔註148〕在轉向內容的同時，他們也開始重新尋求與現實打交道的方式，意識到「當年的先鋒文學是一次語言、文字的『裸奔』」，「需要給先鋒文學穿上更多現實生活的衣服。」〔註149〕如此，文學才會更添大時代的溫度與情感。

　　然而，不管題材如何變更，視點如何下移，他們並未丟棄「勘探人性」的獨門秘方。也即，穿過迷霧籠罩的當下現實和尖銳嚴峻的社會矛盾，他們還是不知不覺地站到了人性維度，熱衷於解密眾生在外部衝突背後呈現的個體生存情狀和內在精神圖譜。作家們渴望通過描摹或追蹤人性的扭曲、變異、荒誕以及非理性的狀態去詰責存在的社會問題，揭示生存的絕望和荒涼的人性圖景。在這一點上，「60後」作家與上一代作家產生了區隔，後者往往會依靠強悍型的廣角場景來正面直攻現實，而前者在現實的動盪不居中玩味的是隱秘的人性「惡之花」究竟如何被滋生、培育並盛開的？對此，這一代作家心知肚明，「這幾年我們生產的小說差不多也是這樣的一種情感狀態。比較熱衷寫醜陋的事物。」〔註150〕比如2015年的文壇力作《篡改的命》剛一出版，便被貼上了「直刺我們的時代」的標籤。但在我看來，與「50後」作家方方猛攻現實的《涂自強的個人悲傷》不同的是，儘管東西也堆砌了重重苦難，然其敘述重心並不在於直接痛陳現實本身何其晦暗。他意在呈示的是：在污濁不堪的現實中，汪長尺這樣一個類似知識分子的農民工如何進行自我與尊嚴的搏鬥，在一邊墮落、一邊堅守的長途跋涉中，他的內心怎樣發生畸變，以至於在生活尚屬理想的狀態下非理性地把兒子送給仇人。正是在汪長尺、賀小文等邊緣群體的人性異化和扭曲中，我們感受到了一個充斥著乖戾之氣的社會。除此，東西的《迴響》、艾偉的《盛夏》《南方》《鏡中》、格非的《春盡江南》、蘇童的《黃雀記》等文無一不是在對幽暗人性景觀的探查中來詰問現實的。

　　「70後」作家是卸下歷史重負的一代，他們多在城市出生和長大，其青春歲月正值中國的改革開放，所以，長此以來，對城市的感同身受使得他們更多沉醉於書寫都市人生活的小圈子，在封閉的空間內關注的是都市病態的「零

〔註148〕張嘉、馬原：《馬原：初戀前不知道女孩是什麼》，《北京青年報》2018年01月17日第B05版。

〔註149〕錢好：《先鋒文學「穿衣」才會有時代溫度》，《文匯報》2015年12月8日第009版。

〔註150〕艾偉：《對當前長篇小說創作的反思》，《當代作家評論》2006年第2期。

餘者」或公司白領們曖昧糾結的精神狀態，儘管這也是中國現實的一部分，但畢竟格局太小，未與當下發生的宏大現實問題勾連互合。然而，近年來，由於生活的變遷、視野的拓寬、現實本身的繁雜，徐則臣、田耳、魯敏、弋舟、路內、付秀瑩、李鳳群、石一楓、任曉雯、朱文穎、魏微、朱山坡等人逐漸衝破了小圈子的藩籬，突入時代巨河的激流處，開始對話公共生活，聚焦敏感犀利的民族公務和社會問題，《耶路撒冷》《六人晚餐》《陌上》《大風》《慈悲》《心居》《世間已無陳金芳》《心靈外史》《好人宋沒用》《金色河流》《良宵》《米島》《福地》《煙霞裏》《風暴預警期》等文吸引了諸多關注。同時，他們對現實的發聲並非囫圇吞棗或聲淚俱下的控訴，而是延續了都市寫作中的細膩與抒情，在波折起伏的凡人瑣事中細細咂摸生活的悲欣，扯扯拽拽中拼出一個時代的「龐然大物」，這是另一種宏大敘事。也即，面對當代社會的重大社會事件和公共問題，他們並未扔下集束般的手榴彈進行炮轟，或與尖銳的現實矛盾正面交鋒，也沒有極盡所能地渲染現實給大眾造成了怎樣的屈辱史和苦難史，而是踏上了安靜的小道，繼續著日常化的生活敘事，正如魏微的夫子自道，「日常經驗」是「我們這代人寫作的意義」〔註151〕。他們從平凡人的「小生活」切入，在瑣碎的敘述和豐盈的細節中去拉開時代的幕牆，暴露眾生賴以生存的盤根錯節的土壤，發現土壤中滋生的現實病菌與精神隱疾，從而展覽時代畫卷，以小見大、見微知著。這也是他們的文學觀，「小的就是大的，狹窄的也是廣闊的，正如同民族的也是世界的，民間的也是廟堂的。」〔註152〕此番文學觀也指引著作家「從『一條線』式的歷時性敘事，走向『一團麻』式的共時性敘事」，如此，「才能適應複雜的現實與時代。」〔註153〕比如田耳的《天體懸浮》關注的是輔警這類邊緣小人物逼仄的生存空間。丁一騰、付啟明這兩個人看似一正一邪，一成一敗。作者通過對他們庸常瑣碎生活的書寫一次次打開現實「潘多拉」的盒子，尤其是在付啟明命運的浮浮沉沉中悄無聲息地捕捉著時代的律動，見證我們所處的世界如何在喧囂和物化中陷入禮崩樂壞的困境。付秀瑩的《陌上》雖然指向的是全球化深化過程中作為鄉土中國一隅的「芳村」所經歷的裂變與陣痛這一大事件，但採取的是大故事小敘事的方式，在散點透視

〔註151〕魏微：《日常經驗：我們這代人寫作的意義》，《文藝爭鳴》2010年第12期。

〔註152〕舒晉瑜、付秀瑩：《付秀瑩：小說家一定要熱愛人間煙火》，《中華讀書報》2022年07月13日第11版。

〔註153〕鄭文豐、徐則臣：《「70後作家也會有自己的春天」──築城訪著名作家徐則臣》，《貴陽日報》2014年10月14日第A11版。

的筆法和小橋流水的細訴中通過平凡個體的世俗生活及隱秘的精神根底去記錄大時代的鄉村異變，包括權力和資本的聯姻、生態環境問題、道德倫理的失範等現實症候。從《他鄉》歸來後的《野望》同樣如此，作者以翠臺一家的生活為圓心，牽扯出「芳村」世界的家長裏短和兒女情長，然而，柴米油鹽背後折射的依然是風起雲湧的時代鏡像，比如鄉村政治文化的嬗變、精神圖譜的更迭、價值觀念的重塑與倫理秩序的重建。魏微的《煙霞裏》也是從日常生活的雞零狗碎出發，經由田莊跌跌撞撞的人生軌跡勾連起改革開放、下海經商、香港回歸、下崗潮等社會事件，在小人物與大歷史的碰撞和共振中鋪展出一幅五彩斑斕的時代版圖。徐則臣的《耶路撒冷》同樣是在行雲流水般的平靜敘述中，將個人化的生活與公共性的問題結合起來，在幾個「70 後」人物日常生活輾轉的背後和俯拾皆是的細節中展示了時代的波光雲影，構成了別樣的波瀾壯闊。

作為「過渡的一代」，「70 後」作家身上摺射出強烈的哲學氣質和藝術氣息。他們不僅擅長以日常化敘事來介入當下現實，還喜歡從生活的幽微裏去探索人性的弧光，掘開隱秘的精神地帶，傾聽現實和人物心靈的迴響，這也是徐則臣所謂的「深入到他們的皮膚、眼睛和內心」，對人物「做加法」〔註 154〕。在心靈的敞開中，「70 後」作家普遍追問的是：置身於魚龍混雜的現實怪宴中，每個小人物該如何承擔，怎樣反省？這在《心靈外史》《金色河流》《六人晚餐》《天體懸浮》《耶路撒冷》《慈悲》等文中有著鮮明的呈現。在這代作家筆下，晦暗的現實不是由某一體制或某個人造就的，他們中的每個個體都對這塊「罪惡」的土壤施加過作用力。因此，對於現實的批判，他們首先把矛頭指向了自身。除了批判，在龐雜的現實中，人物如何背負十字架齟齬前行，如何自我審問，怎樣懺悔和救贖更是他們津津樂道的話題。站到這個維度上來看，這一代作家已然擺脫了小時代書寫的枷鎖，潛入到大時代的河流底部，從精神向度直擊心靈的竭蹶與角鬥，挖掘出更深刻的現實。

「80 後」作家甫一亮相便被殘酷文學、青春文學、叛逆文學、無根的一代、垮掉的一代等標籤黏住，尤其是「韓白之爭」把這代人推上了風口浪尖，讓他們收穫了不少刺耳之聲。不過，當時針走到 2010 年時，他們的寫作格局出現了變化。一方面，一批以「新概念作文大賽」出道的青春寫手，如蔣峰、顏歌、霍豔、笛安、馬小淘、七堇年、張怡微、張悅然、周嘉寧等人開始叼破

〔註 154〕 徐則臣：《寫作從神經衰弱開始》，《小說評論》2015 年第 3 期。

「小時代」的外殼,從校園、魔幻、穿越轉向現實社會,貢獻了《白色流淌一片》《我們家》《景恒街》《繭》《細民盛宴》《失敗者之歌》等力作。另一方面,以傳統期刊作為創作園地的「80後」的「遲到者們」強勢來襲,以較為深沉的視點伸向劇變中的大時代,彰顯出了「介入」氣質,比如雙雪濤、甫躍輝、王威廉、鄭小驢、宋小詞、孫頻、馬金蓮、李德南、鄭執等人,推出了《平原上的摩西》《西洲曲》《刻舟記》《馬蘭花開》《直立行走》《生活課》等精品佳作。

　　2010年,「80後」作家大多已近而立之年。此後,他們面臨著就業、買房買車、結婚生子的壓力,生活的車輪不斷碾壓過來。在大歷史敘述的「生逢其時」和自身體驗的「生不逢時」中,他們無法對現實漠然置之,只能走出「茶杯裏的風暴」,直面現實的刺痛。同時,這代作家普遍懷有濃重的歷史虛無主義,因此,從養尊處優的環境中成長起來的他們面對爆發的時代病顯得無限急躁和憤怒,抨擊極為大膽和決絕,甚至是偏激的。與前幾個代際的作家往往試圖握住一個抓手去有理有據地詰責某個現實症候不同,他們通常選擇在有限的空間內把社會亂象一一「問候」一遍,以澆化其胸中塊壘。需注意的是,在介入種種問題時,他們最戀戀不捨的仍是其童年經歷和青春時光,介入現實的嚴肅命題下依舊閃現著愛情小說、成長小說、探案小說的身影。具體來說,他們喜歡設置一個多愁善感的主人公,將其童年、成長、愛情和與社會發展進程無縫對接,在理想與現實的巨大落差中試圖為生活的失敗者們畫像,並把人物疼痛、迷惘或墮落的原因歸咎給時代或社會「怪手」的操縱,而且力圖通過主人公極端主觀化和個人化的意緒來撞開現實的堅硬,偏激之下昭示他們情繫現實的拳拳之心。比如鄭小驢的《西洲曲》以自閉症兒童「水壺」為敘述者,在他苦悶彷徨、絕望屈辱的成長史中,作者主要依靠少年無以復加的孤寂、疼痛和憤怒來控訴曾經的「計劃生育」政策對生命和家庭的戕害,人物情緒過滿,主觀色彩濃厚,實際上水壺的創傷並不全是計劃生育造成的。而同是以「計劃生育」為主題,「50後」作家莫言則採用了正面直攻的策略,不僅直露式地描摹了逮捕孕婦的血腥場面,還毫不避諱地拿姑姑、蝌蚪這些政策的執行者開刀,顯得客觀得多。

(二)敘事策略和表現手法上的代際差異

　　在介入重大社會問題時,「50後」作家通常會整體上採取寫實化的敘事手法。他們強調敘事真實,普遍崇尚現實主義的寫作。劉慶邦就直言:「我認為人只有一生,我這一生在創作上無需更多的主義,能把現實主義的路子走到底

就算不錯。」〔註155〕貼著生活寫的王祥夫也自陳:「『再現』與『表現』,我想我應該是『再現派』。」〔註156〕近幾年頻頻奉獻現實主義力作的賈平凹承認「柳青的作品一直在影響著、引領著我們,使現實主義文學精神文脈長存。」〔註157〕即使是特立獨行的閻連科,在對現實主義嗤之以鼻的同時也有著「鮮花與墓地」般糾結的比喻。當然,「現實主義」是一個相當複雜含混的理論語碼,但是,回溯根源,它強調的首先是客觀地按照生活的本來面目反映生活的一種方法,其核心固然也涵括了真實的精神。具體來看,這部分堅持寫實筆法的「50後」作家在直擊現實的過程中,採用絕對客觀的手法已不太可能(周大新《曲終人在》、孫惠芬《生死十日談》等文採取了仿真紀實的寫法),只是整體上凸顯出寫實風格。在刻畫現實景觀時,他們強調對典型場景的挑選和復原,精心打造了一處又一處鬧劇、慘劇等廣場式或災難性的公共空間。經由宏闊的場面和逼真的再現,我們看到了現實的刀光劍影如何在社會個體尤其是小人物的身上留下了傷痕。在不虛美不隱惡的書寫中,他們奉行的是「以重擊重」的策略和「樸素」美學的範式。在他們看來,面對人物沉甸甸的悲涼和苦澀的生存鏡像,一切變形手段都顯得油滑和縹緲,唯有樸素能直抵靈魂、穿透現實表象,營造出震撼人心的效果。比如賈平凹面對千瘡百孔的現實即說「我的寫作只想著樸素」〔註158〕,擅長變形寫作的莫言面對「計劃生育」這般沉重的話題也承認「寫《蛙》時間我變得很謙卑。之前,我總在借小說炫技,但現在,我開始降低調門,回到最樸素的狀態。」〔註159〕

不過,新世紀以來,「50後」作家在不斷的「吸氧」中也開始朝著美學的高地跋涉,他們中的不少人試圖告別純粹的寫實路數,從亦步亦趨的「必然王國」走向放蕩不羈的「自由王國」,在荒誕變形的「魔法」中來講述光怪陸離的社會現實,掌握「既腳踏實地,又能在天空飛翔」〔註160〕的平衡術。當然,他們的

〔註155〕王覓、劉慶邦:《作家要不斷向生活學習——訪作家劉慶邦》,《文藝報》2015年11月30日第1版。

〔註156〕李雲雷:《底層關懷、藝術傳統與新「民族形式」——王祥夫先生訪談》,《文藝理論與批評》2008年第2期。

〔註157〕饒翔:《現實主義小說創作:道路依然廣闊》,《光明日報》2016年02月24日第1版。

〔註158〕舒晉瑜:《當代作家如何拓展敘事空間》,《中華讀書報》2011年10月26日第15版。

〔註159〕傅小平、莫言:《誰都有自己的高密東北鄉——關於長篇小說〈蛙〉的對話》,《黃河文學》2010年第7期。

〔註160〕舒晉瑜、范小青:《寫作慢慢地走向自由王國》,《上海文學》2016年第1期。

怪誕藝術通常是局部嘗試，故事仍是相對清晰可讀。值得注意的是，在形態各異的荒誕藝術中，魔幻現實主義是這代人最為津津樂道的手段，這也和他們的公共情懷息息相關。因為拉美魔幻現實主義自誕生之日起，就與民族歷史和現實結合起來，種種荒誕技法的最終目的在於燭照現實，這與「50後」作家的創作旨歸不謀而合。同時，受其啟發，他們也回到「民族的天空」，重視民間文化，打撈民族資源，開闢敘事新途，打造出了中國氣派的魔幻現實主義文學。

不管是「以重擊重」還是「曲徑通幽」，在時代的風霜雨露中成長起來的「50後」作家都對大歷史與大現實的寫作情有獨鍾，「小說首先要大勢好，大勢好才立得住。」〔註161〕他們以社會代言人自居，其現實書寫不是管窺一角，而是俯瞰全局。在宏大敘事和史詩情節的推動下，他們強調多角度全方位呈現現實的複雜性，主張探求癥結根源，從而演示現實的縱深感。為了達到這番訴求，他們通常採用全知視角（即使是限知敘事，也常賦予視角人物全知全能的功能），設置蔚為壯觀的現實場景，打造盤根錯節的人物網絡，講究故事本身的起承轉合和豐盈飽滿，凸顯現實事件爆發後的外部衝突，並把探秘的觸角伸向了歷史、文化、政治、人性等維度，在廣闊綿密、厚重堅實的敘述中充分展示現實的「前世今生」，由此在整體上把握社會現實。這些特點在《問蒼茫》《生命冊》《蛙》《黑白男女》《天行者》《米穀》《極花》《湖光山色》等文中有鮮明的體現。

與「50後」作家相比，「60後」作家接受了相對完備的文化教育，而80年代西方文學的大量引進又使他們充分汲取了現代主義藝術的養分，繼而成為喝「狼奶」長人的一代。在對西方大師的膜拜和模仿中，他們頭頂「先鋒」皇冠，高舉「離經叛道」的旗幟，念茲在茲的是形式革命。即使是到了新世紀，面對正在發生的沉重現實，儘管部分作家已逐漸向傳統和平實靠攏，但這只是和曾經的先鋒實驗相比而言，實際上，他們中的大多數仍不願與父兄輩們同分「現實主義」這杯羹，拒絕以「重式」寫作來正面強攻時代（當然，東西的《篡改的命》、余華的《第七天》從表面的苦難重重上呈現出了「重式」寫作的面貌），「我們這一代寫作者從一開始就受到現代主義的系統性訓練，對現代主義的技巧心領神會，所以，再想要老老實實寫就比較困難。」〔註162〕他們熱衷

〔註161〕 李雲雷：《底層關懷、藝術傳統與新「民族形式」——王祥夫先生訪談》，《文藝理論與批評》2008年第2期。
〔註162〕 艾偉：《對當前長篇小說創作的反思》，《當代作家評論》2006年第2期。

的是經由象徵、寓言、黑色幽默、反諷、錯位、空缺、夢境、囈語、幻想、變形、意識流等敘事技巧來楔入現實肌理，以輕擊重，這是一種敘事的智慧，也是他們對話公共生活的「法門」。之所以如此，是因為他們發現，「與現實的荒誕相比，小說的荒誕真是小巫見大巫。」〔註163〕面對波詭雲譎的社會現實，他們認為，單純的寫實化技巧和傳統的文學邏輯往往顯得蒼白甚至會失效，它們只能探照現實的某一暗隅，無法一針見血地觸及病灶。相形之下，誇張、變形、象徵、寓言化的處理方式儘管細度與密度有所欠缺，但是「抄近路」的走法能「更快抵達現實，而不是慢慢抵達現實」。〔註164〕此外，在象徵色彩濃厚的能指中，「60後」作家的荒誕藝術還能將現實土壤裏的黴菌連根拔起，集中性地映照時代的弔詭之姿，揭示出整體性的現實危機與精神疼痛。所以，這代作家的怪誕技巧並非只是侷限在某些情節設置或細節處理上，而是統領全篇。由此，小說不僅外部彰顯出奇崛之態，內部也充滿著對立、齟齬和荒誕。東西的《沒有語言的生活》、鬼子的變形之作《狼》和《瓦城上空的麥田》、韓東的變法探索《歡樂而隱秘》、艾偉的魔幻本文《越野賽跑》、寧肯向艾略特致敬的複調之作《三個三重奏》在介入現實時均是從外部藝術技巧與內部精神肌理兩個維度流露出怪誕氣質的。

「60後」作家的「以輕擊重」尤其體現在敘事視角上，相比全知視角，他們更青睞限知視角，亡靈視角、動物視角、兒童視角、瘋癲視角較多見。如此，既避免對現實的正面直攻，又能對敏感嚴峻的現實問題進行恣意地敞開。儘管其他代際的作家對這些「非常態」視角都曾或多或少地嘗試，但無論是作品藝術的圓熟度還是產生的文壇影響力，都稍遜於「60後」作家。就「50後」作家而言，由於宏大敘事和史詩情節的驅使，他們迫不及待地要呈現完整的現實，並力圖從道德、倫理等角度進行清晰的價值判斷，因此，作者不甘心默默隱藏於敘述者背後，而是將自己的思想強加在人物身上，視角越界的現象時有出現，如《秦腔》《丁莊夢》《四十一炮》《後上塘書》《赤腳醫生萬泉和》。「80後」作家的兒童視角敘事帶有太多個人化色彩。「60後」作家對現代主義內涵和技巧不斷體悟與嘗試，往往真正實現了「以輕擊重」，比如余華的《第七天》、艾偉的《南方》、蘇童的《菩薩蠻》。需說明的是，余華「七年磨一劍」的新作

〔註163〕 余華：《第七天》，北京：新星出版社，2013年，封面。
〔註164〕 張清華、余華等：《余華長篇小說第七天學術研討會紀要》，《當代作家評論》
2013年第6期。

《第七天》甫一面世，便招致了鋪天蓋地的批評，人們對作家「正面強攻」[註165] 現實的寫作意圖似乎並不領情。可余華果真是正面強攻嗎？他採取了亡靈視角，以楊飛死後 7 天的見聞來描述現實，撲面而來的固然是「死無葬身之地」的疼痛和絕望。但從美學上來看，一個死人的話又有多少可信度呢？這樣理解，余華的「正面直攻」就輕了許多。

除了視角上的匠心獨運，「60 後」作家還擅長採用寓言化的表達手法，通過瘋癲、誇飾、反諷、黑色幽默的語言來講述沉重的鄉村故事。當然，寓言或幽默的外衣之下隱藏的依然是刀鋒般的凌厲。比如《篡改的命》講述了兩代進城農民難以扭轉的悲劇命運，隱含了城鄉二元對立、身份認同的艱難、權力和資本的媾和等問題，但東西沒有錙銖必較、聲淚俱下，而是用了一種調侃、誇張、戲謔、油滑的語言來講述一個慘劇，即使死亡也多了點荒誕意味。這與「50後」作家賈平凹的《高興》、王祥夫的《米穀》等文正面猛攻現實是不同的。

「70 後」作家選擇從小人物的「日常生活」切入，在一個個波瀾不驚的小故事的推衍中記錄和折射時代宏貌，觸摸現實沉疴，解剖精神困厄。在瑣碎的敘述中，他們重視的是細節化的呈現，結構上比較隨意，各部分章節之間的關係相對鬆散，這尤其體現在他們的長篇小說創作中。比如付秀瑩的《陌上》試圖揭開「芳村」的大故事時採取的是「散點透視」的結構模式，前後的情節上會有獨自成章的現象。徐則臣的《耶路撒冷》雖致力於打造圓滿的故事鏈條，但專欄隨筆和小說文體的雜糅還是露出了突兀之感。之所以重視細節，還因為除了魯敏、田耳、徐則臣、王十月、喬葉、葉煒等人，其他不少「70 後」作家奉獻出的仍是「小長篇」，路內的《慈悲》《花街往事》、阿乙的《早上九點叫醒我》、弋舟的《蝌蚪》《我們的跫躚》、盛可以的《北妹》等文都存在這種特徵。「小長篇」的故事框架往往簡單，要挖掘出現實的暗流與漩渦，繪就這個時代的精神圖譜，唯有於細節上雕琢。總體來說，這代作家憑藉抽絲剝繭般的能力讓小說中的細節閃閃發光，既靈動多姿又極具力量。他們尤其擅長抓住人物的心理掙扎和饒有象徵意味的動作來凸顯人在現實中的生存困境與精神眩惑，當然，困惑中也留下了暖意、溫情與光束。比如《我們的跫躚》中「飛翔滑行」的姿態揭示著中年男女渴望突破「跫躚」的狀態，勇敢地相信愛情；《天體懸浮》中的「觀星」行動表明那些表面風光無限的人物在污濁塵世中的孤獨。如此感性微妙的細節不勝枚舉，折射著這一代作家們敘事的智性靈動與

[註165] 張檸：《2013 年文學基本狀況對談會》，《文藝理論與批評》2014 年第 1 期。

情感的纖細豐沛，也對應著他們的文學觀，「文學的魅力其實體現在『小』的方面，體現在細節，一些不相干的閒筆和旁枝上。」〔註 166〕

「70 後」除了展示曼妙的細節，一般還採用了內斂、沉穩、冷靜的敘述口吻，不急不躁，娓娓道來，人物面對現實的沉痛和創傷隱現在這種冷靜的敘述中，彷彿綿裏藏針。比如路內的《慈悲》在 50 年的跨度中講述了工人階層跌宕起伏的命運。然而，面對三年自然災害、文革、國企改組這樣的艱難時世，路內沒有憤世嫉言，亦沒有嘲弄諷刺，他節制而平靜的敘述，比如「四人幫」打倒，只用一句「今天打倒四人幫」輕輕掠過，歷史往事中的心結和現實光景中的「至暗時刻」最終都被世俗化的日常生活化解。在王十月的《米島》和葉煒的《福地》中，作家們另闢蹊徑，借助天賦異稟的靈性之樹——槐樹和覺悟樹來回溯現實，歷盡滄桑的植物其語態是抒情、緩慢與克制的。因此，即使它們面對的是鄉土中國險象環生的歷史與驚心動魄的現實，也沒有疾風勁雨般的控訴，而是在智性和詩意的敘述中指引著人們寬恕、放下與反思，由此期待著與眾不同的新世界崛起。除了路內，徐則臣、田耳、張楚、李鳳群、付秀瑩、魯敏等作家都是靜水流深式的寫作，這和他們這一代的氣質休戚相關。比如張楚等人即認為早年的教育以及處於「夾縫中」的位置使他們成了「普遍比較沉默」，「規規矩矩做事，規規矩矩走路，算是踏實的一代人」〔註 167〕。當然，極有耐心的這一代作家經由蟄伏與沉潛已然成為一條條「大魚」〔註 168〕，在堅定的航向中告別了「彷徨於無地」的寫作困局。

「80 後」作家過分依賴主人公敏感偏執的個體感受，小說推進和現實揭露都隨人物心緒向前走，所以，他們常採取碎片化、感官化和彌散化敘事，視角和場景頻繁轉換，拼貼、複調、互文、重構等現代小說技巧不時上演，但沒有貫穿始終的主要故事，章節間邏輯性不強且枝蔓太多，漫漶的敘述常導致大現實被稀釋和肢解。比如蔣峰的《白色流淌一片》以許佳明的成長階段為核心，在多元化的視角中呈現了三代人的兒女情長和改革開放以來萬花筒般的現實，涉及殘疾人生存問題、自殺問題、教育問題、國企改革、精神價值匱乏等當代中國的重大現實問題，但是，在多條線索的設置、多重視角的轉換和鬆散

〔註 166〕魏微：《文學筆記》，《長城》2020 年第 2 期。
〔註 167〕張楚、路內、徐則臣等：《70 後 夾縫中的一代集體井噴？》，《北京青年報》2015 年 10 月 27 日第 B01 版。
〔註 168〕葉煒：《「大魚」總是在深海潛行——我的創作觀》，《淮陰師範學院學報（哲學社會科學版)》2014 年第 6 期。

的敘事結構中，作者又把於勒、林寶兒、玲玲、老許等一眾人物牽扯進來，還夾雜著謀殺、孤獨、戀愛、青春等主題，令人眩暈的問題域反而削弱了對尖銳沉重的現實事件的拷問。當然，這也與它是由 6 個可單獨成篇的故事組成有關。鄭小驢的《西洲曲》由幾個業已發表的中篇連綴而成，雖試圖以「計劃生育」為中心，但由於摻雜了左蘭的愛情、父子衝突、水壺的成長等多重內容，導致結構太散，也讓原本要呈現的大現實在某種程度上被瓦解。雙雪濤的《聾啞時代》、馬金蓮的《馬蘭花開》、顏歌的《我們家》、李德南的《遍地傷花》、陳再見的《六歌》等文都存在這個問題。

但是，他們採取了一種十分突兀的補救手法，即「直語」現象和大段哲學化思考，以此來凸顯這一代人對現實的強勢介入。《遍地傷花》《獲救者》《刻舟記》《西洲曲》《六歌》《聾啞時代》等小說中隨處可見對體制、政治進行攻擊的語言，亢直不撓的勇氣固然可敬，但藝術上難免失衡。同時，這代作家多是學院派作家，擁有完備的理論修養，因此，面對現實，除了攻訐，還有辯證式的哲學思考。於是，我們在《馬蘭花開》《獲救者》《西洲曲》《遍地傷花》《工人村》裏看到大段議論分析或哲思般的文字，包括大量援引海德格爾、維特根斯坦、波德萊爾、加繆的話語來闡釋問題的現象。其中，李德南在《遍地傷花》裏，用了近 1000 字的篇幅來議論詩人與當今時代的關係，諷刺時代病象。此外，這代逐漸成熟的作家儘管不再迷戀青春校園寫作，但對少年時光依然無限追憶和緬懷。在他們面對嚴肅現實和怪異世相的篇章中，那股青春的憂傷、鬼魅的氣息、陰鬱的基調、詩意的蘊藉仍揮之不去，閃現著殘酷青春物語的痕跡。

（三）現實情懷和價值立場的代際差異

面對魚龍混雜的當下現實怪宴，痛心疾首的「50 後」作家群體自然呈現了炮火猛攻的姿態。雖然莫言等人聲稱是「作為老百姓的寫作」〔註 169〕，但他們更多延續了「為人民而創作」的文學傳統，「我們（50 年代出生的人）從小就是受這一種比較傳統教育的作家，中國文人就是天下為責，為時代、為社會立言。」〔註 170〕帶著強烈的道德感和清晰的價值判斷，他們以居高臨下的

〔註 169〕 莫言：《文學創作的民間資源——在蘇州大學「小說家講壇」上的演講》，《當代作家評論》2002 年第 1 期。

〔註 170〕 賈平凹、楊小玲、孔婷婷：《作家賈平凹：中國文人要為時代為社會立言》，《陝西日報》2012 年 5 月 7 日第 6 版。

口吻對弔詭的現實進行詰責，彰顯出了決絕的批判立場。這在《蛙》《炸裂志》《帶燈》《還魂記》《獵人峰》《我的名字叫王村》《黑白男女》等文中都有體現。但是，由於與共和國共同成長的經歷及攜帶的理想主義因子，大多數「50後」作家在揭露和批判之下並未與現實決裂，他們對現實還留有一絲希望。比如《天黑得很慢》面對「老之將至，人之奈何」的困境，周大新以吮吸母乳般時間倒流的方式來暗示希望的生成，在作家看來，「面對人生最後一段路途上的風景，我們該怎麼辦？唯有愛！」〔註171〕《帶燈》篇末河灣裏蔚為壯觀的「螢火蟲陣」是作家留給櫻鎮與現實最後的亮光。《炸裂志》儘管是一次注定黑暗的寫作，殘酷和絕望之下依然存在「老四」這樣一個人物，在閻連科看來，「他那一點點質樸的美好，就是一片黑暗中的螢火……我們內心和現實的黑暗被這個火源所點亮。」〔註172〕這些小說於「批判性」的字裏行間外湧動著一股「建設性」的理想之光，驅散著現實的陰霾。這也是大部分「50後」作家抱持的「文學是燈」〔註173〕「傳遞溫暖」〔註174〕的信仰。在他們眼裏，文學能夠點亮人生的幽暗之處，「只有文學，在黑暗中才能發現最微弱的光、美、溫暖和誠實的愛。」〔註175〕

然而，有時候，作家繪製的希望以及由此產生的與當下現實的和解顯得太過急切，「希望」化作一種廉價的慰藉，「和解」淪為變相的妥協，尤其是「大團圓」的結局往往偏離了現實的本來面目。比如在《炸裂志》《還魂記》《到天邊收割》《丁莊夢》等文中，面對轟毀的現實和人性的深淵，無論是盛開的花朵還是懸浮的夢境抑或退回母親的子宮，都難以真正尋覓到火光，「希望」只是作家的幻想。至於作家與現實的和解也不乏漏洞，比如《天行者》裏民辦教師一夜之間轉正這樣的普降甘露之事和《湖光山色》中「揚善懲惡」的大團圓，都過於理想化，導致問題的尖銳性和思想批判性大打折扣。《蛙》中結尾蝌蚪對姑姑的救贖凸顯了莫言與計劃生育政策的和解，但是有罪的蝌蚪是否有資

〔註171〕周大新：《我們老了以後會看到什麼》，《法人》2018年第4期。

〔註172〕朱又可、閻連科：《閻連科：「現實的荒誕正在和作家的想像力賽跑」》，《南方周末》2014年1月23日第27版。

〔註173〕鐵凝：《文學是燈：東西文學的經典與我的文學經歷》，《人民文學》2009年第1期。

〔註174〕周大新、盧歡：《我更願傳遞溫暖和希望》，《唯有孤獨才有可能思考：當代著名作家訪談錄》，南京：江蘇鳳凰文藝出版社，2017年，第136頁。

〔註175〕閻連科：《上天和生活選定那個感受黑暗的人》，《西部大開發》2014年第11期。

格宣告姑姑無罪呢？關於上述形態各異的和解途徑，有一大部分其實是「50後」作家無法把握情感與理性的天平，繼而橫生出強打精神的「高興」，這一點在賈平凹的《高興》中體現得最為明顯。歷經艱難屈辱的五富最終在城市腦溢血死亡，面對這樣的慘劇，同樣經歷傷痛和不公的劉高興依然選擇留在城市，「去不去韋達的公司，我也會呆在這個城裏。」他對城市的死心塌地暗含了賈平凹對城市及其象徵的現實的寬容與和解，當然，這不能武斷地判定作家缺乏對農民的悲憫和現實的擔當，「在寫作的過程中，我有時不由得替農民工抱不平、站在他們的立場仇恨城市。」〔註176〕只不過，作家在農民工與城市的關係中陷入了一種悖論，「但後來覺得這樣寫不行，不能太狹隘，所以就改寫農民工如何想融入城市，甚至理解城市、自責的情形。」〔註177〕彷彿惟其如此，劉高興們才能獲得輕鬆。事實上，劉高興們對城市的寬恕甚至謳歌果真就能換來城市的接納嗎，換一種心態生活是否就能突破現實蛛網呢？又或者，劉高興會不會是下一個五富呢？因此，對城市的寬容並不能一勞永逸地解決劉高興們的生存問題和精神困境。

　　不管是否和解，在諦視了眾生的苦難和陣痛過後，有些「50後」作家汲汲尋求拯救現實的道路，這和他們啟蒙、拯救、獻身的藝術情結相關。其中，從「宗教救贖」和「傳統文化」的角度突圍現實備受青睞。賈平凹、周大新、莫言、陳應松、曹征路等人都試圖以民俗文化或宗教信仰為抓手，來衝出現實困境，挽救頹唐的人心。比如，《問蒼茫》裏渲染了客家文化和文天祥精神、《湖光山色》裏呈現了楚長城文化和佛法、《高興》中宣揚了慈悲為懷的佛教精神。面對現實的「圍剿」，之所以提供這條精神出路，一方面固然是因為作家未能在現實中尋找到爆破的門扉，另一方面是因為作家們相信：宗教信仰能滌蕩人的靈魂，為處於艱難竭蹶中的眾生提供精神力量，而精神上的滿足會撞開現實的堅硬，甚至抵消物質的匱乏，收穫心靈的安寧。但是，相比其他代際作家而言，在眾多「50後」作家筆下，宗教救贖或傳統文化只是華麗的外殼，是理念的生硬注入，呈現出概念化、虛幻化甚至矯飾化的傾向。小說中諸多有罪的人並沒有真正直視自己犯下的罪行，也尚未敞開心靈世界去與「罪惡」進行搏鬥，更不用說在精神的涅槃中建構起新的信仰，所謂的救贖顯然化為烏托邦。在四個代際作家中，「70後」作家對信仰、宗教、「罪與罰」的理解最為通透。

〔註176〕賈平凹：《我和高興：〈高興〉後記》，《名作欣賞》2011 年第 28 期。
〔註177〕賈平凹：《我和高興：〈高興〉後記》，《名作欣賞》2011 年第 28 期。

　　「60 後」作家群體與現實一直保持著緊張甚至是「敵對」關係，特別是
20 世紀 80 年代，他們引領了一股「大拒絕」的青年文化潮流。狂流消散後，
來到新世紀，面對風雲變幻的現實，「60 後」的大多數作家玩性不改，依然熱
衷於「抄近路」，以戲謔、調侃、反諷的方式來「遊戲」沉重的現實。也許，
在這代人看來，「人生就像一場梭哈遊戲。」〔註 178〕無論是內容還是形式的遊
戲性，都映像了作家主體的遊戲精神，暗含著曾經的先鋒旗手們面向現實後仍
具反抗性，對當代社會流行的價值觀持質疑和警惕之態。以李洱的《石榴樹上
結櫻桃》為例，這個題目本身就隱含了錯位式的遊戲意味。在對「計劃生育」
題材的書寫中，李洱著力呈現的是鄉村偷生者、當權者、旁觀者如何處心積慮
地與政策幹旋。當中沒有觸目驚心的殺戮和打鬥，有的只是在政策外圍各色人
等的勾心鬥角、滑稽笑談，最終，代表國家意志一方的當權者鎩羽而歸，而偷
生者和旁觀者笑到了最後，這無疑是對政策幽了一把默。但是，在設懸和釋懸
的過程中，官莊當權者孔繁花的落馬反而讓我們對叵測的人心不寒而慄，對她
充滿同情。在對鄉村政治版圖的遊戲中，除了謊言和啼笑，作家實際上也寫下
了他的「憂慮、警覺和艱難的訴求」〔註 179〕。

　　在「60 後」作家這裡，除了以反諷詼諧的悲喜劇來表達對現實的遊戲姿
態，他們還一如既往地偏執，往往採取極端化的筆法來介入沉重蕪雜的當代現
實。在這些作家筆下，不只是現實讓芸芸眾生感覺到風刀霜劍嚴相逼的殘酷，
冰冷的人性荒原也讓人毛骨悚然。所以，他們對現實絕望，且暗示「反抗無
效」，這種絕望有時還以宿命性悲劇的方式呈現出來，比如艾偉的《盛夏》、東
西的《篡改的命》、余華的《第七天》。以《篡改的命》為例，東西在調侃的語
氣下，以批量極端、殘酷、堅硬的詞語和種種乖戾的細節來告訴人們這是人性
的冰窖，而汪長尺由進城失敗到最後非理性的死亡都在控訴：無論草根如何絞
盡腦汁地想篡改命運軌跡，終究逃不出悲劇結局的怪圈，所有為「改命」付出
的努力都將徒勞。儘管汪家的第三代大志否認了自己的汪氏血統，看似具備了
篡改命運的可能，但他的人生才剛剛開始，後來的命運路線怎樣發展我們無法
得知，這是作者有意識的留白。不過，從他對生父的厭惡、指控以及否認血統
都可感覺到人性的悲哀。從更廣闊的維度來看，作者借汪槐、汪長尺如出一撤

〔註 178〕姚霏、洪峰：《生活像一場最後的梭哈》，《春城晚報》2012 年 9 月 23 日第
　　　　　B15 版。

〔註 179〕李洱：《啼笑之外——關於〈石榴樹上結櫻桃〉》，《當代》（長篇小說選刊）
　　　　　2005 年第 1 期。

的「改命史」實際上撻伐著浩浩蕩蕩的城市化進程。對他們而言,社會轉型帶來的不是福音,而是災難,是底層小人物由致殘抑或屈死的血淚史,由此,我們可感受作家深入骨髓的絕望。再如《第七天》中,余華繪製了美麗的「死無葬身之地」,在這裡,人人死而平等,呈現出一派祥和的景象。當然,我們可將之視為余華給諸多世間無法安放的肉身們提供了避難的港灣。但是,或許還可這樣理解:既然人人注定死亡,而死亡可消弭一切不平等,那麼,在世的求索、掙扎和反抗都將變得毫無意義或可有可無?無論如何,在小說中我們嗅到的只是絕望。艾偉的《盛夏》所表達的也是:面對自己的重重罪惡,死亡和逃離可以終結一切,所有沉重的過往都將雲淡風輕。儘管余華表明「滿懷希望的作家往往會寫出絕望之書,滿懷絕望的作家往往會寫出希望之書」〔註 180〕,東西也說「向上的能量通過向下的寫作獲得」,「生活殘酷的書寫是為了正視當下的幸福」〔註 181〕,也許,「遊戲」中未必沒有重建新的社會秩序和重構新現實的努力,可回歸文本,我們感受到的只是撲面而來的絕望。

　　面對現實這塊「泛罪」化的土壤,「70 後」作家同樣彰顯了鮮明的批判立場。但是,他們的批判呈現出與「50 後」「60 後」不同的姿態。「50 後」作家通常站在道德倫理的制高點,以居高臨下的「審判者」或「受害者」的姿態來指控和拷問現實。這特別體現在新世紀以來城鄉關係的書寫上,觸及這一話題,「50 後」作家總是不約而同地留戀人生的起點農村,而自覺牴牾城市,似乎城市的罪惡都與自己無關,其批判是排除自我的。「60 後」作家在對現實展開批判時滲入了過多的遊戲元素和荒誕因子,接踵而來的是絕望。然而,對「70 後」作家來說,無論都市多麼藏汙納垢,他們中的大部分都是依賴這塊大地成長和成熟。因此,翻檢來時的路,他們對千瘡百孔的現實抱以感同身受的方式,以「同情之理解」的態度開始對現實的批判,也是對自我的批判。畢竟,在他們看來,骯髒的現實是他們共同造就的。正如李敬澤所發現的,「他們的根本姿態是:這是『我們』的生活、『我們』的困難,他們還沒有修煉到把一切歸為『你們』的問題。」〔註 182〕「70 後」作家樸素寬厚的姿態、強烈的反省精神和深沉的罪感意識,均昭示了他們不迴避現實的罪惡且願意承擔罪過的立場。

〔註 180〕陳輝、余華:《余華:滿懷絕望去寫希望之書》,《北京晨報》2013 年 8 月 11 日第 A24 版。

〔註 181〕東西:《向上的能量通過向下的寫作獲得》,《揚子江文學評論》2020 年第 2 期。

〔註 182〕徐則臣:《〈耶路撒冷〉的四條創作筆記》,《鴨綠江》(上半月版)2014 年第 5 期。

當各種時代病象被戳破後，這一代作家依然對人性懷有希望。無論現實多麼不堪，文本呈現的都是人物最有力的擔當與最暖心的抉擇。每個人物背著十字架負重前行的過程中，一抹光亮從黑暗中穿透出來，這種希望和溫暖又非虛設或作者故作輕鬆地與現實和解，而是從現實中發現的可能性，是根據人物命運發展和故事邏輯演進推衍而來的希望。比如《天體懸浮》中，付啟明在可以避罪時選擇和盤托出馬桑事件，何沖這樣的紈絝子弟會害怕良心的不安而不讓仇家殞命，都是人性溫暖的展示。而文中付啟明在「作惡多端」後對「觀星」這一形而上的活動的走火入魔，表明了他祈求在另一個純粹的空間內回到最初。這與他亦正亦邪、陰陽共存的人物形象相得益彰，也照應了作家田耳的寫作觀，「人物善惡黑白的標籤不能隨意亂貼。」〔註183〕在路內的《慈悲》中，因國企改制而被迫下崗的職工再就業時境況慘不忍睹，甚至因為工業污染而集體患病離世。面對悲慘的生存本相，路內「拒絕遺忘」歷史，但同樣選擇「相信未來」，以「慈悲」的力量來撫摸傷疤，這既體現在文中主人公們帶「生」的名字中，預示「活著」〔註184〕的重要，也體現在復生的爭氣、水生的自省以及為亡靈們辨認回家的路等情節中。徐則臣《耶路撒冷》中的人物無論成敗，都忘不了兒時玩伴景天賜的死，他的死讓每個人愁腸百轉，內心埋藏著罪感。20年的光陰裏，世事變遷，不變的是曾經的少男少女們都選擇擔罪前行，在「往回走」的過程中追求著心中的「耶路撒冷」，這種擔當和信仰讓我們觸摸到希望。魯敏的《金色河流》、李鳳群的《大望》、王十月的《米島》《收腳印的人》《人罪》等小說在認罪、懺悔與贖罪的話題中，既不動聲色地敞開了人性的塵垢，也以寬厚之筆皴染著人性的光亮。而同樣以「罪與罰」為主題的「60後」作家的《盛夏》《黃雀記》《南方》等文，人物只是用報復和死亡來終了悲劇。若與「50後」作家相比，「70後」作家則沒有強烈的道德律令或決絕的善惡判斷，他們總是把人物置放到經緯交織的現實網絡上，對筆下每一個「不純潔」的小人物加以理解。畢竟，在他們眼裏：「大部分人的生活是處於黑白之間，呈現灰色的含糊狀態，這也是人生的常態。」〔註185〕這一代作家

〔註183〕劉建勇：《走出鳳凰：田耳和他的文學故鄉》，《瀟湘晨報》2020年9月26日第7版。

〔註184〕黃瑋：《路內：慈悲與冷峻之間的擺渡》，《解放日報》2016年03月14日第9版。

〔註185〕舒晉瑜：《魏微：我終於等來了這一刻》，《中華讀書報》2023年1月18日第11版。

的介入現實也印證了謝有順的那句話：「在一些『70後』作家，我們能看到一種『罪』『恥』與『情』深度交融的書寫。」〔註186〕他們真正呈現了文學的溫度、風度與「療救」力量，為現實與人心的幽暗地帶投進了一束理想之光。

　　面對現實中的晦暗景觀，「80後」作家普遍亮出了批判姿態。同時，導因於歷史虛無主義的影響，他們成為將歷史刻意輕化〔註187〕或鈍化甚至是「無根」的一群人。大部分「80後」作家並不會以歷史作為一面鏡子，來反觀光怪陸離的現實如何生成，他們只是從自我出發，就某一個現實問題來大發議論。因此，這一代作家對現實的批判如炮火猛攻般激烈。彷彿只有在火光四射的語言中，他們對成年生活的焦慮不安和「末世情緒」〔註188〕方可得到釋放。可以說，他們與現實關係的緊張程度達到了無以復加的地步。回到他們介入現實的文本中，「80後」作家憑藉主人公異常個人化和主觀化的情感心緒，用犀利的字眼、陰沉的語調、詭異的意象對中國現實「宣戰」，彰顯了他們的偏執心性與決絕姿態。以鄭小驢為例，同以「計劃生育」這一公共話題為題材，「50後」作家莫言經由時間的撫慰，對政策表示了寬容與和解；「60後」作家李洱則盡情遊戲了政策；而被「童年的孤獨、恐懼和戰慄帶來的創傷記憶」〔註189〕所包裹的鄭小驢依然難以釋懷，他更願意採取「以『矛』刺『盾』的方式」〔註190〕，用一種決絕而尖銳的態度來對抗政策。《遍地傷花》中代表年青一代的顧長風在光怪陸離的現實中也力圖「以反叛的形式追求幸福」，作家固然認為以暴易暴、以惡制惡「並不是什麼好辦法」〔註191〕，但是，看著年輕人身上不斷落下的生活重拳，他也試圖理解大時代中匍匐而行的「蟻族們」，並借助其潰敗的對抗來詰責現實的不公。《平原上的摩西》在兩代人的恩怨糾葛中也出現了李守廉憑藉以暴制暴的極端做法來實現復仇、守護尊嚴、捍衛正義的做法。作家同樣不贊同這種違法復仇的暴力行為，但是對於苦水中漂浮的底層而言，他們的突圍之路

〔註186〕謝有順：《「70後」寫作與抒情傳統的再造》，《文學評論》2013年第5期。
〔註187〕楊慶祥：《80後，怎麼辦？》，北京：北京十月文藝出版社，2015年，第32頁。
〔註188〕李德南：《後記：為時代的失敗者造像》，《遍地傷花》，鄭州：河南文藝出版社，2013年，第264頁。
〔註189〕鄭小驢、張勐：《「80後」這代人總會有些主題沒辦法迴避》，《名作欣賞》2013年第4期。
〔註190〕行超、鄭小驢：《質樸而又悲情的〈西洲曲〉》，《文藝報》2014年2月19日第3版。
〔註191〕李德南：《後記：為時代的失敗者造像》，《遍地傷花》，鄭州：河南文藝出版社，2013年，第265頁。

在哪裏？雙雪濤在他們的一意孤行和窮途末路中對現實發出了強烈的質疑。可以說，「80 後」作家們面對現實採取了尖銳的姿態，昭示出了彌足珍貴的膽量和魄力。不過，現實的面貌畢竟如多棱鏡般豐富，這代作家在指陳現實時往往就某一方面發功，以致於用力過猛，呈現出來的現實存在片面化的嫌疑。

不過，「80 後」作家們通過決絕、凌厲甚至有些任性的把式對現實鞭笞過後，竟在結尾處空降希望。如《獲救者》的主人公返回「純淨溫暖」的人世並看到耶穌張開雙臂；《遍地傷花》中周克拋棄了詩歌而贏得了世俗的安穩；《六歌》中年輕仔柔軟的眼神暗示著余小顏生命中即將出現的光束；《冬泳》中一頭扎進水中的「我」在幻覺中看到了向我奔跑而來的隋菲、岸上璀璨而溫暖的星系、與我並肩凝視的隋菲父親，隨後浮出水面，告別舊我，望向來路。這些若隱若現的微光也許暗含著「80 後」作家對現實殘存的期待，是他們「骨子裏的堅持和理想主義的本能」〔註192〕在發揮效用。然而，這種期待最終是否會落空呢？因為，我們很少看到過人物為改變現實而做的自我搏鬥。在顧零洲、顧長風、章某某、周克等「失敗者」眼裏，個人的失敗或墮落是由時代造就或命運使然。他們控訴現實的驚濤駭浪時卻罔顧了自身的羸弱不堪。楊慶祥說：「如果非要為 80 後的階級屬性作一個界定，似乎沒有比『小資產階級』更合適的了。」〔註193〕所以，某種意義上，「光明的尾巴」不是真正的希望，卻似乎對應著「小資產階級的妥協和軟弱」。

三、文化記憶與時代變遷：新世紀作家介入現實的代際性差異成因

根據前文所提的「代」的自然屬性和社會屬性可知，面對斑駁繁複的當代中國現實，「50 後」「60 後」「70 後」「80 後」作家群體之所以在介入方式、敘事策略、現實情懷等方面呈現出這些分野，是和他們所處的「代環境」密切相連的。各代不同的成長環境形成了迥異的「文化記憶」和「精神胎記」，產生了價值觀念、思維方式、情感體驗等的區隔，這種區隔同樣會作用到藝術創作上，左右著他們的思想表達、美學追求和文學立場。其中，在一代作家集體性的文化記憶中，童年記憶與青春記憶對作家們介入當代中國現實產生了至關重要的影響。

〔註192〕王威廉：《後記：去地下放縱自己的幻想》，《獲救者》，鄭州：河南文藝出版社，2013 年，第 261 頁。

〔註193〕楊慶祥：《80 後，怎麼辦？》，北京：北京十月文藝出版社，2015 年，第 104 頁。

　　「50後」作家自小是在嚴格淨化過的社會環境中生活的，集體主義、理想主義、英雄主義是其最早攝取的精神給養。在「革命、犧牲、奉獻」情結的引領下，他們作為共和國的第一代小主人，自覺懷揣「家國天下」的「宏大意識」，規避自我，立足大局，「個性」對他們這一代而言，往往成為一個「熟悉的陌生人」。他們總是孜孜書寫時代大事，善於推己及人，關注一個群體尤其是浮遊於社會底層的邊緣者們的生存狀態。同時，在他們那裡，個人生活史和民族發展史血脈相連，青春期經歷的紅衛兵事件以及知識青年上山下鄉活動更讓他們感到人和歷史的複雜。因此，即使是書寫當下現實，他們也與歷史進行互動，呈現出開闊的格局。當然，由於少時革命和理想主義的操縱，儘管當今現實和他們曾經的純化環境大相徑庭，但這一代人並未消沉或悲觀，「50年代出生的這代人，是堅韌執著的一代；勇於擔當的一代；激情澎湃的一代。」〔註194〕所以，在質疑、拷問現實後，他們並未放棄希望，依然不忘尋求拯救途徑，雖然拯救常被證明無效。

　　從教育背景來看，這代作家大多擁有完整的小學記憶，但學校所學都是歌功頌德的內容，導致他們的精神營養極度匱乏，而從1968年開始，大部分人就走向了「上山下鄉」的道路，開始了漫長的「長身體，卻並不長思想」的冰凍期。在稀缺的文化資源和知識儲備中，蘇聯文化成了他們最親近的文化。在當時的政治語境下，除了閱讀「三紅一創」等紅色經典，若要看外國小說，首選即蘇聯文學。莫言、賈平凹、李佩甫等人都不諱言自己的「俄蘇情節」，「我小時候接觸的作品，要麼就是蘇聯文學，要麼就是四十年代邊區文學和五十年代一些作品，從小受這些作品影響。」〔註195〕因此，從藝術修養來看，這代作家很多都吸收了蘇聯的革命現實主義文藝觀。當然，部分作家通過後期努力習得了現代主義技巧，但大多數作家對蘇聯文學中的現實主義手法以及宏大敘事、史詩情節銘心刻骨，所以，就算是書寫未經沉澱、不斷變化的當下現實，我們也能看到極富歷史縱深感的著作。

　　「60後」作家從記事起面對的就是「文革」怪宴。作為旁觀的孩童，他們對「文革」本身並沒有切膚的疼痛感，但在「人之惡易於膨脹的年代」〔註196〕，

〔註194〕黃新原：《五十年代生人成長史》，北京：中國青年出版社，2009年，第331頁。
〔註195〕賈平凹、楊小玲、孔婷婷：《作家賈平凹：中國文人要為時代為社會立言》，《陝西日報》2012年5月7日第6版。
〔註196〕畢飛宇：《永別了，彈弓》，《沿途的秘密》，北京：崑崙出版社，2002年，第7頁。

他們體會了「文革」的狂熱、暴力和荒誕。與「文革」如影相隨的是，這代人的青春裏塞滿了大大小小的政治風暴，如批林批孔、反擊右傾翻案風、打倒四人幫、精神清汙，頻繁的變動不斷刷新他們的價值觀，「從小到大，我們的觀念一次次地被否定、再否定：我們熱情盲從過『批林批孔批鄧』運動，結果鄧小平重新登上了歷史舞臺……我們大講愛國奉獻，結果整個社會忽然轉型到了市場經濟……我們這代人在多變、多元的環境中，不斷撕裂、組合、成長。」〔註197〕在持續遭遇觀念裂變、更迭甚至顛覆的社會文化語境裏成長，他們的精神氣質裏不斷滋生出不確定感和錯位式的荒誕感，以至於他們對自己失望甚至絕望，對世界徹底不信任。在這種心理氣候的影響下，他們樂忠於解構，強調「反英雄、反理想、反宏大敘事」，喜歡探索精神世界的經緯，管窺人性的波伏曲折，尤其癡迷於解剖人性之惡，由此來揭示這一代人在失去方向感的時代裏感受到的荒誕與絕望，「在今天的現實世界，荒誕幾乎成為一種常態了。」〔註198〕當然，面對魚目混珠的現實，他們在「懸浮」的狀態中仍保持著深刻的批判意識和懷疑精神。從藝術薰陶來看，這代作家中的大多數在恢復高考後考上了大學。到20世紀80年代，他們不僅獲得相對完備的文學教育，還接受了系統的現代主義訓練。所以，儘管他們從諱莫如深的先鋒世界中抽離出來，轉向廣闊無垠的現實大地，骨子裏的先鋒血液卻仍然汩汩流淌著。在介入現實的小說中，他們依舊拒絕「本分」的寫實，癡迷於誇張、變形、寓言、錯位、魔幻等令人眼花繚亂的技巧。與刁鑽古怪的現代技巧相得益彰，蔓延在小說中的是無處不在的荒誕感、令人窒息的絕望氣息、人性的黑洞和心靈的異化景觀。

「70後」作家趕上了「文革」的尾巴，卻成長在改革開放的年代。在他們共同的文化記憶裏，隨著「文革」終結及計劃經濟體制向市場經濟體制的過渡，集體主義的革命模式逐漸鬆綁，集體主義觀念也日趨消解，尤其是分田到組、分田到戶政策和個體戶的興起使得人們開始關注個體、家庭、私有，個人化、日常化的生活模式逐漸成為人們談論的中心。在這種氛圍下成長，「70後」作家幾乎沒有歷史重負，所以最初大多避開了重大題材和政治生活，而將寫作熱情投射到普通個體的日常生活上，注重個人空間的探尋。即使中間代作家現

〔註197〕布衣依舊、畢飛宇等：《生於60年代》，上海：漢語大詞典出版社，2004年，第61～62頁。

〔註198〕盧歡、胡學文：《胡學文：寫出小人物人心之大》，《唯有孤獨才有可能思考：當代著名作家訪談錄》，南京：江蘇鳳凰文藝出版社，2017年，第162頁。

已轉向對重大現實的書寫，也側重從小生活出發來切入大時代，經由活色生香的凡塵生活和普通個體的生命鏡像來折射時代的洪波巨瀾。對「70後」作家而言，除了改革開放初期集體主義的消解對他們的價值觀產生了規約，20世紀90年代整體性的中國社會變革更是在他們的青春歲月裏激起了千層浪。隨著市場經濟體制的真正確立，現實呈現出泥沙俱下的景象，消費主義、大眾文化強烈侵襲著中國，物質、欲望、利益一躍成為人們普遍的追求，「生在紅旗下，長在物慾中」〔註199〕是對他們的寫照。也正是在此番風雲際會、變動不居的年代裏，「70後」作家們逐漸形成了個體的人生觀和價值觀。從這一代人的價值觀來看，與前輩作家過度倚重原有生活經驗和強烈的道德律令不同，「70後」作家群體鮮有歷史的羈絆，得以全身心地融入到當代中國的現代化轉型中，也比「50後」和「60後」作家更快速地吸收和消化觀念的變革，正如魯敏所說，「我們的現代商業經驗已大大超出傳統農耕文明的哺育。」〔註200〕即使是享樂主義、物質主義、拜金主義等前輩作家口中的「歪風邪氣」，他們在批判之餘也未必不報以理解的眼光。所以，儘管他們置身的城市正上演著千奇百怪的戲碼，「70後」仍然保持著一種有溫度的敘事，彰顯著對「他者」的寬容與理解，畢竟，他們也是現實中的一員。不過，溫度與理解都不意味著洞見的喪失和反思的缺席，他們塑造了一群「黑暗中的舞者」，從自身開始反省，並努力承擔罪過。

「80後」作家的童年和青春記憶中最深遠的事件就是1979年開始的改革開放和與之同時的獨生子女政策。作為在蜜罐裏長大的小公主、小皇帝，他們告別了物質貧乏的年代，接受了相對平等的教育機會，童年可以說高枕無憂。且由於這代人的父母多是動盪時世中艱難成長起來的「50後」「60後」，他們的挫折使得自己對獨子或獨女比較寵愛甚至是溺愛。在這些因素的制約下，「80後」這一代人形成了非常強烈的個性主義，以自我為中心。強烈的個性意識和自我身影也滲透到了他們的小說中，比如甫躍輝、鄭小驢、陳再見、馬金蓮、蔣峰等人的作品均帶有童年自敘傳的身影。在密不透風的成長訴說中，他們特別在意主人公情感的宣洩和對世界的臧否，往往借助特立獨行的主人公們在非理性的情緒和簡單的道義基礎上建構起來的極端私人化的準則去控

〔註199〕宗仁發、施占軍、李敬澤：《關於「七十年代人」的對話》，《長城》1999年第1期。

〔註200〕魯敏：《時間沙、取景器及其他》，《當代文壇》2023年第1期。

訴現實，抵抗這個時代。之所以對個體感受緊抓不放，與「80後」這一代人的青春歲月休戚相關。作為「無根的漂泊者」，加上獨子的處境、校園早戀的盛行、大眾文化的薰染，他們人生中感受最深的某過於青春期的孤獨、感傷與迷惘。因此，即使是轉向紛繁複雜的當代現實，聚焦嚴峻尖銳的民族公務，他們的筆觸中也流淌著青春的憂傷氣息，經由青春軌跡的運行去言說現實生活。不過，青春的「愁」往往只是「為賦新詞強說愁」的小感懷，而走向成年的「愁」才是「識盡愁滋味」的苦澀。當這代人真正長大的時候，他們迎來了前所未有的社會競爭，童年的優越感遇上殘酷的生存前景，一種失敗感油然而生。所以，李德南們才會產生「為這個時代的失敗者（也為自己）造像」〔註201〕的「失敗情結」，楊慶祥也發起了「80後，怎麼辦」的討論。那麼，他們究竟如何來抵抗這種失敗感呢？按照楊慶祥的觀點，「80後」這一代是割裂了歷史與生活關聯的「歷史虛無主義者」和「存在主義者」。在接踵而至的崩潰和走投無路的困局中，他們只能將失敗的根源歸咎給社會、時代或他者。這種思維方式折射到小說中，我們就看到了個人化的崩潰跳腳或群體性的歇斯底里，隨之而來的是對現實的冷硬批判和對體制的決絕攻訐。之所以如此，也導因於他們與體制的關係，以及這代人如何看待體制的問題。「80後」是在完全沒有計劃體制保護下成長的一代人，其觀念還常與體制對峙，因此，當他們遇到不公、失敗時即把矛頭指向了體制。湯因比和池田大作就認為新舊兩代人最大的不同首先在於對體制的看法，老一代人更傾向於對體制的維護，因為他們的生存受體制保護，而對年輕人來說，威脅個人自由和生命的最大元兇正是體制。〔註202〕儘管不少「80後」作家也在體制內生存，但根據楊慶祥等人的調查，從他們拮据的生存狀況和高度的精神壓力來看，體制確實難以給他們庇佑或借力，他們對體制也沒有像「50後」那樣深厚的感情。所以，他們對體制及現實的抨擊才如此大膽和決絕，也形成了不同代際間的衝突。

各代作家之所以在「介入現實」這個特定話題上產生巨大分野，除了文化記憶的規約，還與現代社會的極速更迭相關。根據米德三種象徵文化的分類，不難發現，急劇的社會變遷將會使不同代際的人在價值觀念、生活處境、思維

〔註201〕 李德南：《後記：為時代的失敗者造像》，《遍地傷花》，鄭州：河南文藝出版社，2013年，第263頁。

〔註202〕 〔英〕湯因比、〔日〕池田大作：《展望21世紀——湯因比與池田大作對話錄》，苟春生、朱繼徵等譯，北京：國際文化出版公司，1997年，第152～153頁。

方式、情感體驗等維度的差異越發明顯，代溝問題也就更加尖銳。回到中國視域中，伴隨著改革開放的深入發展、社會主義市場經濟體制的日益完善、全球化浪潮的席捲以及社會文化的轉型，在開放性的時代環境中，各代之間的分化不斷拉開，這種分野自然會呈現到文學創作上，彰顯出介入路徑、敘事策略、現實情懷等的區隔。當然，前文在具體分析中已經探討了時代變遷與代際差異的關係，故此處不再贅述。

四、代際經驗與創作限度：四個代際作家介入現實的價值與侷限

　　回顧新世紀的文壇，「50後」「60後」「70後」「80後」四個代際的作家都試圖握住時代的脈搏，聚焦當代中國現實，對轉型期的社會難點、熱點和痛點問題進行追蹤與解剖，揭露社會陣痛與沉屙。與現實之間的「貼身」關係既凸顯了作家們對自己所處時代的高度關切，也讓 20 世紀 90 年代迅速削弱的文學公共性或窄化的文學公共空間得到了修復。此外，面對鮮活的當下現實，不同代際的作家奉獻了獨異的介入方法、審美範式和思想表達，在異音繚繞中共同打造了新時代的「現實」協奏曲。當然，在激濁揚清的「協奏曲」中，未必沒有瑕疵之音，比如各代作家在捕捉現實問題、解剖時代症候、表達價值立場時仍暴露出了侷限。這也是我們要追索的問題，惟其如此，才能更好地促進各代之間的良性交流，建構跨代共同體，推動當代中國文學發展的多元性，打造更多「偉大的中國小說」〔註203〕。

　　50 年代出生的作家們在現實問題上顯然是最心急如焚的一群人。作為時代的風向標，他們總是嘗試潛入現實河流的底層，將潛流與漩渦中翻滾的那些最尖銳的公共問題與社會矛盾一一敞開。在劈開現實的渾濁與惡相時，這一代人背負著與生俱來的使命意識，正如賈平凹的夫子自道，「我這一代作家……社會責任感、憂患意識，我覺得比年輕人要強。」〔註204〕他們的文本總有股悲天憫人的力量和縱橫捭闔的氣魄。但是，「50後」作家常採用正面直攻的方式來鞭撻現實，與生猛的現實缺少了必要的距離和沉澱，使得他們的書寫過於沉重和瓷實。當然，不少「50後」作家進行了敘事升級，採取了「飛翔」之術，即便如此，他們也常出現技法的雷同或無法將「輕逸」進行到底。更讓人憂心的是，當革命理想主義和英雄主義在其身上打上烙印的時候，他們有時難

〔註203〕哈金：《呼喚「偉大的中國小說」》，《青年文學》2008 年 11 期。
〔註204〕賈平凹、楊小玲、孔婷婷：《作家賈平凹：中國文人要為時代為社會立言》，《陝西日報》2012 年 5 月 7 日第 6 版。

以真正擺脫意識形態的規約，缺少了鬥爭到底的決心。薩特說：「一個作家的責任及其讀者的特殊使命就是揭示不公正，而不管這種不公正是在什麼地方。」〔註205〕「50後」作家的確以文學的行動力彰顯出了介入現實的自覺，但由於潛在的記憶規約和頭腦中的「霧靄」，他們面對崩壞的現實時往往存在猶疑或不忍，在「妥協」中炮製出理想化的現實或扔下一條「光明的尾巴」。這不僅體現在「50後」作家的多數官場小說中，還體現在《湖光山色》《天行者》《高興》《到天邊收割》等文中。當然，「50」後作家對暴露出來的現實惡相毫不留情地進行了撻伐，從道德與情感維度喚起了大眾「正義的憤怒」，只是有時無法將這種揚眉仗劍的精神持續到底，欲揚先抑、懲惡揚善、二元對立的敘事模式屢見不鮮，激烈的批判表象無法掩蓋部分作家精神深處的疲軟。因此，許多「50後」作家儘管某種程度上具備知識分子的擔當精神，但仍拒絕知識分子的身份，比如賈平凹、莫言等。這不能不說是一種精神底色的缺失。

從「介入現實」的先後來看，「60後」作家與「50後」作家相比顯然是「遲到者」。不過，從講述中國故事的藝術筆力和思想深度來看，這一代作家毫不遜色。面對裂變的當下現實和蕪雜的當代經驗，他們並未過多糾纏於現實的外部面貌，也沒有孜孜於道德追問，而是楔入人性肌理，捕捉人性掙扎、浮沉的軌跡，解鎖心靈密碼，「我關心人物的性格，要大於關心人物的道德」〔註206〕是他們這一代人的心聲。同時，駁雜繁複的現實和「60後」這一代秉持的現實觀、真實觀也指引著他們隨物賦形，逃離「宏大敘事」，拋棄「史詩情結」，以種種現代主義的手段去踏上奇崛野逸的幽徑，在出奇性的想像、遊戲性的情節和極端化的語言中揭開掩蓋在現實之上的幕布，暴露出沉積的污垢。然而，這是優點，也是侷限。在多種變形手段的操縱下，尤其是一些極端化的敘事方式，使他們對蕪雜現實中的個體常常缺少了必要的體恤和尊重，在意義的消解中，不免有些油滑和輕浮。比如《篡改的命》中面對汪長尺去勢、送子、失妻等極致的疼痛環節，油腔滑調的語言如「讓我的小心臟別跳得那麼急」「站在西江大橋欄杆上，duang地一下」「孩兒不孝，請你們打屁股」顯得格格不入，失去了對「他者」應有的同理心與共情力，缺少了悲憫情懷。當然，「60後」作家也在不斷調整情緒，東西、余華、艾偉等人的新作《迴響》《文城》《鏡中》

〔註205〕〔法〕薩特：《詞語》，潘培慶譯，北京：生活‧讀書‧新知三聯書店，1988年，第220頁。

〔註206〕李洱：《李洱作品系列 問答錄》，上海：上海文藝出版社，2017年，第40頁。

等文就增加了與讀者的共情，也增加了溫暖的氣息，對他們而言，「溫暖是作者對讀者的補償。」〔註207〕

　　在「介入現實」這一話題上，無論是「70後」作家對現實抽絲剝繭般的分析，還是對罪惡現實的承擔姿態抑或精緻幽深的細節構造，都燭照出這一代作家深沉的精神氣質和悠長的敘事耐力。但是，如果從「70後」作家整體的創作來看，這種掘入現實的核心岩層，用大胸襟和大情懷來直面葳蕤混亂時代景觀的仍不多見，尤其是長篇小說還較匱乏。從代際共生的角度出發，這難免留下了遺憾。另外，與同時代作家相比，王十月、徐則臣、李鳳群、張學東、田耳、路內、石一楓、魯敏、張楚等人的作品已然破「繭」，從私人世界走向了公共領域，呈現出了足夠的思想厚度和精神力度。不過，面對亂麻叢生的現實，這些作家仍然採取了「見微知著」「以點帶面」「以小見大」的敘事模式。他們從一地雞毛的瑣碎生活出發，聚焦個體的生命鏡像，經由普通個體俯仰浮沉的人生體驗來折射時代的滄桑巨變，敞開社會的疑難雜症，挖掘現代人的精神隱疾。此番書寫固然展示了細緻、精準的人性剖析，打造了富有生命質地的細節亮點。但是，拉拉雜雜般事無巨細的書寫也常會造成小說敘事結構的凌亂和視角的蕪雜。不僅如此，「70後」作家這種不善裁剪造成的零散性的結構鏈條、密密匝匝的敘述文風、片段化的拼貼構圖，加上他們「小中見大」的敘事中本就缺乏對當代現實生活與錯綜的社會關係的描摹，導致這代人的寫作在「剪不斷、理還亂」的風貌中有時會削弱民族重大公共事件帶來的衝擊力度，難以真正建構起文學公共空間，也不利於讀者深度反省現實本身。這樣，作家介入的力度和深度就有待考量了。與此同時，在「剪不斷、理還亂」的煙霧迷蒙中，作家們面對沉重的現實常常心懷繾綣，有時過度突出了溫情色彩，或者是非感的界限被模糊，從而遮蔽了批判的鋒芒。這也猶如一把懸在頭頂的達摩克利斯之劍，催逼著「處於山峰與河流之間」〔註208〕的「70後」作家進行深度勘探和變革。

　　「80後」作家從「小時代」中突圍出來轉向「大現實」，其現實情懷和公共關懷為這代作家洗刷了不少「汙名」。懸浮於光怪陸離的失重時代，面對魚龍混雜的現實，他們的批判極為大膽。這股不卑不亢、率性直言的勇氣和自覺

〔註207〕東西、傅小平：《我願意每一次寫作都像爬一座高山》，《野草》2022年第2期。

〔註208〕張娟、黃孝陽：《「70後這代會成為一個群星璀璨的時代」——訪談錄》，《小說評論》2021年第4期。

的倫理擔當固然彌足珍貴，然而，激進和決絕之下，批判是否有效值得深思。
這代作家在批判現實時過於拘囿個人情感即時性的宣洩，選擇的主人公多是
敏感多疑的個體（如開天眼的男孩、精神病少女、怕光的少年、自閉症兒童、
詩人作家）。由於他們的情感較主觀和偏激，缺乏節制，難以將個體的悲欣與
時代的激蕩進行無縫對接，對現實的指控難免存在「為賦新詞強說愁」的滋
味。比如《遍地傷花》中作者書寫了一代「80 後」青年的成長史，塑造了一個
個「心思散亂、肉身沉重」〔註 209〕的失敗者。之所以避開成功者而主攻失敗
者，是因為作為「80 後」的同齡人，同樣經歷過匍匐在地或墜入深淵的困窘，
作家李德南想借助失敗者沉淪、墮落或傷亡的悲劇命運來聲討時代。不過，回
到文本的敘事邏輯，不管是始終徘徊於原地的周克，還是掉進污水池的筱麥，
抑或是「惡魔詩人」顧長風，他們在撲朔迷離的現實裏確實傷痕累累，但是，
這些傷痕並非都是時代所賜，而是更多源於自己的脆弱和自憐。他們幾乎沒有
真正經歷一番與時代風浪的搏鬥便自行退卻。因此，李德南通過這些個體無
以復加的失敗感來批判現實時就出現了力量的失衡，用力過猛反而事倍功
半，難以讓批判真正落地。除此，在極端個人化的敘述中，集體經驗和理性
敘述的權重過少，導致當代社會現實自身的多面性並沒有完整展示出來，更
遑論從不同角度對現實病灶進行深度勘探。這也和他們這一代人歷史感的缺
失、濃重的悲觀氣息與虛無主義相關。我們認為，不管對現實如何不滿，價
值立場多麼明晰，在峻急的批判中都應盡可能使現實本身的複雜性在文學中
得到復呈，而不是忽略「視覺盲區」和「心靈盲區」，正所謂，「好的文學不
應該是清澈透明的，不應該只有一個標準答案，好的文學應該具有豐富性、
複雜性，甚至曖昧性。」〔註 210〕

　　從「80 後」這代人的藝術修養來看，他們顯然占盡天時地利人和的優勢。
這一代人在無憂無慮的日子裏成長，順利考上大學後基本都接受過完備的學
院派教育，從不缺古今中外的理論補給，這既充實了他們的創作內容，也促使
他們去孜孜探求寫作的奧秘。所以，這一代人在面對現實的思考時總是比前輩
們多了點思辨性的哲理片段。當然，也許火候欠缺，他們面對變動不羈的現實
少了一些沉穩與耐心，敘事技藝上打磨不足，尤其是「直語」式的批判極大損

〔註 209〕李德南：《後記：為時代的失敗者造像》，《遍地傷花》，鄭州：河南文藝出版
　　　　　社，2013 年，第 265 頁。
〔註 210〕莫言：《好的文學應該讓人讀出自己》，《人民日報》2013 年 1 月 24 日第 12
　　　　　版。

傷了小說的藝術品格。瑪莎・努斯鮑姆曾以「詩性正義」〔註211〕作為文學介入公共生活的標尺，也即，文學對話現實呈現出來的應該是公共性、私人性和文學性有機融合的景觀。當然，「80後」作家在小說中追憶個人情感時非常縝密和細膩，蓄滿殘酷的詩意，但觸及體制、權力、欲望的批判時往往顯得直白而匆忙。我們希望，面對蕪雜的現實以及隨之而來的義憤填膺的情感，這代作家採取的是真正的「文學的抵抗」〔註212〕，因為審美是文學的根本屬性。

〔註211〕〔美〕瑪莎・努斯鮑姆：《詩性正義──文學想像與公共生活》，丁曉東譯，北京：北京大學出版社，2010年，第1頁。

〔註212〕楊慶祥：《80後，怎麼辦？》，北京：北京十月文藝出版社，2015年，第40頁。

第四章　新世紀「介入現實主義」小說的價值估衡

第一節　中國敘事體系建構下新世紀「介入現實主義」小說的文學史價值

一、異質混成：拓展了現實主義文學的藝術形態

　　回溯新世紀「介入現實主義」小說，不難發現，「介入」現實是否有效，不僅要借助道德的標尺來衡量，也需要在小說的書寫紀律中關注詩意性的美學原則。換句話說，「小說的文本意義和建立在文本之上的社會學意義是小說的兩翼。」〔註1〕從文學本體的角度來看，相比於此前的現實主義文學，新世紀「介入現實主義」小說掙脫了傳統現實主義文學規則的鐐銬，技法上從單一寫實走向了異質混成，從生硬突兀走向了收放自如，在探索性和多元化藝術景觀中呈現了新的美學氣象，打造了新的美學範式，拓展了當代文學的審美空間，建構了新時代介入現實寫作的美學體系。

　　眾所周知，在百年中國文學史上，導因於不同時代的政治文化、審美規範、作家心象等元素的規約，「寫什麼」和「怎麼寫」似乎總難和平共處。其中，20 世紀 80 年代以來，伴隨著敘事變革的呼聲和文學「內心化」的趨勢，「怎

〔註1〕田中禾、墨白：《與墨白對話：小說的精神世界》，田中禾編，《在自己心中迷失》，鄭州：河南大學出版社，2012 年，第 486 頁。

麼寫」強勢出擊，「寫什麼」黯然失色。新世紀以來，面對盤根錯節的時代奇景，作家們大踏步地向「現實」走來，傾聽大地的滾雷之音，對重大民族公務和社會問題建言獻策。此時，「寫什麼」再度躍居中心地位，但經過了 20 世紀 90 年代的沉澱與蟄伏，作家們也不再將「寫什麼」和「怎麼寫」一刀兩斷，或秉持「你方唱罷我登場」的姿態，而是讓兩者化敵為友，融為一體，如此，才能既折射文學藝術的張力，又彰顯題材的重力和思想的穿透力。就新世紀「介入現實主義」小說而言，作家們固然選中了這個時代的重磅現實題材，不過，「作家關注現實是需要的，但如何關注和書寫現實，在當下是一個難題？」〔註2〕所以，在掌握了「寫什麼」的制勝秘笈後，作家們也不遺餘力地探索著介入的方式，以呈現最佳的介入效果。這也是作家們一致認可的，「故事成千上萬……但要挑選到與故事最相匹配的零件」〔註3〕，「零件」即講故事的方式。

當然，從書寫現實題材的角度來看，無論是題材決定論的社會主義探索時期，還是 20 世紀 80 年代初期聲勢浩大的改革文學，抑或 90 年代風靡一時的現實主義衝擊波，傳統現實主義筆法似乎都在此起彼伏的潮流中歸然不動，並且歷久彌新，煥發著強大的生命力。但是，文學本身就像一場冒險的旅程，作家理應具備逾越鴻溝、打破傳統敘事陳規和闖蕩審美禁區的勇氣，正所謂：好的文學要有破壞性、背叛性和摧毀性……破壞業已形成的敘述秩序，背叛固有的寫作模式。〔註4〕這也是部分作家恪守的信條，「『變』是冒險也是進取，少重複多變化」〔註5〕，「我最恐懼的事情就是重複自己，所以我一直在想方設法地騰挪，或是改變。」〔註6〕如此，他們可在「孤單」和「危險」、「破壞」和「摧毀」中衝破美聲的合唱，貢獻異音嘹亮、生猛強勁的「壞小說」〔註7〕。

需要注意的是，如果新世紀之前大多數作家還是循規蹈矩地採取傳統現實主義「再現」現實的筆法，那麼，近二十年來，面對萬花筒般繁複多變的社會現實，越來越多的作家開始尋覓「飛翔與變形」的藝術，他們在敘事的「升

〔註 2〕陳曉明：《我們如何處理當下現實》，《新京報》2013 年 6 月 22 日第 C04 版。
〔註 3〕閻連科：《小說藝術的惟一性——在青島師範大學的演講》，《拆解與疊拼：閻連科文學演講》，廣州：花城出版社，2008 年，第 69 頁。
〔註 4〕閻連科：《做好人，寫壞的小說——在挪威比昂松作家節的演講》，《一派胡言》，北京：中信出版社，2012 年，第 130～131 頁。
〔註 5〕林那北、馬季：《林那北：看似平常也曲折》，《大家》2008 年第 5 期。
〔註 6〕范甯、蘇童：《蘇童：發現被遮蔽的命運》，《長江文藝》2013 年第 6 期。
〔註 7〕閻連科：《做好人，寫壞的小說——在挪威比昂松作家節的演講》，《一派胡言》，北京：中信出版社，2012 年，第 130 頁。

級」與「易容」中打造了大相徑庭的敘事模式，構成了介入現實寫作的新氣象與新風貌。具體來看，新世紀來臨後，作家們置身於動盪不羈的現實中，產生了書寫的急切和表述的焦慮。其中，對於一直以來在文壇佔據霸權地位的現實主義筆法，不少作家都表示質疑，並向其宣戰，「從今天的情況說來，現實主義，是謀殺文學的罪魁禍首。」〔註8〕「文學不應該追求人們看到的真實，而應該追求因為看不到就誤以為不存在的真實，誤以為虛假的真實。」〔註9〕閻連科對著現實主義大加撻伐，衝撞性的言辭中甚至直接將現實主義斥為「當代寫作的最大墓地」〔註10〕。作家東西也「以創新和不守規矩為樂趣」，拒絕做停留在現實頂層，照搬生活的「懶漢」〔註11〕，而願意「每一次寫作都像爬一座高山」那般去探索「可能的現實」〔註12〕。林白雖然從私人化的封閉城堡走向寬闊的現實天地，加入了對「現實」的合唱，但也對傳統現實主義的「真實觀」不敢苟同，「是誰確立了這樣一種價值觀的呢？只有完整的、有頭有尾的、有呼應、有高潮的東西才是好的，整體性高於一切，碎片微不足道，而我們只能在這樣一種陰影籠罩下寫作？」〔註13〕當然，上述作家的言辭不乏偏激之處，事實上，我們對現實、真實以及現實主義的理解應該多元化，而不是固執地認為傳統現實主義必定是僵化和過時的。比如，面對沉重的社會問題和疼痛的時代現實，王祥夫、羅偉章、曹征路、葛水平等作家就堅持樸素的「硬寫作」才能帶來心靈的震顫。在他們眼裏，「傳統不一定就是守舊，能活下來的傳統意味著不可顛覆的價值，傳統的寫作可能就是經典的寫作。」〔註14〕當然，正是在作家們南轅北撤的觀點博弈中，我們才看到了新世紀「介入現實主義」小說中花樣繁多的敘事形態，作家們紛紛想成為一朵「可以拍岸擊壁的最有力量

〔註8〕閻連科：《尋求超越主義的現實——〈受活〉代後記》，《寫作最難是糊塗》，北京：中國人民大學出版社，2013年，第94頁。

〔註9〕閻連科：《什麼叫真實？——在山東師範大學的演講》，《拆解與疊拼：閻連科文學演講》，廣州：花城出版社，2008年，第61頁。

〔註10〕閻連科：《尋求超越主義的現實——〈受活〉代後記》，《寫作最難是糊塗》，北京：中國人民大學出版社，2013年，第98頁。

〔註11〕東西、周新民：《東西：永遠的先鋒——六〇後作家訪談錄之十五》，《芳草》2015年第4期。

〔註12〕東西、傅小平：《我願意每一次寫作都像爬一座高山》，《野草》2022年第2期。

〔註13〕林白：《生命熱情何在——與我創作有關的一些詞》，《當代作家評論》2005年第4期。

〔註14〕周新民：《許春樵：先鋒小說藝術的迷戀者》，《中國「60後」作家訪談錄》，北京：中國社會科學出版社，2017年，第18頁。

也最具藝術個性的浪花」〔註15〕，在這種美學抱負中建構了精妙絕倫的審美空間。比如，有閻連科《受活》《炸裂志》、余華《第七天》《兄弟》、陳應松《獵人峰》《還魂記》、范小青《我的名字叫王村》《香火》般的荒誕式寫作，有蘇童《黃雀記》般「離地三公尺」的象徵式書寫，有賈平凹《帶燈》《秦腔》、林白《北去來辭》《北流》、付秀瑩《陌上》般日常化、片段化的瑣碎式書寫，有劉震雲《我不是潘金蓮》《吃瓜時代的兒女們》、李洱《石榴樹上結櫻桃》般的反諷與幽默化寫作，有郝景芳《北京折疊》、韓松《山寨》等作品的科幻現實主義寫作，當然也有曹征路《問蒼茫》、王祥夫《米穀》、羅偉章《大嫂謠》等小說中呈現出來的正面直攻。無論如何，這些搖曳生姿的敘事模式都燭照了新世紀作家們在介入現實上對既往單一化和封閉性寫作手法的突破。他們從四面八方趕來，打造了一場文學現實的盛宴，呈現了藝術的多元化、豐富性與開放式景觀。

其中，在琳瑯滿目的藝術技法中，對當代中國現實進行變形或誇張的敘事尤其引人注目，近年來形成了一股顯在的熱潮。面對藤蔓交錯的時代景觀，他們認為傳統現實主義筆法已然處於失效的邊緣，所以，紛紛踏上荒誕不羈的小道，試圖在反常的藝術中更深刻地楔入現實中心，探尋本質真實，抵達真理彼岸。更進一步說，作家們不約而同地從按部就班的「必然王國」逃離，在瑰麗奇崛的意象、變幻多端的變形戲法、別具一格的視角、循環錯亂的時間、詭譎多重的空間、狂歡錯位的語言中走向了豪放不羈的「自由王國」。駐紮於這方天地，作家們掙脫枷鎖、利劍出鞘、激濁揚清，不僅刺破轉型時代歧路交錯的現實中顯露的傷口與膿瘡，還挖出了畸變的社會土壤結構中潛伏的黴菌與病毒。當然，在百花齊放的文藝新時代，怪誕筆法同樣斑斕多姿。作家們紛紛逃離「共有」，尋求「獨有」，成為一個「以我自己的腔調、曲譜來唱出自己的歌聲的人」〔註16〕。在眾說紛紜的話語中，他們憑藉高亢的異音來表達對所處時代和現實的真切看法。

以「荒誕現實主義」大師閻連科為例，他不僅直面現實，聚焦現實大地上爆發的公共問題，關心著底層民眾的生存境況與情感世界，還總是「杞人憂天」，潛入隱秘幽深的現實河流，洞察著河底湧動的漩渦與逆流，扮演著現實的排頭兵角色。當然，作為一個有著審美自律性的作家，閻連科還汲汲探索著

〔註15〕閻連科：《尋找、推開、療傷——在澳大利亞佩斯作家節的三場演講》，《一派胡言》，北京：中信出版社，2012年，第90頁。
〔註16〕閻連科：《尋找、推開、療傷——在澳大利亞佩斯作家節的三場演講》，《一派胡言》，北京：中信出版社，2012年，第89頁。

介入現實的方式，主張用「自己的形式」發出「自己的聲音」〔註17〕。不管是敘事語言還是時空排布抑或視角選擇，在他那裡都無異於「踏入現實的途徑」〔註18〕，甚至近乎於文學創作的心臟而非裝飾門面的工具。不過，閻連科修建的這條荒誕之路並非朝夕之間就能完成。處於不同的創作階段，他與現實主義不斷進行搏鬥、拉鋸和撕扯，最終選擇和其分道揚鑣，建構起「神實主義」的怪誕王國。在這個被荒誕包裹的豐饒園地裏，閻連科最擅長的是寓言式的捷徑寫作，變形、誇張、狂想、極端則是自由王國裏的常駐「嘉賓」。回顧莫言「炸裂」般的文學旅程，如何獨闢蹊徑、以別樣的方式楔入時代的肌理，樹立起「高密東北鄉」的偉大旗幟一直是他汲汲探索的命題。其中，在光怪陸離的「魔幻」外衣主導下，他依託汪洋恣肆的語言、天馬行空的想像、飄忽不定的敘事視角、東方傳統型的敘事結構、變幻莫測的文學體式、英雄土匪共為一體的人物形象縱橫馳騁於高密東北鄉，憑藉某種「冒犯」和「僭越」的力量實現了「在限制的刀鋒上舞蹈」〔註19〕的願望，在緊貼現實的同時又不乏飛離大地的本領，於低空滑翔中游刃有餘地揭露現實的陣痛。曾經的先鋒悍將余華在逼近當下「疼痛」的現實時坦承，「作家如何敘述現實是沒有方程式的」〔註20〕，「當作家選擇現實的時候，因為選擇的現實不一樣，那麼他表現的方式可能也會不一樣。」〔註21〕即便如此，在新世紀出爐的《兄弟》《第七天》等文中，他最熱衷的還是用集錦鋪陳、奇觀堆積的誇張手法來呈現當代中國魚龍混雜的革命史和生活史，構築了掘金時代下的「地獄」與「天堂」空間。「我總是躲在時代的某個角落裏為弱者辯護」〔註22〕的陳應松近年來同樣邁向介入現實的尖兵陣營。其中，除了《馬嘶嶺血案》《松鴉為什麼鳴叫》《太平狗》等與現實短兵相接、刀刀見血的「硬寫作」，他還一直於藝術的高地上艱難跋涉，不懈探索著故事恰切的表達方式。這也是作家個體的審美觀決定的，「要有強烈的陌生感，要

〔註17〕閻連科：《當下文學與現實的關係》，《揚子江評論》2007 年第 1 期。

〔註18〕閻連科、張學昕：《我的現實 我的主義：閻連科文學對話錄》，北京：中國人民大學出版社，2011 年，第 56 頁。

〔註19〕張清華、莫言：《莫言：在限制的刀鋒上舞蹈》，《小說評論》2018 年第 2 期。

〔註20〕余華：《我們生活在巨大的差距裏》，北京：北京十月文藝出版社，2015 年，第 214 頁。

〔註21〕張中馳：《真實、現實與不確定性——余華訪談錄》，《現代中文學刊》2018 年第 3 期。

〔註22〕舒晉瑜等：《生活在田野和大地上這是多麼美妙的事情 我總是躲在時代的某個角落裏為弱者辯護》，《青年報》2017 年 6 月 11 日第 A03 版。

變換姿勢，要隨心所欲。要有一點兒調皮，要有一點兒壞水。」〔註23〕在「神農架」系列和重返「荊州水鄉」後，他以魔幻與變形為底色，穿過葳蕤繁複的物象，打破了人鬼獸的空間界限，最終構築了一座波詭雲譎的現實迷宮。《還魂記》《獵人峰》《到天邊收割》《森林沉默》《天路灣》等文均昭示了他在「貼地」之外還有一雙野逸與飛翔的翅膀。這雙「翅膀」賜予他四兩撥千斤的能力，使他更自由地俯瞰人世間的驚濤駭浪，揭露現實幽深處的陰影，喚醒大眾的靈魂，並療愈時代的創痕。不同於前幾位作家在荒誕藝術中呈現出的殘酷而刺痛的文本，劉震雲的《一句頂一萬句》《我不是潘金蓮》《吃瓜時代的兒女們》等小說則是利用荒誕的曲徑呈現了一齣齣的喜劇和鬧劇。他借助戲謔、諷刺、調侃、幽默的方式去觸碰生活的底線，「看它到底能有多麼的荒誕。」〔註24〕除了這些代表性的荒誕技藝，其他作家也於潛心探索中發出異質性的藝術聲調，混編成了獨樹一幟的「現實」協奏曲，在「寫什麼」與「怎麼寫」的相得益彰中打造了精彩紛呈的藝術盛宴。這也從側面印證了「荒誕」是寫作的密碼之一，「以荒誕來對待荒誕，他就成功了。」〔註25〕

二、回到「民族的天空」：掀起「現實化」與「本土化」的敘事潮流

新世紀以來，面對新的媒介時代、社會現實和地理空間，不同代際的中國作家尋微探幽、含英咀華，以疾風勁草般的現實主義精神、強勢突入生活激流的藝術勇氣、濃烈的人文情懷和公共關懷、令人「震驚」的敘事新途書寫中國經驗、講述中國故事、傳遞中國聲音，嚶鳴激蕩中貢獻出蔚為大觀的「介入現實主義」小說，打造了一場場流動的文學盛宴。從「介入現實主義」小說的內容表達和敘事技巧來看，此類小說還掀起了「現實化」與「本土化」潮流，打造出開放性的東方式「震驚」景觀，重建了文化自信。不過，作家回到本土並不意味對世界文學的拒絕，他們站在哲學、人類學和民俗學高度進行中外文化融通，讓新世紀的「介入現實主義」小說更好地完成域外「旅行」，與世界文學進行建設性的互動與跨文化的平等對話。

〔註23〕陳應松：《我的寫作，我的世界》，《天涯》2012 年第 4 期。

〔註24〕陳和生：《劉震雲：生活如深淵荒誕無底線》，《河南商報》2012 年 8 月 8 日第 B13 版。

〔註25〕劉瑋：《劉震雲：以荒誕來對待荒誕，就成功了》，《新京報》2012 年 8 月 9 日 第 C08 版。

（一）「現實化」與「本土化」的歷史溯源及概念釐定

「現實化」主張作家不能背對社會現實，而是應該走進廣闊天地，投身時代激流，對話公共生活，揭示重大問題，關切大眾自身的生存情狀與精神鏡像。這一點，新世紀「介入現實主義」小說的創作者們可謂表率，「作家必須關注現實，關注人群的命運，這也是在關注他自己。」〔註26〕「面對現實就是我的先鋒，面對現實就是我寫作的哲學。」〔註27〕「生活熱辣辣地撲到你身上，肯定不應該躲避，因為你的工作最需要生活，生活裏有文學的種子呀。」〔註28〕在他們眼裏，面對山鄉巨變下的新現實，同時代的作家們要具備「春江水暖鴨先知」的敏銳，並且有責任承擔起文藝「尖兵」的角色和「時代書記員」的使命。

當然，從寬泛或根本意義上來看，「現實化」不啻為「本土化」的一種，而且是「本土化」過程中不容小覷的一環，稱得上「本土化」的「根性」存在。所謂「本土化」，同樣是一個內涵豐富含混，而且始終處於動態變化中的理論語碼。作為舶來詞彙，並非只要書寫本民族的文化與生活就可視作「本土化」，它還需以「全球化」為參照物。因為「本土化」和「全球化」是形影不離、相輔相成的二人組，全球化進程的迅速擴張才使得「本土化」問題的嚴重性得以凸顯，更進一步說，「本土化」也總是隨著全球化浪潮的此起彼伏而顛簸浮沉。其實，「本土化」最初源於經濟領域，強調跨國公司在海外設置子公司，進入另一國度發展生產時為了主動適應當地的人文環境、政策法規、管理制度等進行的一系列改變，即「入鄉隨俗」，由此收穫更大的經濟效益，它也是一個動態的過程。與此同時，從東道國的角度來看，面對強勢他者的「入侵」，他們也理應通過彰顯本國文化或地域色彩的方式來突出自己的價值，防止被異化、同化甚至吞噬的危險，在這裡，「本土化」似乎成為雙邊的走向。當「本土化」的概念擴散到其他行業領域時，其內涵也發生了不同程度的更新、延伸或補充。就文學世界的「本土化」而言，它更強調的是一種「防禦」和「抵抗」。也即，在全球化風暴的席捲下，外國文學尤其是西方文學先聲奪人，以強勁的姿態迅速抵達世界的各個角落，自然也降落到中國的大地上，可以說，西方文學踏著全球化的浪潮幾乎形成了「獨霸天下」的格局。此時，作為弱勢的那一方，

〔註26〕余華：《文學是怎樣告訴現實的》，《北京青年報》2014 年 3 月 21 日第 B09 版。
〔註27〕畢飛宇、何晶：《畢飛宇：面對現實就是我的先鋒和哲學》，《羊城晚報》2015
　　　　年 3 月 30 日第 B02 版。
〔註28〕范小青：《文學幹什麼》，《小說選刊》2014 年第 4 期。

在失落和焦慮情緒中必須要想方設法地利用不同途徑來捍衛自身的文化底色和獨特價值。

如何發揮文學的行動力呢?一方面,作家們要對本土文化資源進行深度掘井與細緻打撈,讓被自我忽視、懸置、雪藏或被「他者」掩蓋的本民族文化中的遺珠式精華因子浮出歷史地表,賦予新的時代定位。同時,他們也要對本國傳統文化中一直視若珍寶的「鑽石」再度進行切割、打磨和鑲嵌,讓它們在新時代、新環境下重新煥發生命活力。另一方面,作家們需要將外來文學力量進行有意識且創造性地轉化、改造和整合,使其滲透或融合、內化到本民族的文學基因中。這就是真正意義上的文學「本土化」過程,它從來不是閉門造車、故步自封的活計,而是與國際性的文學走向特別是全球化進程息息相關。當然,「本土化」的生發既有外部因素的強刺激,尤其是與全球化風暴下西方文化與文學的衝擊相關,同時也離不開作家主體意識的覺醒,「沿傳統溯流而上,我們才能找到自己的源頭。」〔註29〕從文學發展的路徑出發,這也和中國文學自身的運行規律及內在驅動密不可分。當然,不管採取何種方式,作家們都必須「立足於本土的文學內容」〔註30〕,最終不遺餘力凸顯的是本土文學的價值。顯然,新世紀以來「介入現實主義」小說呈現了「現實化」與「本土化」的傾向,為新時代文化強國建設和未來文化事業發展引領了方向。

(二)回歸與開掘:「現實化」與「本土化」的內容探尋

那麼,從創作內容的向度出發,新世紀「介入現實主義」小說怎樣張揚了「現實化」與「本土化」風貌?與新世紀前大行其道的文學潮流相比,作家們經歷了何種堅守與後撤,如何完成尋根、激活與創化的過程?

眾所周知,在西方現代主義和後現代主義文學思潮朝發夕至、蜂擁而入的20世紀80年代,作家們開始了大刀闊斧的文學變革,「那時腦子裏唯一的想法就是我要革命!我要打破,而不是去修改。」〔註31〕在陣陣搖旗吶喊聲中,我們固然迎來了文學的黃金時代,但是,就大多數作家而言,他們對文學內容與形式的關係尚未深思熟慮,在技術迷戀和瘋狂仿傚中,文學是「失根」的。他們或囫圇吞棗似的移植西方文學技巧,或不加辨析地搬弄種種文學觀念,

---

〔註29〕 徐則臣:《讀書之樂》,《名作欣賞》2019年第13期。

〔註30〕 賀仲明:《本土化:中國新文學發展的另一面》,《中國現代文學研究叢刊》2012年第2期。

〔註31〕 范甯、蘇童:《蘇童:發現被遮蔽的命運》,《長江文藝》2013年第6期。

這些並沒有與中國社會的現實生活無縫對接。可以說，我們自身的文化積澱和生活體驗存在被稀釋、無視甚至是同化、替換的危險。當然，這批激進的頑童悍將們隨後從先鋒江湖隱退，開始了身心調整，也逐漸放平心態，回歸世俗生活，但是對公共生活尚未有顯豁的呈現。與此同時，伴隨著市場經濟時代的到來，新寫實主義、新歷史主義和私人化寫作勃興。雖然它們都若有若無地燭照了中國大地的歷史與現實，但是，無論是緊盯著一地雞毛的庸常生活，還是回到遙遠的歷史畫卷中指點江山，抑或徜徉於個人化的精神城堡，在「小我」的世界裏，這些文本都宣告著文學公共性的式微。作家們對社會現實、民族公務、大眾生活缺乏真正的關注和情感的投入，甚至拒絕呈現價值立場、迴避文學的承擔意義。顯然，這種文學是與「大時代」現實「失聯」的，或者即使表現了大時代，也懸浮於空中，成為一種凌空蹈虛的寫作。

當然，經過了前期的「學徒」〔註32〕、變法與反思後，新世紀以來，作家們獨立的文體意識和主體意識越發自覺，同時，轉型時代光怪陸離的現實景觀也讓作家們無法漠然置之。於是，他們不約而同地作別小情小調或杯水風波，與時代變遷同步，與天地萬物同行，加入了本土現實的「合唱隊」，願意扮演現實言說的領頭羊，並從「超低空」的維度來探索本土經驗、關切社會生活、悲憫民族大眾，使作品呈現出本土性、當代性和在地性。在他們眼裏，「時刻不脫離大地，時刻不脫離了人民大眾的平凡生活，就有可能寫出偉大地作品。」〔註33〕「關注此時、此在的中國經驗，這是個人才能與時代經驗融通結合之後的一種深度與溫度。」〔註34〕「文學應該超越政治，但不應該迴避現實——這應該是個不爭的寫作規律。」〔註35〕在對世界文學的演變趨勢心知肚明以及個體對文學形式與內容關係的通透理解後，他們越發堅定走本土化的道路，注視腳下的現實大地。近年來，莫言、閻連科、賈平凹、張煒、李佩甫、周大新、余華、畢飛宇、東西、李洱、艾偉、徐則臣、付秀瑩、王十月、石一楓、鄭小驢、顏歌、雙雪濤等不同代際的作家都以中國現實作為寫作的根據

〔註32〕何平：《可疑的先鋒性及「虛偽」的現實》，《小說評論》2015 年第 3 期。

〔註33〕莫言：《土行孫和安泰給我的啟示》，《莫言自選集》，海口：海南出版社，2009 年，第 3 頁。

〔註34〕魯敏：《深入的現實關切與生動的文學表達》，《光明日報》2021 年 12 月 10 日第 14 版。

〔註35〕閻連科：《文學的愧疚——在臺灣成功大學的演講》，《揚子江評論》2011 年第 3 期。

地。他們既投向煙火繚繞的日常生活，書寫變革中的新時代和新氣象，也不迴避嚴肅重大的社會問題和幽暗處的危機症候，同時，還「我」觀「世」，對大眾的精神世界與生存境況保持著熱切關注，在撲面而來的現實感、當下感和人民性中掀起了「現實化」的潮流。

從內容維度而言，新世紀「介入現實主義」小說不僅回應時代，立足本土，根植現實，而且還鑽探進傳統文化的深井，重新打撈或化用本土文化資源，在激活、改造和修剪中萃取出當代文學的新生因子，建構了具有中國特色的文學圖景。具體來看，20 世紀 90 年代特別是新世紀以後，隨著中國政治文化環境的改變和社會主義市場經濟體制的最終確立等因素，中國真正進入了一個多元共存互融的新時代。在文化及文學領域，學者和作家們頭腦中的霧靄漸趨消散，他們開始從不同維度來打探文學與文化史，真正的民間視角正是此時開始闖入文學，引發了眾人對 20 世紀中國文學史的再度審視和重新整合。與之對應，本土的傳統文化資源同樣炙手可熱，吸引了眾多作家的目光。莫言、賈平凹、閻連科、格非、趙本夫、蘇童、陳應松、王十月、魯敏、葉煒、胡學文、徐則臣、鄭小驢等作家在多種歷史及現實因素的合力下都埋頭於民間文化的富礦裏，或向傳統文學的深層處折返，激活了本土文化的密碼，奉獻了《檀香刑》《生死疲勞》《山本》《天漏邑》《受活》《還魂記》《米島》《金色河流》《福地》《有生》《北上》《西洲曲》等經典。對於這些「介入現實主義」小說中彌漫的東方氣息，作家們也頗為得意。比如，要寫出中華民族「鋼筋鐵骨」的趙本夫堅持在「民族的天空」裏取經學道。他在對新時期文學潮流進行縷析後即認為，新世紀的作家們理應避開福克納、馬爾克斯等前輩大師們踩下的「腳窩」，「從喧囂、浮躁中漸漸沉下心來，各自尋找適合自己的創作道路和方向。」〔註36〕那麼，方向在哪裏？自然是中國本土的傳統文化與民間文學的縱深處，「世界文學的優長肯定要學習，但中國作家必須回歸中國。」〔註37〕所以，他的《天漏邑》《荒漠裏有一條魚》《無土時代》等文在野逸飛揚的敘事中既勘探了現實裂縫中的幽暗景觀，也彰顯了對自然力量與東方文明的謳歌，展現了和而不同的東方智慧。反思文學寫作的未來道路時，徐則臣也感受到了與傳統文化和古人「接頭的誘惑」，「文化是我們的根，也是文學的源頭，只有它才能最終確保我們是我們而不是別人，只有它才能最終確保我們的文學是我們的文

〔註36〕趙本夫、吳俊：《天漏邑》，《青年報》2017 年 4 月 16 日第 8 版。
〔註37〕趙本夫、吳俊：《天漏邑》，《青年報》2017 年 4 月 16 日第 8 版。

學而不是他人的文學，它是我們的『是其所是』。」〔註38〕他的《北上》《耶路撒冷》等文均從傳統文化資源中取法，經由現代性的轉化來講述中國故事。如此，他既敞開了我們民族偉大的文化秘史，也在有溫度的敘事中呈現了對歷史的反思、對現實的丈量以及對中國文化根脈的諦視。就算是叱吒風雲的先鋒騎士們，在轉型中也力求向著傳統文化回歸，「在所有人往前走時，我恰好退後了幾步。這也是很傳統的中國話說的『退一步海闊天空』。」〔註39〕「不光有吃有喝有住有行，我們還需要有文化的認同。」〔註40〕蘇童、格非們均是在有意識地「變臉」中不斷往民間縱深處探源，對傳統文化進行打撈、傳承和創化，奉獻了一批獨特的文本。

值得注意的是，新世紀以來，作家們雖然紛紛告別「影響的焦慮」，對本民族的文化資源進行開掘、激活或重組，致力於重塑「民族的自我」，但是，這並不意味著所有作家都深諳傳統文化的魅力，具備文學本土化的能力。事實上，在部分作家那裡，他們只是膚淺地「拿來」傳統文化，並未將文化根底與文本內容進行深入融合。也即，文化沒有「落地」，而是懸浮於現實上空，這本質上導因於作家們缺乏內在的生命體驗和深刻的文化反思，難以與傳統文化真正形成對話的格局。

（三）創化與重構：「現實化」與「本土化」的方法探索

新世紀「介入現實主義」小說除了在內容書寫上回歸民族傳統文化，還在敘事技巧上取用本土文化資源。此時的作家們不再一味屈從和依附西方，而是在學習的同時紛紛從西方文學影響的陰影下逃離出來，到中國本土文化中尋求突圍之道。首先，本土資源尤其是民間文化資源中的想像力對作家們認識現實和楔入現實的路徑產生了巨大影響。正如蘇童所說「最瑰麗最奔放的想像力往往來自民間」〔註41〕，民間土壤中誕生的種種神話、傳說和故事以及靈異事件無一不突出了民間蘊藏的巨大的想像力。它們進一步滋養了作家的想像力，讓作家講述現實時更容易生出曼妙的飛翔與變形。除了為作家想像力的生成增加「砝碼」，傳統文化資源中的自然觀、生命觀和生死觀還制約著他們的思維方式、文學視角、美學理想與價值觀念，影響著他們採取何種方式來言說當

〔註38〕傅小平、徐則臣：《在文化和歷史的場中》，《山花》2022 年第 5 期。
〔註39〕范寧、蘇童：《蘇童：發現被遮蔽的命運》，《長江文藝》2013 年第 6 期。
〔註40〕裴詩語、格非：《寫作的動力正是來自對故鄉的思考》，《京江晚報》2021 年 11月 22 日第 15 版。
〔註41〕蘇童：《碧奴・自序》，重慶：重慶出版社，2006 年，第 1 頁。

下現實，正如劉震雲所說，「河南文化對我這個作者的影響，不只是地名，還有世界觀和方法論的認識。」〔註42〕無論是「神秘」的真實還是「不真實」的真實抑或「想像」的真實，民間土壤中的因子在潛移默化和不斷「發酵」中規約著他們諦視中國現實的視角，左右著其講述當代經驗的方式，讓他們實現了對日常生活經驗的拆解與重新建模。

從新世紀「介入現實主義」的文本來看，古老的東方文化在這些小說中「生根發芽」，盤結錯落中釋放出強勁的引力波，讓置身於這一時代的作家們插上了「想像」的翅膀，獲得了「飛翔」的能力。由此，我們在文學體式、敘事結構、語言、時空、視角上才看到了作家介入當代中國社會現實時別具一格的策略部署。比如，民間流傳甚廣的動植物崇拜思想對他們的變形藝術和人獸空間的構造產生了一定的推進作用，莫言、張學東、王十月、陳應松、胡學文、范小青、趙本夫等人都是典型的受影響作家。以駐紮於齊文化土壤上的張煒為例，他將民間文化視作自己的情感歸屬地和寫作資料庫。其中，在那片人與動物糾葛纏繞的海域莽野中，「驚人的傳說源源不斷」〔註43〕，「各種各樣的動物和人發生的諸多過節，從古到今都不稀奇。」〔註44〕虛無縹緲、亦仙亦幻、放浪形骸的齊文化也對作家觀照現實和表述時代的方式產生了規約作用，所以，在《刺蝟歌》《醜行與浪漫》《你在高原》等文中，我們才看到了神靈鬼怪、奇人奇事大搖大擺地走進小說。他（它）們與現實大地上發生的詭譎事件交織相融，繪就了別樣的文學畫卷。駐紮於中原地帶的閻連科、在巫風楚雨的沐浴下成長的陳應松、將薩滿文化視若珍寶的遲子建等人同樣癡迷於故土血地上的動植物崇拜，在萬物有靈觀中鑄造著一個個瑰麗斑斕的「變形」標本，以一種弔詭的存在打通歷史、現在與未來，訴說著當下社會現實的前世今生。神秘鬼魅的鬼神信仰、佛教生死輪迴觀同樣或多或少地對部分作家的敘事視角、敘事時空和敘事結構施加了作用力。尤其是對諸多在民間鬼怪神巫與傳說逸聞的薰染中成長起來的作家而言，生死之間是浮動互滲的，「人與鬼沒什麼界限，人人都聲稱見到過『鬼』，且天天發生。」〔註45〕燭照到小說中，即變成了「小說也要通靈，通靈就是三界來回跑，一

〔註42〕范寧、劉震雲：《我是中國說話最繞的作家嗎》，《長江文藝》2013年第3期。

〔註43〕張煒：《張煒文學回憶錄》，廣州：廣東人民出版社，2017年，第14頁。

〔註44〕張煒：《張煒文學回憶錄》，廣州：廣東人民出版社，2017年，第57～58頁。

〔註45〕周新民、陳應松：《靈魂的守望與救贖——陳應松訪談錄》，《小說評論》2007年第5期。

會兒是活人，一會兒是死人。」〔註46〕由此，才有了《還魂記》《菩薩蠻》《有生》《亡靈的歌唱》《後上塘書》《丁莊夢》等文創造的亡靈視角，《后土》《福地》《香火》《有生》《問米》《米島》等文構築的陰陽時空，《生死疲勞》《福地》《后土》《罐子》《七層寶塔》《公豬案》等文設置的輪迴結構。這種生死一元、讓亡靈「歌唱」的怪誕敘事固然受到了外國文學尤其是拉美魔幻現實主義文學的啟發，但是，作家的生死觀、生命觀以及講述故事的內驅力常常取決於東方文明的母體，正如批評家韓春燕在提及葉煒《福地》詭譎的生死時空場域時所說的，「可能從文學理論層面上講，這是魔幻現實主義的東西，但我們很多作家其實從心裏就認定我們本來就生活在這樣一種現實之中，這不是迷信，它是我們本土文化的一個真實的表現。」〔註47〕在生死游離的懸浮狀態中，作家們一方面經由輪迴往復、自由穿梭的文學特效推開「彼岸」世界的大門，在「幽暗」與「光明」中敞開了葳蕤豐饒的現實圖景，另一方面，他們也借助幽靈鬼影的自由游蕩和茸毛般的敏銳感官來遊刃有餘地深入現實腹地，挖掘被常態視域主動屏蔽或無法看清的泥坑溝壑，揭秘生活表面下的暗流湧動。提及民間藝術，不得不說的就是生動活潑的口語。新世紀以來，作家們回到民間大地上，盡情地攫取本民族文化語言的風采，打造了別具一格的方言寫作、雜語拼貼和狂歡化寫作。方言寫作近年來成為時尚景觀，比如張煒的《醜行與浪漫》即以登州方言打底，林白的《婦女閒聊錄》是村落王榨的方言口語大雜燴，閻連科的《受活》將耙耬山脈深處的方言俚語熔於一爐。在新世紀蔚為大觀的方言寫作中，作家們一方面以語言作為橋樑，企圖在原汁原味原色的方言中來深層次地抵達民間生活場域，赤裸裸地呈現當代中國人本真的生存境況和精神風景。另一方面，方言作為地域文化的符碼投影，這種寫作也彰顯了作家們對本土文學資源和本民族文化的流連忘返，當然，更燭照了部分作家的語言觀和價值立場。畢竟，按照福柯在《話語的秩序》中的說法，「話語即權力」，巴赫金也認為，「每一個話語背後都覺得出存在著一種社會性語言」〔註48〕，而在具有等級的權力場中，民間土壤中活躍的方言自然成為了被壓抑的一方，因此，作家們不遺餘力地張揚方言寫作的旗幟，既是呼籲「一

〔註46〕陳應松：《還是孤獨地戰鬥吧！》，《訪談錄》，南京：江蘇鳳凰文藝出版社，2019年，第86頁。

〔註47〕李新宇：《關於葉煒小說中的神秘文化》，《文藝報》2016年12月5日第8版。

〔註48〕〔蘇〕巴赫金：《小說理論》，《巴赫金全集》（第三卷），白春仁、曉河譯，石家莊：河北教育出版社，1998年，第143頁。

種語言表達的平等」〔註49〕，更是讓方言背後「沉默的大多數」在這個時代
勇敢地發出自己的聲音，從而來呈現被遮蔽、扭曲或淹沒的現實一種，這未
必不是真實的聲音。除了本色的方言寫作，作家們還將民間文化或傳統資源
中的戲曲、歌謠、唱詞、快板、詩文等樣式融入小說，構成了眾聲喧嘩的「雜
語拼貼」式景觀，也對應著作家的現實追求。比如郭文斌的《農曆》中遍地
都是歌謠、古詞、戲曲、神話、傳說，以此來給心靈「失血」的當代中國人
提供文化營養的補給。董夏青青的《年年有魚》中諺語、童謠、打油詩信手
拈來，其內容凸顯了本民族古老的精神氣韻，作家更是藉此為衰頹的故鄉唱
一首輓歌。關仁山的《日頭》中充斥著佛經、歌謠、傳說，以此來表達作家
從文化角度突圍現實困境的旨歸。張煒的《刺蝟歌》中出現了大段用文言文
寫成的演講、諫書，構成了語言的衝撞，從而來抵抗工業文明的「怪獸」。可
以說，作家們在嘈雜錯切的語言編織中既獲得了寫作的自由，也展覽了現實
中不同力量的齟齬，更在齟齬中探照現實的裂縫。當然，在余華的《兄弟》、
閻連科的《炸裂志》、莫言的《四十一炮》、陳應松的《獵人峰》等文中，一
瀉千里的狂歡化語言同樣閃現著民間粗言俚語的身影，對應著民間的蠻荒之
力和衝蕩之氣，彰顯了自由奔放的民間意志，也從語言的炸裂中指陳著魚龍
混雜的時代。

　　在新世紀「介入現實主義」小說中，取法本土藝術資源不僅有上述較為隱
性或間接的技巧塑形，還有更顯性、直接的方法賡續、化用或改造。作家們在
擺脫了對西方文學窮追猛趕的焦慮心態後，向著中國文化傳統的根深處折返，
在對傳統進行辨別、剔抉後，將我們本土文化遺產寶庫中塵封或珍藏的經典技
巧進行新時代的再次復活、打磨和拋光，以此來完成東方技藝的進階與突圍，
也經由技術的橋樑來傳遞中國智慧及中國經驗，讓古老的中國文化在「舊瓶
裝新酒」式的新途探索中「傳下去」「活起來」「走出去」。比如中國古典文學
的志怪志異傳統與神話傳說中流傳許久的「變形」技法就在新世紀被喚醒。
莫言、劉震雲、賈平凹、閻連科、陳應松、張煒、王十月、范小青、胡學文
等人的小說裏彌漫著靈異鬼魅的魔性氣息，而且都實踐著弔詭反常的變形手
法，《生死疲勞》《獵人峰》《有生》《還魂記》《刺蝟歌》均是如此。當然，「變
形」中不乏西方文學的強勢影響，但從這些作家的自述以及實際的文學內容

────────────

〔註49〕葉立文、李銳：《漢語寫作的雙向煎熬──李銳訪談錄》，《小說評論》2003 年
　　　第 2 期。

來看，中國古典文學甚至上古神話傳說裏的「變形」傳統對他們確實意義非凡。在種種文學經典中，多以「花妖狐媚」為主角的《聊齋志異》成為不少作家仿傚和改造的對象。此外，《野望》《受活》《福地》《后土》《火鯉魚》《年年有魚》《農曆》《麥河》《湖光山色》等文採用的中國式循環時間結構也取法於傳統藝術章法。它們以古老東方大地的二十四節氣、傳統節日、月相、天干地支為時間結構，井然有序的光陰輪迴背後流淌的其實都是農曆時間。在「加速度」的現實巨變中，作家們反其道而行之。他們拒絕線性發展的時間模式，而是從傳統時間的縱深處出發，在「慢」時間的運行中來深入時代肌理，解剖現實的危機症候，觀看人性的光明與幽暗。從文學體式層面來看，莫言、張煒、孫惠芬、柯雲路、閻連科、方方、魏微等人對章回體、紀傳體、地方志、剛鑒體、史傳體、編年體等傳統形式進行了現代化的激活與改造。可以說，當躁動不安的現實遇上古舊深沉的文體，文本不僅呈現出現實的另類風貌，也凸顯了知識分子面對現實時的精神追求。經由上述分析不難發現，新世紀「介入現實主義」小說雖然劍指的是鮮活熱辣的當代現實，但在筆法上卻轉向或回歸傳統文化的深處，在創造性轉化和創新性發展中真正實現了與傳統的「和解」，經由全新演繹彰顯了中國智慧，賡續了民族精神，也增強了中華民族的文化自信。

（四）「混合」的產物：世界視野下「介入現實主義」小說的「現實化」與「本土化」

當然，置身於「世界」風景中，在跨文化對話的格局下，作家們回歸本土、復蘇傳統，並不代表閉目塞聽或孤芳自賞，更不是「盲視」世界文學。事實上，「文化從來都是『雜交』狀態。」〔註50〕近年來，作家們也頻頻發出「到世界去」〔註51〕和「要以『世界性的通感』，進入中國的現實與傳統」〔註52〕的聲音。他們在勘探傳統文化富礦的同時繼續吐故納新，攫取異域他鄉的奇花異果，在咀嚼、消化中來不斷開拓視野、鍍亮自我。這也與我們提及的本土化的另一維度「拿來」後進行「改造」遙相呼應，在資源整合中建構起「混合」美學模式。

〔註50〕范寗：《韓少功：尋根之旅今天仍在繼續》，《寫作成為居作之地：當代著名作家訪談錄》，南京：江蘇鳳凰文藝出版社，2017年，第101頁。

〔註51〕游迎亞、徐則臣：《到世界去——徐則臣訪談錄》，《小說評論》2015年第3期。

〔註52〕鄭周明：《葉煒：以「世界性的通感」，進入中國的現實與傳統》，《文學報》2020年1月9日第5版。

這首先彰顯在外國文學技巧與中國本土現實的交融。當然，交融並非一蹴而就。20世紀80年代新時期文學發軔後不久，在西學東進的狂流下，作家們即對外國文學大師展開了史無前例的追隨之旅，90年代，作家們已經從瘋狂的形式實驗中逃離出來，沉潛之下對「怎麼寫」與「寫什麼」的關係進行了反思，新世紀以來，作家們在匡扶、糾正中已將千奇百怪的外國先鋒技藝和當代中國社會盤結錯落的現實生活進行了深度融合。特別是在莫言、閻連科、賈平凹、余華、蘇童等早期即已具備世界視野並始終保持著文學交流的作家那裡，這種融合幾乎是水乳交融的。

另一方面，從本土化的實現途徑出發，還要求作家將外域藝術手法進行轉化、修飾和改造，使它們同樣負染上本土化色彩。必須承認，對外國文學技巧實現純粹、全盤性地中國式轉化相對比較困難，也容易走上保守主義的極端。在一個文化多元共存的全球化時代，作家們更多選擇將中西方文學手段進行碰撞後的融合與纏繞。比如在「介入現實主義」小說中，常見的是魔幻現實主義和中國神靈鬼怪的靈異敘事傳統的糅雜。作家們將拉美魔幻現實主義挪移到中國土地上，結合本民族文學根深處悠久的神話原型與志怪敘事，按照中國文化語境下的審美規範、思維方式和文化特色來對二者重新「組裝」與塑形，使魔幻色彩煥發出「中國式」的新活力。以趙本夫為例，他的《天漏邑》《荒漠裏有一條魚》等文有意識地走出馬爾克斯的鏡像，「我不希望從我的作品上能看到任何一部國內外經典的影子，如果能讓讀者讀到這樣的影子，它就是失敗的，這也是我所不願看到的。」〔註53〕完全驅逐外國文學的身影是困難的，他更多是以中國神話思維對魔幻現實主義進行改造，在融合中致力於呈現東方時間深處的文明，打造東方化的鬼魅敘事。范小青的《香火》《赤腳醫生萬泉和》同樣將魔幻現實主義和中國本土鄉間鬼氣彌漫的故事雜糅起來，「我曾經呆過的那個地方，那裡有大片的桑地，有很多大河小河，總是陰沉沉濕漉漉的有點魔幻和鬼魅。」〔註54〕在東西方的魔幻與鬼魅之間，作家呈現了大歷史之下煙火氣和鬼魂氣並存的鄉間日常生活。莫言、陳應松、張煒、賈平凹等作家都是如此。此外，在部分作家那裡，西方的變形戲法、狂歡膨脹的語言、非常態的敘事視角、意識流的時間邏輯同樣與東方技巧相逢並發生了對話，滲入

〔註53〕傅小平、趙本夫：《如何創作一部體現東方哲學和文化的小說》，《文學報》2017年7月20日第3版。

〔註54〕范小青、汪政：《燈火闌珊處——與〈赤腳醫生萬泉和〉有關和無關的對話》，《西部》2007年第5期。

了中國式的藝術眼光以及價值觀念。異質性文化空間下不同藝術技巧的重組與融合既有助於真正現實主義文學的推陳出新，還在「介入現實」話題上彰顯出了全新風貌。

　　類似這番多向度的融合在不同層面上呈現出來，其實它也是諸多率先「走出去」的中國作家的心聲。比如在異域他鄉深受歡迎的殘雪，其早年創作的確不乏佶屈聱牙的一面，不過，近年來她已不斷調整航向，無論是手法還是內容都與現實人生汲汲相關。儘管學者們對其寫作路線的改變褒貶不一，但它無疑呈現了殘雪本人的文學觀和文化觀，「我一直在致力於中西兩種文學文化的融合。」〔註55〕自《廢都》事件後，不管是直擊現實還是回溯歷史，賈平凹似乎都埋頭於古老的歷史河床，沉醉於傳統文化的潛流裏，然而，實際上，向傳統復歸的同時，他對現代主義的觀念和技巧同樣諳熟於心，「對我寫作影響最大的，西方的是現代美術觀念，中國的是戲劇美學。」〔註56〕鐵凝在談及小說裏花樣繁多的藝術技巧時同樣承認中國民間文學與西方現代文學在其創作中合力扮演著舉足輕重的角色，「我與他們相逢了，他們都從不同方面給我以影響……當我回望的時候，留在我視線裏的，竟然是《約翰·克利斯朵夫》和《聊齋志異》。」〔註57〕可以說，如果一個作家想站得更高、走得更遠，那麼，正如格非根據現代文學的創作經驗所總結的，他既要向外學習，也要回溯性地確認中國傳統〔註58〕。這裡，要注意的是，我們一再提及東西方文化和技巧的交融，即說明並不是將它們拼湊到一起即一勞永逸，而是要打碎之後進行編織與重組。所謂重組，也就是我們不能過分黏滯於某一方技巧，也不能產生美學維度的思維定勢，而是要在原有的基礎上進行改裝，由此開闢出新世紀「介入現實主義」小說的新路徑，這也是陳曉明所說的藝術上的「撕裂性方式」，「撕裂開一道口子，逃離出去，去獲得另一種藝術天地。」〔註59〕當然，從創作實績來看，此時期不少介入現實的作家們都尋找到了傳統與現代、本土與世界、虛

〔註55〕盧歡：《殘雪：在精神廢棄的時代，始終關心靈魂生活》，《唯有孤獨才有可能思考：當代著名作家訪談錄》，南京：江蘇鳳凰文藝出版社，2017年，第212頁。
〔註56〕盧歡、賈平凹：《賈平凹：我不喜歡太情節化的故事》，《長江文藝》2016年第7期。
〔註57〕鐵凝：《經典與創新》，鐵凝等：《窗口與橋樑——中國作家演講集錦》，北京：作家出版社，2010年，第73頁。
〔註58〕格非：《中國小說的兩個傳統——格非自述》，《小說評論》2008年第6期。
〔註59〕陳曉明：《漢語文學的「逃離」與自覺——兼論新世紀文學的「晚郁風格」》，《當代作家評論》2012年第2期。

擬與現實之間的平衡攻略。他們既立足於本土經驗，從民間文化傳統中尋找技術靈感，打造了中國氣派的現實景象，堅守住新時代中國文學的獨特性和原創性，同時，作家們也對世界文學中的精華因子實施「拿來主義」並進行「中國式」改造，由此來加入世界文學的「大合唱」。在漂洋過海中，新世紀「介入現實主義」小說與世界文學建構起互證、互補、互識的雙邊對話關係，助推中國當代文學在可持續發展的文化圈中生成新的活力，為塑造積極的「現實中國」和理性的「文學中國」形象貢獻獨特的精神資源。

第二節　介入性與「新人民性」視域下新世紀「介入現實主義」小說的社會學效應

　　新世紀以來，不同代際的作家紛紛走出「茶杯裏的風暴」，投身波瀾壯闊的時代激流，聚焦與國計民生息息相關的民族公務和社會公共問題。在直面「現實」這塊「硬骨頭」的同時，他們昭示出了強烈的「介入」底色與公共精神。也正因為「介入現實主義」小說與當下現實同頻共振的伴生關係，我們不僅可以將其視為文學文本，還可以當作社會學文本來解讀，挖掘這些小說的社會學意義。一方面，面對塊莖般纏繞蔓延的現實，不少作家立志帶著昆蟲般的「複眼」去透視公共生活，撥開紛繁雜亂的表象，洞穿現實經驗的本質，抵達「真實」的高地。同時，作家們在對波詭雲譎的現實生活進行探秘時，不是著眼於眼前的冰山一角，而是深入到生活的褶皺與縫隙裏，暴露了時代幕牆下的諸多「毒瘤」與「黴菌」，正所謂，「最有震撼力的現實往往是被日常生活的灰塵所覆蓋的，是在生活的角落裏，在生活的陰影裏。」〔註60〕對於種種現實病症，作家們毫不留情地進行了批判，彰顯了強勁的主體立場。當然，批判中未必不蘊含著作家們追求公平正義的建設性與未來性力量。畢竟，在呈現現實的暗影與黑洞時，大多數作家仍會留下一縷霞光。最後，在追求公平正義的過程中，作家們也憧憬發揮「介入」文學的「召喚」功能，借助文學的共情性來引領讀者的精神，鍛鍊他們作為「明智的旁觀者」（讀者）〔註61〕的眼光，引導他們走出一個人的天地，把自己置放到與他人和社

〔註60〕 蘇童：《我們在哪裏遭遇現實——在中日韓三國作家論壇上的演講》，張清華編：《中國當代作家海外演講》，北京：北京大學出版社，2012 年，第 114 頁。

〔註61〕 〔美〕瑪莎·努斯鮑姆：《詩性正義——文學想像與公共生活》，丁曉東譯，北京：北京大學出版社，2010 年，第 109 頁。

會的「整體的關聯」〔註62〕中去，積極參與公共生活，關切普通個體尤其是邊緣群體的生存境況與精神沉屙，簇生「變革」的行動力。如此，以更有溫度的方式來培育正義。這就是「介入現實主義」小說的偉力與高翔。

一、通向「真實」：抵達當代中國社會的本質真實

新世紀以來，作家們以所向披靡的姿態向著當代中國現實進軍，在主動參與的熱情和深度介入的姿態中不僅彰顯了知識分子的精神承擔意識，還經由葳蕤多姿的生活體驗和深邃犀利的眼神對當下社會萬象洞若觀火，展覽出現實的本質真實。閱讀《蛙》《生死疲勞》《黃雀記》《推拿》《兄弟》《第七天》《春盡江南》《我不是潘金蓮》《秦腔》《黑暗地母的禮物》《炸裂志》等作品，不難發現，大多數作家並非如「應聲蟲」般膚淺地追逐公共話題或僅將公共事件弱化為寫作背景，而是將生活暗隅或陰影處的厚障壁推開，掃除懸浮於表面的灰塵，楔入時代肌理的深處。這股勘探真相的精神不僅是介入現實類文學的靈魂，也是全體作家的使命，「作家的首要職責不是發表意見，而是講出真相以及拒絕成為謊言和假話的同謀。」〔註63〕當然，揭露真相最終是為了做出「建設性」的改變，「揭露正是為了挽救，憤怒是因為抱有希望。」〔註64〕具體而言，新世紀以來，伴隨著時代車輪的加速轉動，中國社會進入了百年未有之大變局中，當下社會現實自然也呈現出魚龍混雜的景象，特別是在生活河床底下埋伏著太多難以窺見的「暗礁」與「逆流」，「水不見得有多深，但很渾濁很豐富。」〔註65〕這提醒我們要掀開生活表面的幕布，破除欺騙與遮蔽，擴大「真實」的搜索面，「生活帷幕的背後是什麼，我們不掀開是永遠不知道的。」〔註66〕那麼，如何從泥海般廣闊和迷宮般錯綜複雜的現實中來提取「真實」，讓讀者洞徹世界的本真面目呢？應該說，通往「真實」的道路並不唯一，新世紀以來的作家們也的確貢獻了千奇百怪的探索攻略，比如摹寫式寫作、怪誕式寫作、象徵式寫作、寓言式寫作、反諷式寫作、幽默式寫作、浪漫與詩化式寫

〔註62〕〔德〕卡爾·雅斯貝斯：《時代的精神狀況》，王德峰譯，上海：上海譯文出版社，2005年，第85頁。

〔註63〕〔美〕蘇珊·桑塔格：《文字的良心——耶路撒冷獎受獎演說》，《同時——隨筆與演說》，黃燦然譯，上海：上海譯文出版社，2009年，第155頁。

〔註64〕何同彬、余一鳴：《對話：文學與現實》，《小說評論》2014年第3期。

〔註65〕盧歡、喬葉：《我更喜歡低姿態的寫作》，《長江文藝》2015年第6期。

〔註66〕盧歡：《站在每個人物各自的立場和角度寫作》，《唯有孤獨才有可能思考：當代著名作家訪談錄》，南京：江蘇鳳凰文藝出版社，2017年，第204頁。

作、託邦式寫作。但是，大體而言可以歸為兩類：「正面直攻」的寫實敘事與「迂迴曲折」的荒誕敘事。那麼，它們如何抵達現實生活的本質真實的呢，在本質真實中彰顯著作家們的何種敘事旨歸與情感傾向？

（一）以「樸素」抵達「真實」

在寫實敘事中，面對變動不羈的當下現實，一部分作家仍然堅持短兵相接的「重寫作」。他們奉行腳踏實地的傳統寫實筆法，恪守「人民性」立場，既呈現當代中國浩浩蕩蕩的改革史，展示新時代的山鄉巨變，也以筆代刀、揚眉仗劍，斧起刀落間挑破華麗的現實帷幕，直刺問題的病灶，展覽出紛繁的世道和複雜的人性，尤其戳穿了本民族政治文化土壤上培育出來的種種頑疾，暴露出隱秘角落裏那些被掩蓋著的令人震撼的殘酷現實。王祥夫、劉慶邦、劉醒龍、葛水平、曹征路、季棟樑、趙德發、閻真等作家都堅信此番厚重的傳統現實主義筆法是追尋現實真相的「傳家寶」。在對現實的客觀再現中，他們與時代親密接觸，無限逼近當下現實河流的底部和當代經驗岩層的核心，「一位有志於摹寫這個時代的作家，不僅要知道春江之暖，更要知道瀚海之深。」〔註67〕沉潛到廣闊的現實河流中，他們以樸素的方式和尖兵的姿態來感知現實的歡欣與疼痛，燭照人性的光輝與幽暗，並經由典型化的萃取模式和生動綿密的細節雕琢來管窺社會眾生相，觸摸當代中國現實發展的真諦，呈現整體性的本質真實。這也是作家們推崇備至的「貼著生活寫」〔註68〕的方式，「我寫小說就是要讓人們從中看到更加接近真實生活的生活，真實一點，再真實一點。」〔註69〕在他們眼裏，震撼人心的文學無需「耍花招」，穩紮穩打的寫實路徑才能顯情懷、接地氣、有溫度，並在深度與廣度並存的「大景深」〔註70〕視野中透視出歷史與現實的整體面貌和本質樣態，抵達真實的彼岸。

除了「撞牆」式的硬寫作，在傳統寫實筆法中，還有不少作家選擇了「法

〔註67〕張傑：《書寫新時代的波瀾壯闊和厚重深邃——訪山東省作協原副主席趙德發》，《中國社會科學報》2022年5月13日第A05版。

〔註68〕李雲雷：《底層關懷、藝術傳統與新「民族形式」——王祥夫先生訪談》，《文藝理論與批評》2008年第2期。

〔註69〕劉帥：《王祥夫：讓人們看到更接近真實生活的生活》，《生活晨報》2012年7月6日。

〔註70〕趙德發：《用心用情用功書寫鄉村巨變》，《人民日報》2021年8月10日第20版。

自然」的還原式路數。面對萬花筒般的現實景況，他們幾乎是扛著攝相機、揣著錄音筆進入生活現場，從點點滴滴的日常生活經驗出發，在粗糲野性的生活流和對當代社會現實的實證記錄中來呈現大時代的騰挪變化，展示小人物的悲歡離合，揭開立方體的人性版圖，經由密不透風的敘述和拉拉雜雜的瑣事來加重「真實」的砝碼。賈平凹、付秀瑩、季棟樑、林白、馬金蓮面對嘈雜錯切的現實，都不擅打磨雕琢，而是講究原汁原味、渾然天成，「文學應該還原生活的本來面目。」〔註71〕在對生活現實的還原中，作家們幾乎都摒棄了跌宕起伏的故事構建，而是憑藉瑣碎散落的片段、風姿綽約的細節、生動綿密的對話、頻繁變換的場景，在流動化、原生態的敘述狀態中來呈現當下現實的本真色調。當然，對於作家們而言，既然面對的是「介入現實」這一大時代的嚴肅命題，那麼，洗盡鉛華、自然質樸的寫作並不意味著他們放逐「介入」的姿態。作家們經由自由遊走的原生態生活來呈現現實的本質真實時，始終沒有忘卻時代行進過程中的風高浪急。他們仍舊懷揣著「以小見大」的敘事宏願，從一團亂麻般的共時性生活中去展示遼闊深遠的大時代，楔入眾生隱秘曼妙的人性洞穴，表達著他們對當代社會問題和社會矛盾的深度審視與思考。從「給時代留下些印記」〔註72〕的旨歸出發，不難發現，這些作家也扮演著「社會的良知」和「麥田守望者」的角色。同樣，在看似風平浪靜的敘述中，他們也沒能將情感降低到零度，而是仍然保持著寫作的體溫，積聚著巨大的能量，在足夠的敘事耐心和智慧中彰顯著對蒼生的關懷。

（二）以「荒誕」擊穿「現實」

置身於光怪陸離的現實土壤中，越來越多的作家放棄「寫實」的康莊大道，而踏上「荒誕」的羊腸小道，時刻準備著以「抄近路」的方式快速抵達真實地帶。回溯近二十年來泥沙俱下的當代中國現實，怪誕離奇的現象集中爆發，「荒誕的東西多到無處不在，它不是走進你眼睛裏來，而是一下子、一下子打進你的眼睛裏來，打進你的心靈裏去。」〔註73〕也就是說，這些弔詭現象切實地發生在這個時代的中國土壤上，成為一種「真實」的存在。然而，這些

〔註71〕賈平凹、張英：《賈平凹：我這輩子，最下工夫的是作家這個角色》，《作品》2022 年第 4 期。

〔註72〕賈平凹、張英：《賈平凹：我這輩子，最下工夫的是作家這個角色》，《作品》2022 年第 4 期。

〔註73〕閻連科、張學昕：《我的現實　我的主義：閻連科文學對話錄》，北京：中國人民大學出版社，2011 年，第 23 頁。

真實卻往往與人們遵循的生活真實背道而馳，或者無法經由常態化的視域來進行辨別和確認，所以人們選擇懸置、忽視甚至否認。在這種情況下，作家們紛紛祭出了荒誕變形的「殺手鐧」，大道不通後便另闢蹊徑，從波詭雲譎的角度插入生活的縱深處，揭開畸變現實的面紗，讓人們不得不正視溢出生活真實的那些「另類真實」的存在。這也是閻連科口中的存在於生活河流彼岸的「新的現實」和「新的真實」。面對這番幽暗處滋生的「真實」，他提出了「神實主義」的擺渡方式，以此穿越障礙，「發現現實生活表面的邏輯因果之下那種看不見的、不被讀者和情理認同的荒謬的真實和存在。」〔註74〕這種「真實」不注重外部生活直接性的因果邏輯，而講究事物內部的精神關聯性，在隱秘的契合中來深度抵達現實的本質真實。

除了這種不被情理認可或肉眼無法視見的真實，作家們之所以選擇荒誕變形的「飛行術」，還與他們對傳統寫實筆法的洞見相關。也即，當作家們真切體會到了當代中國現實似乎鐵蒺藜般盤結錯落與蕪雜多變，「生活現實，卻越來越複雜，越來越令人難以把握」〔註75〕，而內心焦慮的種子在生根發芽中又催逼著他們借助文學的方式來勘探現實時，他們發現古老的寫實技藝竟然出現了「失靈」的尷尬局面，「一切寫實都無法表達生活的內涵，無法概括『受苦人的絕境』。」〔註76〕當然，它同樣無法通透地照亮現實幽暗角落裏那些隱秘的真實，即使強行使用，也會產生隔靴搔癢的效果。由此，作家們不約而同地要打破寫實傳統，朝著極端、怪誕的「超現實」這一偏路上行走，「我想我們不能不借用非寫實的手法，不能不借用超寫實的寫作方法。」〔註77〕相比於傳統寫實的方法，這些超寫實的新實驗自然溢出了常態化的生活真實與因果邏輯鏈條，然而，在現實的核心和本質上，它們卻生成了強烈的耦合性，均指向了中國當下現實中光怪陸離的扭曲景觀，包括現實的殘酷、人性的險惡、精神的畸變、倫理的失衡、權力的異化等怪狀風景。比如貢獻「神實主義」文學觀和方法論的閻連科寧願背負「現實主義的不孝子」這一罵名，也要義無反顧地走上荒誕的超現實之路，尋找「我的現實」「我眼裏的真實」〔註78〕。在他

〔註74〕 閻連科、張學昕：《我的現實 我的主義：閻連科文學對話錄》，北京：中國人民大學出版社，2011年，第214頁。

〔註75〕 李陀、閻連科：《受活：超現實寫作的重要嘗試》，《南方文壇》2004年第2期。

〔註76〕 李陀、閻連科：《受活：超現實寫作的重要嘗試》，《南方文壇》2004年第2期。

〔註77〕 李陀、閻連科：《受活：超現實寫作的重要嘗試》，《南方文壇》2004年第2期。

〔註78〕 閻連科：《我的現實 我的主義——在復旦大學的演講》，《拆解與疊拼：閻連科文學演講》，廣州：花城出版社，2008年，第129頁。

眼裏，神實主義的寫作技巧才使現實主義有了「抵達至『新真實』之複雜性、荒誕性的可能和途徑」〔註79〕，「只能用非寫實、超現實的方法，才能夠接近現實的核心，才有可能揭示生活的內心。」〔註80〕因此，在《日光流年》《受活》《丁莊夢》《炸裂志》《日熄》等小說中，面對「炸裂」般的現實，閻連科從怪誕的「神實」通道出發，揭示當代中國經驗中種種複雜、怪異甚至荒謬的本質真實。《受活》中飛騰起的狂想式現實主義對應的是大刀闊斧的改革史中出現的聲色犬馬與人性異變。《炸裂志》中自然界顛倒錯位的花開花落以及林林總總的奇觀集錦勾連的是「炸裂」暴起暴落的發展史中登峰造極的權力畸變、斷崖式滑坡的道德倫理、土崩瓦解的人性之牆、混亂架空的精神價值。《丁莊夢》中的夢魘現實主義接洽的是豫西平原上暴力的血漿經濟發展鏈條，燭照的是災難中人心的「艾滋病」和地獄熔爐的人性世界。在這些小說中，「狂想」幾乎成為他的「招牌動作」，而手法越是乖張荒誕，就越發接近社會現實的內在真實。正是在此維度上，劉再復評價閻連科這個「世界文學大森林裏的奇花果」時才發出「唯『荒誕』乃是實有」的心聲。除了閻連科，劉震雲、余華、陳應松等人都不乏類似的理論表達和實際嘗試。比如，余華同樣是「荒誕」寫作的擁躉，在《兄弟》《第七天》中，他用怪誕誇張的手法和混亂不堪的情節作為透視現實的窗口，在寓言奇觀中以簡代繁，以荒誕擊穿荒誕，由此來折射時代的疼痛，呈現怪誕的真實，正所謂，「怪異的講述，才是接近真實的不二法門。」〔註81〕以《兄弟》為例，這也是一部奇觀鋪陳、誇張肆虐化的怪誕小說，儘管招致了鋪天蓋地的批評聲，《兄弟》在內核上卻是相當真實的，它對文革時代與改革時代的荒誕式表達無疑切中時弊，調侃、誇張、戲謔裏包裹著堅硬、嚴肅、冷酷的一面，因此，余華才為自己辯解，「我覺得《兄弟》是一部寫得非常好的小說。」〔註82〕對鄉土現實念念不忘的陳應松無論是走向古老瑰麗的深山神農架，還是返回江漢平原的荊州水鄉，都堅決抵抗「大路貨」式的寫作，尤其是在底層寫作蔚然成風的時代，他為文學添加了諸多離奇鬼魅的魔幻因子和誇張反常的荒誕技巧，這樣，不但沒有出離大地，反而於混合中愈發接近鄉村深處的真實，「我的小說有很多現代主義的元素在裏面，其實不是純粹的現實主義，但是我覺得這樣更能表

〔註79〕閻連科：《發現小說》，北京：人民文學出版社，2014年，第160頁。
〔註80〕李陀、閻連科：《〈受活〉：超現實寫作的重要嘗試》，《南方文壇》2004年第2期。
〔註81〕周明全：《以荒誕擊穿荒誕》，《當代作家評論》2013年第6期。
〔註82〕范寧、余華：《余華：寫作像旅行，看得越多越好》，《長江文藝》2014年第7期。

現真實的山區。」〔註83〕莫言在本土和西方的魔幻現實主義土壤上耕耘，《四十一炮》《生死疲勞》《蛙》等作品以魔變、狂歡的手法來揭示生活中被掩蓋的真實，無論是「炮孩子」羅小通的胡言亂語，還是西門鬧的六道輪迴，抑或姑姑萬心給死嬰驅魂，層層荒誕的外衣下包裹的均是真實的內在。劉震雲、范小青、賈平凹、東西等人在小說中均用怪誕的藝術來抵達他們心中的真實，凸顯著對罪惡現實的批判和對社會邊緣者們的悲憫。

二、「介入」與「變革」：批判性的立場與建設性的決心

尖刀利刃般的介入文學注定不是一種零度敘事，而是要求昭示出強勁的主體立場，表達作家們對時代和現實的反思。從新世紀「介入現實主義」小說來看，作家們不僅力圖通過寫實或荒誕的路徑抵達了當下中國現實的內在真實，還彰顯出明晰的批判姿態和建設決心，凸顯了他們參與時代文化建設、對話公共生活、勾勒未來中國圖景的信念。

在深度介入現實的文學中，批判精神無異於核心品質，「批判是文學面對現實和歷史的基本立場」〔註84〕，「文學應該永遠持有對現實生活的批判態度。」〔註85〕問題的關鍵是，他們該採取何種方式才能讓批判變得更為凌厲且有力，帶來刺痛和警示的效果？縷析這些小說，不難發現，有兩種寫作方式最震撼人心。一種是作家採取「寫實」的樸素筆法，並通過鮮血淋漓的「傷口」去控訴現實。此番正面強攻的「硬寫作」固然能釋放出強勁的批判力量，引起人們對現實「痛點」與「堵點」的警覺。還有一種是作家選擇「荒誕」的野路小徑，以潛伏偷襲的方式來擊穿現實，這也構成了新世紀文壇的重要景觀。

作為新世紀「介入現實主義」小說中蔚為大觀的文學現象，此處，我們將重點探究「荒誕」何以成為介入現實與批判現實的絕佳載體？其實，這首先導因於荒誕藝術自身的特質。與荒誕不羈的現實內容遙相呼應，荒誕的手法同樣以徹底的批判和決絕的否定意義而先聲奪人，「荒誕首先是作為一種帶有強烈否定色彩的批判意識在文學中立足的。」〔註86〕作為一種批判性質的文學，它

〔註83〕范甯、陳應松：《陳應松：硬山柔水冷筆溫情》，《長江文藝》2012 年第 11 期。

〔註84〕李建軍：《〈史記〉與中國小說的未來》，《小說評論》2014 年第 4 期。

〔註85〕石一楓：《石一楓：文學應保持對現實的敏感》，《現代快報》2023 年 1 月 15 日第 B1 版。

〔註86〕張容：《法國文學中的荒誕主題》，柳鳴九編：《二十世紀文學中的荒誕》，長沙：湖南教育出版社，1993 年，第 158 頁。

拒絕態度的騎牆，也排斥情緒的冰點。當作家們憑藉荒誕手法去深入現實的隱秘腹地，打探泥潭般混亂的時代版圖時，雖然有時呈現出戲謔、調侃甚至油滑的一面，但不可否認的是，在笑鬧和戲謔之中最先彰顯出來的即作家面對社會生活陰暗一隅的批判姿態，批判中飽含著作家的憤怒及對抗意識。

　　荒誕的敘事方式之所以會放射出巨大的社會批判能量，還在於作家們對現實毫無保留地敞開。放眼新世紀以來的「介入現實主義」小說，作家們在多種因素的合力下開始了向現實大地的返程之旅。他們希望以文筆作鋼刀利刃，對準新世紀以來高歌猛進卻又亂象叢生的現實。需注意的是，當下變動不居的混亂現實具有敏感尖銳的一面，有些甚至成為話語禁區，而當作家意圖挑開它們的外衣，讓其赤裸裸地暴露在公眾面前時，往往還面臨著翻越主流意識形態、作家個人文化身份等無形卻又容易令人窒息的大山般的難題。也即，面對門外盤結錯落的風景，作家們常常缺乏推開兩扇大門的勇氣，即使打開了，也不敢把頭完全探出去以飽覽現實世界的全景，他們總是畏手畏腳、左顧右盼或人云亦云，擔心門外會有羅網或深坑。因而，對於那扇門後面潛藏的現實的秘密或暗隅，作家們的觸角難以深入，缺少了全面曝曬的可能。但是，荒誕敘事打破了這一牢籠，它讓作家們驅散了心靈的塵霧，從寫作的鐐銬中逃離出來，開始了自由的起舞和從容的歌唱。他們以荒誕手法為屏障，無所畏懼地深入現實的核心岩層與幽暗地帶，挖掘出了諸多秘密及真相，也坦然自若地探討了時下尖銳敏感的公共話題，「沒心沒肺」地揭示現實病象。可以說，依託荒誕的曲徑，他們將當代社會權力、制度或人性元素中藏汙納垢的景觀一網打盡，在現實暗流與黑流的展覽下，自然也昭告了更強烈的批判性。比如閻連科始終渴望成為一隻能於高空自由展翅的飛鷹，新世紀以來，伴隨著「神實主義」通道的開闢，他如願以償，找到了飛行的方式：即在《受活》《丁莊夢》《風雅頌》《炸裂志》《日熄》等文中選擇的荒誕路徑。對他而言，這些小說最大的意義就是「從內容到形式的『隨心所欲』」〔註87〕。劉震雲、余華、范小青、莫言、陳應松等作家也幾乎無一例外地踏上荒誕通道，化身為黑暗大地上自由不羈的精靈舞者，毫無顧忌地對當下現實怪象進行全景式暴露，從而顯示了更徹底的批判性及現實性，當然也未必不隱現著作家們的某種「智者」心理。

　　除了荒誕手法帶來的毫無顧忌的揭露和探秘，它原本裹挾的反常性或誇

〔註87〕羅皓菱、閻連科：《閻連科面對文學背對文壇》，《北京青年報》2014 年 11 月
　　　21 日第 B14 版。

飾化因子在訴說現實世界時同樣於精神指向上呈現出了生猛的批判力度。閱讀《蛙》《四十一炮》《生死疲勞》《受活》《丁莊夢》《炸裂志》《吃瓜時代的兒女們》《兄弟》《第七天》《獵人峰》《到天邊收割》《還魂記》等小說，無論是寓言、魔幻、狂想、顛倒還是誇張、變形、反諷、錯位，作家們都將其朝極端化的一面推送，通過酣暢淋漓的書寫把現實的迷狂錯亂呈現出來，於巨大的荒誕和真實中洞徹現實世界的面目，揭示時代的泥沙俱下，內容和形式可謂水乳交融，蓄滿了批判力量。即使是劉震雲式信馬由韁、異想天開的言說，在對現實的解構中同樣爆發出震天動地的能量，這也是他個人的自白：荒誕和引人發笑的地方，「其實底層下包裹著堅硬的內核，殘酷、冰冷、感傷。」〔註88〕可以說，在文學的海洋裏遨遊，他們中的很多人由此成為了一朵「可以拍岸擊壁的最有力量也最具藝術個性的浪花」〔註89〕，於峻急凌厲而又不失詩意性的跳躍中積聚著批判能量並等待爆發的時刻，這既折射出此類小說批判性與審美性的統一，也再次印證了本質真實和批判性總是相輔相成，只有抵達了本質真實，批判才可能真正落到實地。

　　無論是寫實還是荒誕，之所以如此強調介入方式孕育的批判性力量，是因為批判在文學與作家的生命中扮演著舉足輕重的角色，真正的作家必須具有醒世獨立的介入和亢直不撓的批判精神，這也是偉大的魯迅文學傳統的精神遺產，它昭示著「寫作是一場抗爭」〔註90〕的信念。就新世紀「介入現實主義」小說而言，作家們理應帶著批判姿態和審美眼光深入當下現實的腹地，洞察出種種光怪陸離的怪狀，把現實的陰暗面徹底敞開，並從不同維度進行追根溯源，正所謂，「文學從來就是不合宜的，它是把黑暗挖出來攤在太陽下暴曬。」〔註91〕無論是抗爭還是暴曬，都注定了這番介入式寫作將成為一場「不平靜」的旅行，它可能會存在執拗、片面、極端之處，不過，「哪怕我看到的是片面的、錯誤的、偏激的，但它是我個人對這個世界的認識，是我個人面對現實，需要在自己的作品中發出的聲音。」〔註92〕閻連科此番略激進的話語固然也不乏傾斜之處，且對他的

〔註88〕范甯、劉震雲：《我是中國說話最繞的作家嗎》，《長江文藝》2013年第3期。

〔註89〕閻連科：《尋找、推開、療傷——在澳大利亞佩斯作家節的三場演講》，《一派胡言》，北京：中信出版社，2012年，第90頁。

〔註90〕陳應松：《寫作是一種搏鬥》，《寫作是一種搏鬥——陳應松文學演講集》，武漢：長江文藝出版社，2015年，第116頁。

〔註91〕陳應松：《非文學時代的文學痛苦》，《上海文學》2009年第2期。

〔註92〕閻連科：《「烏托邦」籠罩下的個人寫作——在韓國外國語大學的講演》，《渤海大學學報（哲學社會科學版）》2009年第2期。

部分介入現實之作造成了藝術損傷，可它的確彰顯了作家卓爾不群的姿態和永不妥協的精神。當然，激進「冒犯」的寫作也會導致誤解與攻擊，面對質疑，莫言堅持認為「敢於展示殘酷和暴露醜惡是一個作家的良知和勇氣的表現」〔註93〕，陳應松反覆強調，「我崇尚的是真實、堅硬、疼痛、感動。」〔註94〕可以說，這些文壇「孤勇者」以尖銳強勁的批判光束照進了現實的縫隙與暗角。

當然，對大多數作家而言，在手持「批判性」利劍的同時，他們也心存「建設性」的理想。也即，強烈的批判既是表達了他們對當下現實的關切，更是希望於質疑、否定或破壞中剔除現實的尖刺及膿瘡，惟其如此，方能穿透黑暗的厚障壁，在療愈中看到生活的陽光，由此促進現實世界的進步。這也是著名作家米·安·阿斯圖里亞斯所認可的觀點，他把小說生發的衝擊力譽為「災難性的魔力」，此股魔力既可以「毀掉各種不合理的結構」，也能於破壞中「為新生活開闢通路」。〔註95〕正是在此維度上，我們可以斷言，決絕凌厲的批判中同樣不乏部分作家對民族和國家的大愛與希望，蘊藏著「建設」公共生活的未來力量。更進一步說，恰恰由於懷揣著責任和理想，他們才會毫不留情地開啟炮火猛攻的模式，在陣痛中喚起人們「變革」的決心。這一點，余華、莫言、閻連科、東西等人都有著獨到的闡釋，比如余華在希望與絕望之間發出的心聲是「滿懷希望的作家往往會寫出絕望之書，滿懷絕望的作家往往會寫出希望之書。」〔註96〕由此，當《兄弟》招致巨大的非議時，陳思和才為之辯解，從他嘻嘻哈哈的語言聲調中發現了隱藏的「魯迅精神」〔註97〕，余華本人在創作的轉型及反思中也對魯迅推崇備至，「魯迅是我的精神導師，也是唯一的……尤其是最近的 10 年，魯迅鼓舞我要更加獨立和批判性，我也盡最大努力去實現。」〔註98〕魯迅無疑懷揣著對民族和天下的

〔註93〕莫言：《我的文學歷程：第十七屆亞洲文化大獎福岡市民論壇演講》，《西部》2007 年第 9 期。

〔註94〕陳應松：《神農架和神農架系列小說——在武漢圖書館的演講》，《長江文藝》2007 年第 6 期。

〔註95〕劉碩良主編：《諾貝爾文學獎授獎詞和獲獎演說》，桂林：灕江出版社，2013年，第 342 頁。

〔註96〕陳輝、余華：《余華：滿懷絕望去寫希望之書》，《北京晨報》2013 年 8 月 11日第 A24 版。

〔註97〕陳思和：《新世紀以來長篇小說創作的兩種現實主義趨向》，《渤海大學學報（哲學社會科學版）》2007 年第 3 期。

〔註98〕余華等：《談〈兄弟〉：已不再顯得荒誕談寫作：魯迅是唯一的精神導師》，《南通日報》2014 年 2 月 25 日第 A7 版。

大悲憫，所謂「肩住了黑暗的閘門，放他們到寬闊光明的地方去」〔註99〕，正是這份大愛培育了他不屈不撓的批判精神，換句話說，絕望與虛妄中仍然保留著理想和希望。這也是東西在《篡改的命》《沒有語言的生活》等文中凸顯的「向上的能量通過向下的寫作獲得。」〔註100〕莫言的《四十一炮》《生死疲勞》等介入現實的小說甫一出世，即遭遇了質疑，被扣上了千奇百怪的帽子。但是，在他看來，極致的誇張和變形並非說明他的冷酷、暴力與獵奇、反動，恰恰相反，「我的小說裏表現的是進步的思想，不是反人類的、反動的思想。」〔註101〕他憑藉弔詭反常的方式去打探當代中國風雲激蕩的革命史與波瀾壯闊的生活史，最終想表達的「是對人的同情和關心，對人的生命的一種關照和熱愛，而不是宣揚殘酷的東西。」〔註102〕閻連科同樣如此，身處龐雜混亂的現實世界，他之所以自覺承載著敞開黑暗的任務，是因為內心燃燒著「不滅的理想主義火炬」〔註103〕。當然，需說明的是，並非所有的絕望都指向對未來的建設性希望，也不是全部的批判背後都駐留著一個與醜惡搏鬥的偉大作家。我們必須對批判的內容和實質進行深度辨析，尤其要觀測它是否抵達了本質真實的境地，是否存在批判過度的嫌疑。

三、中國現實的「召喚」力與文學公共性圖景的詩性建構

　　新世紀「介入現實主義」的小說普遍彰顯出「表現我們的時代」這一宏願，在對熱氣騰騰的現實生活的諦視和魚龍混雜的社會問題的追蹤中，作家們不僅將 20 世紀 90 年代在私人領域和歷史天空中大行其道的文學重新帶回公共領域，還經由妙筆呈現了現實的葳蕤繁茂。展示現實的複雜性與鮮活性自然是作家的職責，「作家的職責是我們看到世界本來的樣子，充滿各種不同的要求、部分和經驗。」〔註104〕當然，這也與薩義德口中的「文本性

〔註99〕魯迅：《墳·我們現在怎樣做父親》，《魯迅全集》（第 1 卷），北京：人民文學出版社，2005 年，第 135 頁。

〔註100〕東西：《向上的能量通過向下的寫作獲得》，《揚子江文學評論》2020 年第 2 期。

〔註101〕盧歡、莫言：《莫言：這一次，把自己當罪人來寫》，《唯有孤獨才有可能思考：當代著名作家訪談錄》，南京：江蘇鳳凰文藝出版社，2017 年，第 7 頁。

〔註102〕盧歡、莫言：《莫言：這一次，把自己當罪人來寫》，《唯有孤獨才有可能思考：當代著名作家訪談錄》，南京：江蘇鳳凰文藝出版社，2017 年，第 7 頁。

〔註103〕陳眾議、閻連科：《文學資源兩人談》，《渤海大學學報（哲學社會科學版）》2008 年第 4 期。

〔註104〕〔美〕蘇珊·桑塔格：《文字的良心——耶路撒冷獎受獎言說》，《同時——隨筆與演說》，黃燦然譯，上海：上海譯文出版社，2009 年，第 155 頁。

的態度」〔註105〕休戚相關。從文學與讀者的關係來看，相比於社會新聞化的現實，作家們借助文學性的方式來呈現轉型時代的紛繁經驗，也許更能激起讀者的共鳴。事實上，當這些文本產生了一些獨具視點的重大議題後，廣大的讀者隨之從四面八方趕來，從不同的維度來重新打量時代景觀，帶著懷疑、理性和反思精神潛入廣袤的現實地帶，在此起彼伏的聲浪中重新建構了文學公共性和文學公共空間。

（一）文學的「暢想」與對國民精神的引領

這種文學公共性和公共領域的形成首先在於作家揭示的公共性問題和對讀者的精神引領上。從內容維度而言，新世紀「介入現實主義」小說選擇直面當下中國現實的錯綜複雜與當代中國經驗的搖曳多姿，尤其不迴避尖銳的社會矛盾，並以文學的方式來重新言說大量爆炸性或特異性的公共議題。這些與民族公務和國計民生息息相關的當代公共議題刺激了公眾的神經，讓他們產生了情感的波動與精神的戰慄。於是，他們不再「躲進小樓成一統」或抱持著「休管他人瓦上霜」的心態，而是把視野從隱秘的個體世界轉向磅礴的社會空間，既關注時代變革中的新氣象和新偉業，更洞悉著轉型浪潮下的舊頑疾與新症候，繼而於質疑、批判與糾偏中進一步打開被遮蔽的窗口，以介入和審慎的姿態投入到重大公共問題及現實事件的討論中來。在集體參與的自由對話與探索爭鳴中，他們既鍛造了自己作為「明智的讀者」理性的眼光，也突破了個人話語的封閉性，打開了文學的公共性話語通道，為構築新世紀公開透明的文學公共空間提供了可能。當然，在創建公共空間的過程中，作家們始終扮演著舉足輕重的角色。回溯新世紀介入現實的小說，除了新聞化題材產生的轟動效應，作家也發揮了引領作用。他們堅守著人文關懷和公共情懷，拋棄文學創作的陳規舊俗，解除封印的話語禁忌，站在批判性與建設性的天平兩端，從維護公眾價值立場和社會公共利益的角度來啟迪讀者，讓他們通過介入文學的道德與美學力量來刻骨銘心地體悟苦難、人性、壓迫、反抗、悲憫等人類的「痛」與「愛」。在這個時代「痛」與「愛」的感受中，公眾能以更具同情心、道德感和公正性的態度來想像、理解當下時代人的質性化而非物性化的差別，尤其不帶偏見地去關注那些處於社會暗角的底層百姓的生存本相與精神鏡像。在這種姿態中，新世紀「介入現實主義」小說作為一種絕佳的載體，讓詩意的文

〔註105〕〔美〕愛德華·W·薩義德：《東方學》，王宇根譯，北京：生活·讀書·新知三聯書店，1999年，第120頁。

學和當代人的公共生活特別是情感世界發生了化學反應，這不僅有利於增強公民彼此間的理解、寬容和認同，還可能助推更民主合理、公平正義的公共政策。這就是美國哲學家瑪莎‧努斯鮑姆基於情感而非實用提出的詩性正義，「畢竟，生命是描繪一幅圖畫，而不是做一次加減運算。」〔註106〕

那麼，具體到小說內部來看，這些介入現實的小說是如何建構起詩性正義的文學公共性景觀，怎樣培育「明智的讀者」，打造敞開、自由的文學公共空間的呢？

一方面，此類小說聚焦的是與國計民生休戚相關的民族公務現實，表現的是作為「同時代人」對自己所處時代的思考與洞見，所謂「同時代人」，指的是「緊緊凝視自己時代的人，以便感知時代的黑暗而不是其光芒的人」〔註107〕。在魚龍混雜的現實景象中，他們尤其注重中國當代社會問題中凸顯的尖銳矛盾，比如教育、醫療、住房、腐敗、物價、生態環境、食品安全、鄉村振興、精神情感等重大問題。當然，這些小說也對社會矛盾中那些被遺忘或忽視的普通民眾與卑微的人群投以關切的目光，展示他們困厄的現實生存，楔入他們逼仄的精神空間，在對此類群體的人性關懷以及對社會問題的批判傾向中昭示出文學的「介入」特質和公共性精神。

另一方面，從對讀者的引導角度來看，讀者們經由「介入」文學的震撼效應與強大的感染力，在「移情」活動中激起自己的同情與憐憫之心。正所謂，「任何文學作品都是一項召喚。」〔註108〕他們開始關注更為廣闊遼遠的外部世界，聚焦個體之外的普通大眾，尤其對小說及現實生活中被排斥或遺忘的弱勢群體充滿了人性的關懷和悲憫的心理，更願意將文學的觸角伸向他們微妙繁複的精神內海，重視他們內在精神的豐富性與複雜性，這樣，在情感的共鳴中催生出一種更有溫度的正義。這也是介入文學產生的建構公共生活的重要力量。當然，從更高的層次來看「詩性正義」，即使讀者不去閱讀具體的作品，他們也能於潛移默化的文學積累中通過「文學想像」的思維對當下社會現實生活中「他者」的處境進行感同身受似的描摹和反思，從而最大程度上體悟與尊

〔註106〕〔美〕瑪莎‧努斯鮑姆：《詩性正義——文學想像與公共生活》，丁曉東譯，北京：北京大學出版社，2010年，第10頁。

〔註107〕〔意〕吉奧喬‧阿甘本：《論友愛》，劉耀輝、尉光吉譯，北京：北京大學出版社，2017年，第68頁。

〔註108〕〔法〕讓—保羅‧薩特：《薩特文學論文集》，施康強等譯，合肥：安徽文藝出版社，1998年，第101頁。

重他人的生活，基於這樣的情感產生的公共決策將會充滿人性和「人民性」力量。這種人民性力量也是主動介入現實的作家們所追求的，「作家首先要與人民同行，才能談責任感使命感。」〔註109〕當然，在社會公共生活中，文學想像並非公共理性的全部。作家們在介入當下社會現實時不僅要強調同情、暢想等文學特有的詩性召喚力帶來的正義，還必須持守歷史理性。

（二）文學「建設」公共生活的行動力

不過，對於新世紀「介入現實主義」小說來說，引導人們關注民生、同情民瘼只是打造文學公共性、建構公共空間的一重效用。在公眾的關注、討論及爭議中，作者最終激起的應該是「療救的注意」，並且要付諸行動，號召人們積極探索改變與建設當下社會現實的可能性，竭盡所能地改善我們所處的時代環境，祛除現實的霧霾和灰塵，以此來轉化現實的陰影面，推動整個社會的進步，建構更理想的未來空間。畢竟，介入文學除了強調「批判性」的言說，它還是一種「實踐文學」，在揭露之後需要解鎖突圍困境的密鑰。這也是介入現實的文學呈現的「召喚未來」的建設性力量。當然，從終極結果來看，文學也許不能如我們期待的那般真正即時性探索出一條有效出路，但是，「文學作品對人有潛移默化的影響，關於心靈的，關於靈魂的。」〔註110〕它可以經由獨特的藝術感染力來彈撥讀者內心沉睡的琴弦，啟迪他們對照私人經驗，重新凝視自己置身的時代，反思社會公共問題，正所謂，「人都有照鏡子的本能，看到水面要端詳自己一下，既然如此，我能做的事情是希望看我小說的人像照鏡子一樣。」〔註111〕對照之後，人們會在風雲變幻的時代浪潮中驚醒，重新尋找新的突破口。這就是文學「建設」公共生活的思想力和行動力。它至少能激起讀者對社會現實的逼視，加固他們對公平和正義的追求，喚起改變的決心，即使這種改變將會如此疼痛與遲滯。

此番文學的社會學功效特別體現在那些採取誇張、變形的怪誕手法來介入現實的小說中。相比於傳統、平和的寫實筆法，怪誕筆法顯然呈現出「強刺激」和「重口味」的特點。作家們經由這條路徑來敞開社會現實陰暗角落裏的黑斑

〔註109〕張麗：《作家首先要與人民同行，才能談責任感使命感》，《人民政協報》2015年8月10日第9版。
〔註110〕杜恩湖‧莫言：《莫言兩年後再談諾獎：「我沒有忘記一名作家的職責」》，《華西都市報》2014年10月12日第a07版。
〔註111〕劉婷：《馬原為「糾纏」提供一面鏡子》，《北京晨報》2013年07月31日第C02版。

與創口，或者揭示出現實的另一副面孔時，往往會觸動大眾公共情緒的「雷管」，引發他們對現實的警覺。尤其是在怪誕筆法的魔力下，這種另類的現實景觀與大眾的日常經驗或固有認知產生隔膜時，更易引發社會轟動。廣大的讀者也正是在猶疑與爭議中重新審視自身所處的時代。畢竟，在社會公共話題的探討中，不難發現，諸多私人經驗與個體話語被過濾了。然而，「私人性」與「公共性」並非截然對立，對「私」的尊重和承認，是談論公共生活時要遵守的基本精神。就新世紀「介入現實主義」小說而言，我們雖然強調介入這個時代的總體現實，而不是著眼於一地雞毛的細枝末節或生活碎片，但無法否認，在宏大的敘事中，那些閃爍著生命光澤的細節塑造以及對當下現實茸毛般的個體感受書寫不僅是必要的，而且可能更容易喚起人們情感的共鳴。因此，在先破後立的彎道上，刺激性頗強的筆法激活了大眾潛在的記憶和隱秘的經驗，促使他們再度回望內心並審視文學敘述，轉換思維角度。比如，他們開始從個體式的私密經驗或客觀發生的創痛記憶出發，借助既有的生活真實與怪誕藝術打造出來的別樣真實之間的罅隙，不約而同地參與到當代中國現實的討論中去，在自主與多元的文學公共場域裏製造了相異的聲響，重新表達了他們對現實及真實的認識。如此，方可從不同角度及相異立場中真正呈現中國現實的鮮活與豐饒，最大程度上還原現實的本來面目。這既是文學公共性建立的效用，也說明了此類小說中文學公共性因子與個人性元素在碰撞下產生的增值性意義。

（三）「可能性」的現實與文學公共領域的建構

從藝術手法層面來看，新世紀介入現實的作家們無論是選擇「寫實」的大道還是「非寫實」的曲徑，都打造出了藤蔓交錯的現實景觀。這同樣有助於文學公共性與公共領域的形成。當然，當代中國現實本就是泥沙俱下且變動不居的，再經由文學的詩學點染後，更是呈現出萬花筒般混沌交織的畫面，在不確定中構成了「複調」性質的多元化敘事。對此，讀者可以站到不同維度來重新審視現實，尤其是從個人生存經驗與公共記憶的關聯、錯位或罅隙處出發，去重新剔抉、辨別現實樣態的真偽，由此形成對現實的差異性解讀和開放性思考。在不同聲音和觀點的對話中，文學公共性與公共空間也被建構起來。

此處，特別要提及的是採取誇張、變形的怪誕手法來介入中國現實的小說，這些小說在魔幻、幻想、寓言、象徵、神話、錯位等輪番上陣的技巧盛宴中打造了一座敘事迷宮，讓本就令人眼花繚亂的當代中國現實呈現出了越發紛繁錯亂的格局，促成了讀者對現實的多元化和異質性解讀。此番眾說紛紜的

「複調」話語對文學公共性的復歸及文學公共空間的構築顯然起到了催化劑的作用。具體而言，與基於生活真實形成的傳統寫實筆法不同，誇張變形的荒誕筆法是在超越日常現實的「神實」土壤上成長起來的，所以，它攜帶著模糊性、多義性甚至矛盾性的色彩。當作家們踏上這條離奇弔詭的曲徑時，往往遠離了宏大性和常規化的視域，而是採取了個人化及民間化的開放性敘述模式來通往百年未有之大變局時代的中國現實。在多種可能性的動態敘述中，本就未完成的現實更是呈現出含混模糊的一面，生發了不同詮解的可能。比如，作家們喜歡設置「非常態」視角，在「不可靠敘述」中留下諸多未經闡釋的空白，讓現實呈現出虛實相間的狀態。循環錯亂的敘事時間、詭譎多重的敘事空間更是打破了物理時空的真實性，造就了異樣的時空存在，由此對現實進行消解、糾偏甚至顛覆，同時，也讓它們於反常性中露出了亦真亦假的面容。至於雜亂、錯位或膨脹的語言，它們往往都越過了正常的語法語規，打造出了多義性和混沌式的語言盛宴，為讀者提供了多重解讀的可能性。

　　無論如何，經由怪誕戲法的運作，斑駁的當代社會現實都被重新切割和分解，時興的公共熱點命題和餘溫未散的社會事件也得到了另類演繹，在異質性詮釋中呈現了現實景觀的多副面孔。如果站在美學維度來打探，多元化和豐富性的現實風貌自然打開了文本的張力，生成了廣闊、繁複的多重文本空間，展示了藝術的詩學智慧。從社會學層面去觀照，這種反常藝術下的布局給讀者提供了廣闊的想像餘地，當然也給他們帶去了不小的閱讀挑戰。他們從不同起點出發，走進了煙霧繚繞的現實迷宮，對迷宮中展示的當代中國社會現實進行解構與重構。在解構與重構中，既能讓當下時代的公共話題保持熱度，也能喚醒大眾對公共事務的參與熱情，激起他們對現實沉屙的關注以及對未來中國現實的討論，在獨立自主而又多元豐富的對話中建構文學公共性，促成文學公共領域的形成。

第三節　文學傳播視域下新世紀「介入現實主義」小說的跨國旅行與公共性建構

　　當前，在全球文化的風雲激蕩中，中國文化和中國當代文學也日益受到重視，並憑藉跨國「旅行」的方式逐漸擴大海外的輻射域，在「飛入中國尋常百姓家」的同時試圖「飛入世界尋常百姓家」。莫言、閻連科、余華、賈平凹、

畢飛宇、格非、鐵凝、遲子建、韓少功、李銳等作家介入中國現實的小說被譯成多種語言傳播至海外，使中國當代文學逐漸成為世界文學共同體中的創造性力量。在中國精神、中國價值、中國力量日益凸顯的今天，契合「中國文化走出去」的戰略引領和「講好中國故事，傳播好中國聲音」的理論倡導，新世紀「介入現實主義」文學的海外傳播與接受已是不容低估的文學現象。當然，走向「世界」或置身於「世界」中，並不意味著我們要搶佔山頭或炫耀成果，而是希望借助與異域文學的交流來重新估量介入中國現實的小說的價值，呈示出另類中國風景，同時，也向世界展現真實、立體、全面的中國。當然，這種彼此之間敞開式、平等化的傳播與交流也有利於建設文化自信，建構兼具本土特色和國際視野的中國文化與文學的對外傳播話語體系，實現人類命運共同體。

一、回溯與反思：中國文學及現實主義文學的域外傳播與流變簡史

儘管新世紀「介入現實主義」文學以及中國當代文學在異國他鄉的譯介、傳播與接受看似呈現出雜樹生花的繁榮格局，其實，這並非一蹴而就的過程，而是構成了曲折迴旋的傳播軌跡。那麼，面對跨國別、跨文化、跨語際、跨族群的傳播與接受環境，回溯五四以來的百年中國文學以及現實題材的文學，它們究竟書寫了怎樣的傳播史與接受史呢？基於域內之力和域外之力相互衝突又彼此融合的特徵，中國文學在傳播過程中如何實現從文明衝突到文化互通的轉化，怎樣從異質性力量中尋求協同性力量，是否建構起互證、互補、互識的雙邊對話關係，怎樣更好地傳播中國形象？

爬梳百年中國文學的傳播與接受史，不難發現，中國文學走向世界的過程並非一片坦途，而是荊棘叢生，在不同階段面臨著域外「失語症」的尷尬和不平等的對話格局，特別是與叱吒風雲的西方文學相比，存在著「輸入」與「輸出」的較大逆差，中國文學長期以來在「世界」場域中居於「他者」的邊緣地位。之所以出現此番困局，一方面是與政治話語及影響力的強弱休戚相關，另一方面也和作品的可譯性、譯介理念、譯介模式、譯介策略、傳播機制密不可分，當然，還離不開文化異質性等因素的規約。

從百年中國文學切實的傳播史來看，在風起雲湧的五四新時期，被迫現代化的中國「睜眼看世界」後迎來了「德先生」和「賽先生」，獲得了一個科學、民主、自由的文化語境。此時，西方文學伴隨著中國五四時期啟蒙的現代化春

風蜂擁而至。然而，我們自己的文學在東西方文化的交匯碰撞中雖然經歷了更新換代，呈現出蓬勃發展的態勢，但是，並未能解鎖傳播理念、傳播場域、傳播機制、傳播渠道、傳播範圍等的更新方式，其域外傳播極其有限。就現實題材的小說而言，此時在「為人生」的藝術導向和現實主義文學思潮執牛耳的語境下，問題小說、鄉土小說等現實主義文學盛況空前，但是它們也未能充分借助東西方交流的橋樑走向異域他鄉，在國際文壇仍然處於湮沒無聞的狀態，「重要的現代中國長篇小說一本也沒譯過來，短篇小說也只譯了幾篇，不顯眼地登在一些壽命很短的或是讀者寥寥無幾的宗派刊物上。」〔註 112〕隨後，伴隨著「啟蒙」與「救亡」的交替進行，加上革命、戰爭的炮火連綿不絕，各種文學思潮流派應運而生，現實主義文學伴隨著革命的硝煙野蠻生長，但是由於傳播通道的逼仄，無法改變在「世界」中所患的「失語症」。1949 年以後，導因於一幅幅宏偉的革命藍圖，中國文學改頭換面，其文學傳播也開啟了新征程。此時，在強勢的政治話語規約下，文學話語已然毫無獨立性，作家們也只能扮演時代的「記錄員」角色，而放棄「分析師」的擔當，中國文學進入了「共名」〔註 113〕的時代。農村題材、工業題材等關注現實的文學作品在短暫的「百花齊放」後便進入了「風霜並行」的凋零期，經由社會主義現實主義、以及革命現實主義和革命浪漫主義的合流與高歌，其標榜的現實主義的真實性也發生了走樣。站到「世界」維度來看，此時國際形勢正處於冷戰的寒潮期，在強大的意識形態色彩的籠罩下，中國當代文學雖然仍堅持定向譯介和中國政府有目的的「送出去」，但總體屬於傳播沉寂期，外國文學向我國的「輸入」規模遠勝於我們的「輸出」。至於當時關注現實的文學，在蘇聯等社會主義國家傳播形勢喜人，比如蘇聯、捷克、波蘭等國家都熱衷於翻譯丁玲、趙樹理、周立波等作家的作品。當然，隨後，中蘇關係破裂，中國文學的傳播也進入冰封期。20 世紀 80 年代以來，伴隨著思想的解凍和改革的春風，中外文學再次搭建起中斷已久的對話橋樑。象徵主義、表現主義、超現實主義、未來主義、意識流小說、存在主義、荒誕派戲劇、新小說派、黑色幽默、魔幻現實主義等西方現代主義和後現代主義文藝思潮如百舸爭流般奔湧而入，其對傳統文學的

〔註 112〕　〔美〕埃德加·斯諾：《編者序言》，《活的中國》，文潔若譯，長沙：湖南人民出版社，1983 年，第 2 頁。

〔註 113〕　陳思和：《緒論·中國當代文學的源流、分期和發展概況》，《中國當代文學史教程》，上海：復旦大學出版社，1999 年，第 12 頁。

反叛和新潮的探索姿態給元氣大傷、尚處於恢復階段的中國文學注入了「強心劑」，也讓「歸來」作家和迷惘的年輕一代們呼吸著新鮮的文壇空氣。在革命、打破、新生的主旋律號角下，他們不約而同地奔走相告，開啟對異域文學尤其是西方大師的致敬與模仿，發動了一場場喧嘩躁動的「文學地震」。在對「離經叛道」的西方先鋒文學的模仿中，作家們自然產生了「影響的焦慮」。面對「世界文學」的誘惑，他們瘋狂地「拿來」各種現代派的技巧和觀念，希望借助異域的「聲音」來獲得「走出去」的機會，打破中國文學在國際文壇的至暗時刻，並於國際文壇發出自己的聲音。在「走向世界」的渴望中，新時期中國文學的海外傳播備受關注。應該說，與前期「失語」的境遇相比，先鋒悍將們以外國文學尤其是西方現代主義和後現代主義文學作為鏡像的寫作確實不乏「食洋不化」的嫌疑，但此番「破冰之旅」一定程度上縮小了原先的傳播「逆差」，讓「無聲」而迷惘的青年一代們在世界文壇開始顯山露水。此時，中國作家也受邀到西方國家進行交流、講學等活動，走出國門固然讓封閉許久的作家們產生了「震驚」體驗，但也拉近了隔膜頗深的東西方文學之間的距離。至於關注現實生活的小說，當屬與時代發展同呼吸、共命運的改革文學。《喬廠長上任記》「陳奐生系列」《人生》《平凡的世界》《沉重的翅膀》《雞窩窪的人家》《浮躁》等小說應和著工業和農業改革化的先聲崛起，它們緊緊握住時代脈搏，見證改革時代農村的山鄉巨變和城市的波瀾壯闊，建構了生機勃勃的改革中國形象。這類文學及其打造的積極的中國形象吸引了國外譯者和研究者的興趣，他們希望借助文學的社會學功能，來瞭解改革時代的中國新貌。此時的傳播通道既有我們依靠《中國文學》、「熊貓叢書」展開的「送」，也有國外他者主動的「拿」。在這種內外合作的傳播鏈條中，關切現實的中國改革文學開始了「跨國旅行」的征程。當然，值得警惕的是，中國文學在這一輪美輪美奐的變革浪潮中雖然打造了一場場文學盛宴，但並不代表消除了走向世界的摩擦力，得以與世界文學並駕齊驅。事實上，此時的中國文學在國際文壇的陰霾並未散去，西方研究者或讀者在打探傳播出去的作家作品時往往是憑藉社會學和政治學視角而非文學性視角，意識形態的壁壘尚未打破。20世紀90年代以來，伴隨著全球化浪潮的崛起、市場化時代的到來以及大眾傳媒的勃興，中國經濟發展節節攀升，世界影響力也日益增強。與之對應，中國當代文學的

發展也進入了萬花筒般的「無名」〔註114〕化時代，而文學的域外「旅行」同樣構成了多元化傳播態勢的版圖，關注現實的文學及中國形象也受到了海外漢學家、研究者和讀者的重視。當然，由於國內外歷史文化、政治話語、國家價值觀、語言翻譯等的規約，中國文學在東亞和歐美文化圈之間擴大了區域性接受的不平衡。

　　新世紀以來，中國這輛列車開啟了高速行駛，文學亦搭上列車，加快了通往世界的步伐，並完善了傳播模式、拓寬了傳播範圍。其中，莫言、余華、閻連科、蘇童、王安憶、王蒙、賈平凹、韓少功、殘雪、劉震雲等作家的作品被廣泛翻譯到英法美、俄羅斯、日本、韓國、越南等不同語言圈和文化圈的國家，中國文學在國際文壇的身影越發清晰。其中，2012 年莫言斬獲諾貝爾文學獎的聖杯是一個里程碑似的公共事件，它不僅緩解了中國人的「諾獎」焦慮症，還讓新世紀中國文學的海外傳播進入到一個「爆破」的膨脹狀態，而關注當代中國現實和書寫中國經驗的作品尤其受到海外讀者的追捧。特別是伴隨著新時代以來「一帶一路」、人類命運共同體建構下「講好中國故事，展現中國形象」的文學強音，我們的「送」和他者的「拿」逐漸走向均衡的發展態勢，中國作家和中國文學在國際文壇可以說是撥雲見日。余華、閻連科、蘇童、殘雪等作家的作品也在不同國家或地區屢摘桂冠，甚至造成「牆內開花牆外香」的格局，一次次掀起獨具視點的公共議題。需要說明的是，在國際文壇頻獲大獎並不說明當代中國作家棋高一著或中國文學已經無懈可擊。畢竟，它不是判斷一個國家文學實力或國際影響力的唯一標準，而且「獲獎」背後還不乏各種力量的角鬥博弈。同樣，我們不能否認中國作家屢屢登頂標誌著中國文學在國際文壇的認可度日益提升，在海外市場的影響力也逐漸增強。尤其是 2012 年之後，越來越多的域外翻譯家與漢學家加入翻譯、推介中國文學的陣營，在讀者、作者、譯者、編者的合力之下，中國當代文學的傳播與接受也漸趨從邊緣小眾走向主流大眾，在世界文學場域中可以說是守得雲開見月明，提升了中國文學的國際「能見度」。

　　值得注意的是，不管是在異國他鄉受到廣泛譯介還是屢屢躋身世界榮譽殿堂的中國當代文學，當中有諸多作品均是聚焦當代中國現實的小說，呈現了當代性、介入性與時代感，當然也不乏對現實的批判性發言，比如《兄弟》

〔註114〕陳思和：《緒論・中國當代文學的源流、分期和發展概況》，《中國當代文學史教程》，上海：復旦大學出版社，1999 年，第 12 頁。

《第七天》《生死疲勞》《蛙》《四十一炮》《炸裂志》《受活》《我不是潘金蓮》《秦腔》等。如此，彰顯了新世紀「介入現實主義」小說以及這類小說打造的中國形象在域外「旅行」時的廣受追捧。當然，由於介入性與公共性，以及文學傳播與公共性的高度關聯性，這類作品在文學輸出的過程中還催生或強化了文學公共性的建構，那麼，這種「旅行的公共性」究竟有何社會學效用和文學史價值呢，如何結合文本內容、作家立場、譯者行為、域外接受等向度判斷其真偽？

二、多元化的話語：文學傳播與文學公共性、公共空間的互動性闡釋

既然我們一再強調中國當代文學尤其是新世紀「介入現實主義」小說在海外傳播的過程中積累了巨大的文學公共性，那麼，此處，我們有必要對「公共性」以及衍生的概念進行釐定，揭示海外傳播與文學公共性建構之間的互動性，索解異域公共性建構的途徑。

「公共性」在哲學領域是一個兼具多義性和歧義性的理論語詞，阿倫特、熊彼特、哈貝馬斯、福柯等學者都對公共性、公共領域、公共理性等概念進行了深入勘探，且經由社會演變、公眾參與和理論革新而貢獻了差異性的闡釋。無論內涵釐定產生了何種分野，實現公共性都不啻為他們的價值旨歸。其中，哈貝馬斯是「公共性」問題研究的集大成者。他從公共性與公共領域的同源性出發，認為「公共性」具有三種特性：開放性、批判性和理性（合理性）〔註115〕。這番從公眾參與、場域開放、政治批判、公共理性出發而提取的三種特徵也為實現公共性提供了行之有效的通道。爾後，隨著時代的演進、領域的拓寬、社會環境的更迭，無論「公共性」的概念發生了何種延伸，這三個特性已經達成了共識。當然，哈貝馬斯也一直致力於豐富和完善「公共性」的內涵，到了《在事實與規範之間》中，他將開放性、批判性和理性（合理性）調整為：從對話到交往、從批判到建構、從一元到多元。值得注意的是，哈貝馬斯總結的「公共性」特徵並非無懈可擊，其中，關於公共性的普遍性與多元性能否共存以及怎樣共存的問題，他雖然始終在摸索，但並未給出實質性的答案。對此，漢娜·阿倫特恰好予以完善，她基於「公」與「私」的關係，提出公共性

〔註115〕楊東東：《公共性觀念的價值——哈貝馬斯公共性思想的功能分析》，《山東社會科學》2007 年第 1 期。

的多元性和異質性，畢竟，「公共領域的實在性依賴於無數視角和方面的同時在場。」〔註116〕只有在尊重「差異性」和探索「共在性」的基礎上，方可於喧嘩的公眾意見和轟動的社會效應中形成一種理性、自律、開放、透明的公共關懷與公共空間。

「公共性」是一個內涵繁複且不斷豐富的詞彙，當它延伸到文學藝術領域時，文學公共性自然也成為炙手可熱的話題。學者們就文學公共性的傳統與來源、文學公共性與作家行動的關聯性、文學的公共性與自主性、文學公共性的式微與重建、文學的公共性與公共空間建構等問題進行了孜孜探究。那麼，究竟何為「文學公共性」呢？陶東風從哈貝馬斯界定的公共領域和公共性的標準出發，賦予文學公共性以如下內涵：文學公眾的廣泛參與和理性的討論、文學活動的自主性、對話交往空間的多元性與差異性。〔註117〕李建軍則從作家行動力和思想力的角度指出「『文學公共性』，無非是指一種責任意識、擔當精神和批判精神，要求寫作者積極介入公共生活。」〔註118〕趙勇則從公共話題形成的向度指出「介入性、干預性、批判性和明顯的政治訴求」〔註119〕是判定文學公共性的尺度。當然，不管文學公共性的內涵釐定上存在何種分野，從文學的社會學效應層面來觀照，學者們都認同文學公共性最終的功能在於「促進讀者的人格發展和生活的文明進步」〔註120〕。

如果將目光拉回中國文學，導因於文學與政治的伴生關係，我們同樣需要釐清文學公共性在不同時代、不同環境下走過了哪番「生長」或「式微」的旅程，這種曲折迴環的軌跡如何對應政治文化環境的更迭、社會現實的易變、文學場域的轉型與作家精神圖譜的建構。比如在思想解凍的 20 世紀 80 年代，伴隨著作家主體精神的復歸和個性之火的重燃，傷痕文學、反思文學、改革文學應運而生，這些作品對剛剛過去的創傷性歷史進行了盤點，也直擊百廢待興的城鄉改革現實，彰顯出了對「人」的高度重視，昭示了強烈的政治關懷與社會關懷。彼時的作家們同樣擔負著知識分子的使命，懷揣著顯豁的公共關懷和悲憫精神，聚焦民族公務，關注百姓疾苦，「作家和藝術家在進行創造性勞動時，

〔註116〕〔美〕漢娜·阿倫特：《人的境況》，王寅麗譯，上海：上海人民出版社，2009年，第 36 頁。

〔註117〕陶東風：《論文學公共領域與文學的公共性》，《文藝爭鳴》2009 年第 5 期。

〔註118〕李建軍：《「公共性」與中國文學經驗》，《文學評論》2014 年第 6 期。

〔註119〕趙勇：《文學活動的轉型與文學公共性的消失》，《文藝研究》2009 年第 1 期。

〔註120〕李建軍：《「公共性」與中國文學經驗》，《文學評論》2014 年第 6 期。

必須對社會抱有高度的責任感。作家永遠不能喪失普通勞動者的感覺。」〔註121〕這些介入民族大歷史和當下社會現實的作品也引起了廣泛傳播與讀者群體的高度關注，讓他們參與到對民族事務的討論中來，因此，80 年代的文學公共性蓬勃生長。文學的黃金時代落幕後，20 世紀 90 年代以來，作家們紛紛逃離重大現實，疏遠了公共生活，回到了自娛自樂的「私人化」房間或遙遠的歷史天空中，開始了文學「向內轉」的浪潮。當然，從公共領域遁入私人領域並不意味著作家漠視自己所處的時代。無論是私人生活還是歷史通道，它們都或多或少與現實生活相掛鉤，因此也有學者稱之為「沉靜的文學公共性」〔註122〕。然而，根據我們上文對「公共性」的理解，這種態勢仍然說明了 90 年代文學公共性的衰落。新世紀以來，面對盤結錯落的時代景觀，作家們紛紛從遙遠的歷史甬道或私密的個人生活中撤退，加入到社會現實的「合唱隊」中來，積極介入這個時代的公共生活，如此，昭告著文學公共性的重建。值得警惕的是，90 年代以來，市場經濟體制建立，隨著大眾文化的盛行和傳播媒介的崛起，媒介時代來臨，公眾也開始了全知全能的閱屏時代。文學活動自然也逃不開媒介話語的干預，特別是一些新聞媒體記者利用媒介傳播的特點順勢楔入文學公共生活，在消費意識的主導下，勢頭正猛的新聞話語往往不乏有意灌輸甚至曲意引導社會大眾的嫌疑。在單向度的喧嘩聲中，我們雖然見到了轟動一時的文學景觀，但是，它並非帶著理性、平等、自主色彩的交流，而是一種強行建構起來的公共空間或曰「偽公共性」的猖獗，是對真正的社會問題的屏蔽或歪曲，正如哈貝馬斯所說：「文學公共領域消失了，取而代之的是文化消費的偽公共領域或偽私人領域。」〔註123〕因此，回到新世紀這個錯綜複雜的時代，重建真正的文學公共性風景並非一朝一夕，而是需要多方力量協同努力。

在爬梳了公共性的旅程後，我們認為文學公共性應該從這樣幾個層面呈現出來：作家作為時代的書記員，首先要有為天地立心、為生民立命的意識，關注自己所處時代的重大社會現實和民族公共事務；其次，作家們除了在日常現實生活中身體力行，還要讓文學扮演「思想先鋒」的角色，借助文學來探討

〔註121〕 路遙：《關注建築中的新生活大廈》，《早晨從中午開始》，北京：北京十月文藝出版社，2012 年，第 166 頁。

〔註122〕 江濤：《喧囂和沉靜的冰火兩重天——論新世紀中國公共領域與文學公共性》，《名作欣賞》2015 年第 16 期。

〔註123〕 〔德〕哈貝馬斯：《公共領域的結構轉型》，曹衛東等譯，上海：學林出版社，1999 年，第 54 頁。

公共議題，對話公共生活。也即，在文學創作中，作家也需牢記知識分子的使命，懷揣著介入姿態、擔當意識和懷疑精神，從公共關懷的向度出發，來傳達自己對當下生活的深刻觀察或展示個體對大眾所關心的社會公共議題的思考、質疑與憧憬，張揚不虛美不隱惡的文學風骨，由此凸顯真正的悲憫情懷和公共品質，讓文學成為引領「國民精神的前途的燈火」〔註124〕；當作家們經由詩意性與正義性共存的文學通道來呈現轉型時代紛繁複雜的景觀時，一方面要正道直行，在獨立思考中亮出個體鮮明的價值姿態，另一方面，也要通過文學這一載體的傳播來走向大眾，在與不同身份、群體、階層的大眾的互動中為他們提供一個再度思考社會公共議題的空間，畢竟，這些議題均與公共利益及個體利益休戚相關。值得注意的是，當文學反映出來的問題與公眾的個體經驗產生隔閡或頡頏時，作家們不能漠然置之，而是從公眾立場和促進社會進步的維度出發，給予讀者以啟迪，讓他們在公共場合發出自己的想法，也傾聽他者的聲音，形成一個多元、寬容、平等、自由的討論場域。在理性、民主、積極的討論中，作家要引導大眾再度反思我們所處時代的現實境況與精神圖譜，促使其在重新體認當下社會現實的同時參與到新時代的思想文化建設中來。除了提高公眾的參與度，文學還應該在傳播中為他們提供感受「他者」生活與情感的可能性，也即通過這種彰顯公共色彩的文學讓公眾變得更有悲憫情懷，讓他們在「痛」與「愛」中對苦難和拯救思考得更深刻，對當下現實中存在的陰影和黑暗一面越發警惕，對人性的「善」與「惡」也理解得更通透。如此，才能形成一個更溫情、理性、真實的公共群體，也就更有助於真正的文學公共性的建立。

　　經由上述分析可知，文學公共性建構需要文學傳播的介入，兩者之間具有高度相關性。正因為文學與眾不同的藝術感染力以及「形象與理性、情感與認識」〔註125〕共存的傳播特點，作家們在作品中揭示的社會現實和民族公務才能引起專業讀者與社會公眾的熱切關注，讓他們不約而同地參與到重大現實問題的討論中來，在輿論爭鋒中建構起民主、透明、自由的話語空間。當然，要讓文學經由傳播通道收穫公共性，從本源上來看，無論是作家還是讀者，他們在探討重大現實問題時均要彰顯理性精神、責任意識、獨立思考與介入立

〔註124〕魯迅：《墳·論睜了眼看》，《魯迅全集》（第1卷），北京：人民文學出版社，2005年，第254頁。
〔註125〕陳力丹：《文學、藝術傳播的各自特徵》，《東南傳播》2016年第8期。

場。如果缺乏這些要素，那麼僅僅通過公眾討論的熱鬧與否來作為衡量文學公
共性的標尺顯然是狹隘的。要注意的是，新世紀以來，在「中國文化走出去」
的戰略引領下，當代中國文學紛紛搭上通往世界的列車，開始了「域外旅行」
的征程。在「旅行」過程中，有一批在本民族文化場域中公共性匱乏的作品卻
在異域煊赫一時，贏得了無與倫比的文學公共性，當然，那些自身即包裹著公
共性能量的作品也經由文學輸出而強化了其本來的公共性。關於此番「旅行」
中產生的公共性景觀，有學者發出了懷疑的聲音，「莫非異國他鄉已成了中國
文學公共性的再生產基地？」〔註126〕事實上，在異國他鄉，文學公共性的積
累包括以下幾種方式：首先，作家們都聚焦本民族土壤上發生的重大社會現
實，這些現實往往帶有公共性和新聞化色彩，而後，當這些作品被譯者根據不
同的接受生態和接受群體有選擇地譯介到世界各國時，引起了他者的廣泛關
注，域外尤其是西方世界的媒介、評論家與公眾們紛紛認可此類作品在時代性、
干預性甚至政治性等維度的果敢和魄力，賦予作品以公共性的尊重。其次，這
些作品在域外傳播時也屢屢斬獲大獎，而由於中國作家對國際獎項的「仰望」
情節，重大獎項伴隨著新聞媒體的報導也迅速演變成公共事件，在新時代線上
線下相融合的立體化傳播場域中掀起了不小的波瀾。不過，正是在這番波瀾
中，越來越多的世界性專業讀者和普通讀者開始青睞中國小說，並加入到對中
國現實和中國經驗的討論中來，如此，超越民族、地域、語言、國家的疆界，
積聚起公共話語，打造了多元化的文學公共空間。正是在此維度上，文學的譯
介傳播和「旅行」獲獎成為中國當代文學在域外積聚公共性的重要途徑。

三、真偽與強弱之辨：「介入現實主義」小說的揚帆出海與文學公共性的剔抉

　　要追問的是，相比其他類型的文學，新世紀以來的「介入現實主義」小說
及其建構的中國形象為何能更輕鬆地走向世界文壇，並在國際舞臺開花結果，
迅速積累起巨大的文學公共性？此番文學作品一路高歌猛進的傳播態勢是否
說明國際文壇特別是西方世界確實已從文學平等對話的層面來接受並認同中
國當代文學？介入現實的中國文學在「走出去」的過程中打造的文學公共性
和公共空間的價值該怎樣估衡？畢竟，異域他鄉催生的公共性脫離了本民族
的文化土壤，我們有必要結合文本內容、作家立場、譯者行為、域外接受等維

〔註126〕趙勇：《文學公共性的跨國旅行？》，《文學評論》2014 年第 6 期。

度來判斷其真偽。特別是對本身缺少公共性基因或只憑藉一些「狡猾」的捷徑而披上公共性「外衣」的作品來說，它們在對外傳播中贏得的巨大公共性更需爬羅剔抉。

我們認為，新世紀「介入現實主義」小說及其打造的中國形象之所以能在「走出去」的過程中異軍突起，收穫文學公共性，首先和題材的民族性、當代性和現實性休戚相關。在「介入現實主義」小說中，作家們以敏銳的眼光聚焦轉型時代風雲際會的當下中國社會現實，這些現實景觀根植於本民族的歷史文化土壤，呈現的是熱氣騰騰的當代中國經驗。此番明確展示當下中國風景、帶有中國特色的作品大多數都與民族公務或公共話語密切相關，也激起了域外讀者對中國當代社會現實的探索欲望，在眾說紛紜中有助於文學公共性的獲得。除了題材上昭示的現實內容的時代性，這些小說往往還因為極具探索性的講述中國故事的方式而在異國他鄉大受歡迎。應該說，「走出去」的中國作家在介入現實時無論採取何種路徑，幾乎都經歷過從西方現代主義文學思潮中學步和「吸氧」的過程。當然，新世紀以來，當作家們將眼光聚焦本土現實時，他們尤其注重堅守當代中國文學的「獨特性」與「原創性」。所以，諸多作家不再對西方文學技巧趨之如鶩或搬弄移植，而是回到了民族傳統文化的富礦中，在呈現鮮活熱辣的中國社會現實時也力求打造中國符號的創意美學。不過，要走向世界，作家們無法屏蔽世界視域，因此，他們孜孜於尋覓「民族性色彩＋國際化表達」的融合路徑，在東西方文學技巧的改造、打通與糅雜中成就莫言口中的「混合的產物」。這類「混合的產物」無異於中國當代文學域外「旅行」的「秘笈」。它們在世界文學共同體的視域下更易獲得國際文壇的青睞，其中國氣質、時代精神和世界視野兼具的形態也為持守文學個性、增強文學傳播、促進文學接受、達成價值共識開闢了新道路，由此在對外輸出中積聚起更大的文學「公共性」力量。

當然，相比其他文學作品，新世紀「介入現實主義」小說以及它所塑造的中國形象在高歌猛進的海外傳播中也掀起了浩波巨瀾，引發了不少口舌之爭。國內的部分批評家們往往從「迎合西方」「妖魔化中國」「向西方拋媚眼」等維度來闡釋它們在域外口碑爆棚的原因，在口誅筆伐中難免掀起一陣風浪，也讓原本暢通的良性傳播之路遇到了一些障礙。在這些批評家眼裏，作家們書寫當代中國現實尤其是以怪誕筆法擊穿轉型時代怪狀奇景或直面民族創傷性體驗的小說某種程度上是對西方讀者極盡諂媚之能事，暗合了域外他者對中國形

象的想像，也迎合了他們的審美情趣，所以，它們才能在國際市場風生水起，眾多文學大獎也頻頻收入囊中。對於這類作品在海外傳播中贏得的巨大的文學公共性，批評者們自然保持著質疑的姿態。當然，這種質疑如果是從文學向度出發，那麼，它能起到警示作用，鞭策作家們調整文學之船的航向。弔詭的是，凡有中國作家摘取國際大獎，國內均會出現如芒在背的刺耳之聲，余華、莫言、閻連科、殘雪、劉震雲、賈平凹等人都被戴過這頂「帽子」，在「中獎」的同時不幸「中招」。這對當代文學的域外輸出以及公共性的建構顯然構成了「緊箍咒」。其實，它不僅是一種偏見和文化不自信的呈現，更成為一番悖論：中國的作家和批評家們一方面希望通過摘取國際大獎的桂冠來提升中國文學的地位和傳播中國形象，一方面卻又質疑甚至詆毀獲獎作家與文學。無論是對於中國文學還是作家，這番攻訐都具有褊狹和偏激的一面。在我看來，對於「介入現實主義」小說及其中國形象的域外傳播和文學公共性的建立問題，我們絕不能以「迎合西方」的標準一刀切。根據前文分析可知，新世紀以來，導因於各方因素的合力作用，作家筆下的中國形象的確呈現出了波詭雲譎的一面，或許這暗合了西方人對於中國的想像，建構出了他們倍感熟悉的形象。畢竟，在他們眼裏，中國依然是那個處於水深火熱中的落後、頹敗的「老中國」形象，他們常常站在西方文化中心主義的立場上來想像和歪曲中國，拒絕承認當代中國的前進和發展，而固執地以遲緩甚至停滯的眼光來塑造否定式的中國形象。不過，我們不能因此斷定中國作家筆下的中國形象一定會走上「向西方獻媚」或「迎合獎項」的道路，也不能由此否決它們在海外獲得的文學公共性，更無法要求作家們避開光怪陸離的民族創傷記憶和重大社會問題下滋生的膿瘡毒瘤或將建構出的此番形象封閉在國內。之所以如此論斷，原因也可從多方面進行探析。

首先，觀照作家們的創作立場，他們中的大多數都洗脫了自己的「迎合」嫌疑。以莫言為例，作為國際文學大獎的寵兒，他自然未能甩掉「迎合西方」這一魔咒般的指控。《生死疲勞》《四十一炮》《蛙》等小說都或多或少被安上了「把中國最髒的東西拿出來給西方看」的罪名，他對鄉土中國晦暗一面的揭露使他陷入了一片罵聲中。這一點，他心知肚明卻也深感無奈，「我想假如批評過分的話，他們又會說我們用這種方式向西方獻媚。」〔註127〕比如當年一舉震驚世界的《紅高粱》就率先獲此嫌疑，儘管莫言不遺餘力地為自己辯白，

〔註127〕盧歡、莫言：《莫言：這一次，把自己當罪人來寫》，《唯有孤獨才有可能思考：當代著名作家訪談錄》，南京：江蘇鳳凰文藝出版社，2017 年，第 8 頁。

後來的作品仍難逃「厄運」。其中，《蛙》作為莫言獲得諾貝爾文學獎的一部重要作品也遭受了批評，學者以《蛙》的題材和頻繁出現的國際元素為由，質疑《蛙》是莫言再一次「迎合西方閱讀趣味」〔註128〕。其實，從莫言的創作譜系來看，這一觀點過於武斷，直面社會敏感問題是莫言的一貫堅持，因為「敏感問題，總是能最集中地表現出人的本性，總是更能讓人物豐富立體」〔註129〕，而且莫言在早期《爆炸》《地道》《棄嬰》等文中已涉及「計劃生育」，故不存在「獻媚」一說。相反，莫言精心打造一部介入現實的小說來反映中國人尤其是鄉村民眾在「計劃生育」國策變遷中的血淚史，彰顯其勇氣和強烈的使命感。閻連科作為中國最具爭議的作家，在其創作生涯中，「刻意為西方寫作」〔註130〕的指責聲總是不絕於耳，《受活》《炸裂志》《丁莊夢》等介入現實的小說都無法幸免。然而，在他看來，「文學不應該有東西之分」〔註131〕，作家們更不可能削足適履去為登上國際領獎臺而寫作，他的專注力只在於「寫作」，至於「獲獎」，則是「天上掉餡餅」的事，「國外的一些評選活動，不翻譯成中文我就看不懂。所以，自己根本沒有能力關注外界的聲音。既然沒有能力關注，就把心思放在寫作本身。」〔註132〕余華、殘雪、賈平凹等人作為世界文壇重量級獎項的座上客，也屢次招來「迎合」的頭銜。余華的作品簡直成為罵聲中的「重災區」，他直擊現實的《兄弟》《第七天》甚至散文《十個詞彙裏的中國》都被詰責為「他絕對已經在有意識地面對西方讀者來寫作。」〔註133〕對此，他們要麼極力否認，要麼選擇置之不理，交付讀者進行評判。從作家們的說辭中，似乎出現了統一的口徑：若得獎成為創作指標，將是荒誕不經的事件，張煒甚至將這種寫作定義為「藝盲」〔註134〕。

〔註128〕林雪飛：《莫言是否在迎合西方閱讀趣味——評〈蛙〉》，《作品與爭鳴》2010年第5期。

〔註129〕莫言：《聽取蛙聲一片——代後記》，《蛙》，上海：上海文藝出版社，2012年，第343頁。

〔註130〕羅皓菱、閻連科：《閻連科面對文學背對文壇》，《北京青年報》2014年11月21日第B14版。

〔註131〕羅皓菱、閻連科：《閻連科面對文學背對文壇》，《北京青年報》2014年11月21日第B14版。

〔註132〕呂兆芳：《從本土創做到海外譯介——作家閻連科文學與翻譯訪談錄》，《山東外語教學》2020年第4期。.

〔註133〕張定浩：《〈第七天〉：匆匆忙忙地代表著中國》，《上海文化》2013年第5期。

〔註134〕范甯、張煒：《張煒：我們都需要一種自守的力量》，《長江文藝》2012年第6期。

當然，作家的夫子自道我們需要傾聽，但也要進行辨析和剔除，畢竟這種「墮落式寫作」〔註135〕並非完全斷絕。

　　當然，除了作家自己的說法，從新世紀以來余華、閻連科、莫言、劉震雲等一眾作家創作的「介入現實主義」小說自身的意義和內涵出發，我們同樣認為不能詆毀他們呈示鮮活鄉中國經驗及中國形象的創作。正如作家關仁山所說，「對作家來說，存在的勇氣就是寫作的勇氣，我們首先要有面對現實寫作的勇氣。」〔註136〕無論是現實主義文學的傳播還是中國形象的建構，都不意味著迴避本民族的重大歷史創傷或現實的癥結危機，也不能越過民族文化中「劣質」的暗角。在《生死疲勞》《炸裂志》《受活》《兄弟》《第七天》《黃雀記》《極花》《篡改的命》《還魂記》《我的名字叫王村》《麥河》等小說中，面對魚龍混雜的現實，作家們經由樸素或荒誕的筆法直抵現實的核心岩層，曝光五光十色的時代外衣下那些沉積的污垢，繼而引起警覺和療救的注意，號召人們在一次次敲打聲中滌清污垢中的病毒與黴菌，促進世界的淨化以及人類社會的進步。可以說，遮遮掩掩和視而不見從來不是去往美好未來的通行證。然而，部分讀者或批評家只看到作家對社會陰影處毫無保留的洞穿，而看不到作家們在揭露之下的建設性努力，看不到犀利文字下作者的拳拳之心。「文學是一面批判性的鏡子」〔註137〕，質疑、批判、否定是為改善和進步積聚力量。當作家們跟隨時代鼓點，對當下社會的重大民族公務和內部問題作出必要的回應和表現，且不迴避歷史的瘡疤與現實的毒瘤時，恰恰證明了他們「不虛美不隱惡」的精神，昭示了其高調介入的品質和獨立自由的人格，彰顯出自覺的擔當精神及社會責任感。當然，他們並未止步於揭露病症，而是從文化、人性、權力、制度等維度對危機來源進行了不屈不撓的追問，而且提出（積極探索）改變和建設的可能性，從而完善人的處境，變革社會。同時，由於他們筆下的中國現實多與民族公務或公眾情緒、公共話語相連，因而容易激起讀者的熱情討論，引導讀者去再度審視現實，積聚革新的力量，更好地共建未來圖景，「千萬個微弱力量的逐漸積累，能使到時候的變革更成熟一些，更順利一些，

〔註135〕閻連科：《做好人，寫壞的小說——在挪威比昂松作家節的演講》，《一派胡言》，北京：中信出版社，2012年，第130頁。

〔註136〕關仁山：《認知現實與精神探索：談長篇小說〈日頭〉的創作》，《雨花》2015年第22期。

〔註137〕〔法〕薩特：《薩特文集》第7卷，施康強譯，北京：人民文學出版社，2005年，導言第20頁。

更有建設性一些，而不是相反。」〔註138〕由此可見，此類「介入現實主義」小說自身即憑藉其干預、批判和建構的公共空間已經攜帶著文學公共性的特質。當它們開啟「域外旅行」後，在異國他鄉引起不小的轟動，再次獲得了文學公共性，構築了文學公共空間。當然，也許域外在為它塑造文學公共性時另有企圖，但並非所有的西方讀者和評論家、漢學家們都懷著文學偏見或政治偏狹來看待中國文學和中國形象。因而，對於它們在域外建構的公共話語和贏取的巨大的文學公共性，我們需辨析但並非全盤否定。對於那些從文學出發而給予它們的認可和傳播，我們應該承認、尊重並歡迎，因為這並非「他者」的強加賦予，而是它們自身的特質使然。

　　當人們把「迎合西方」「取悅西方」等帽子扣到作家們頭上時，實際上要考慮的是作家們呈現出來的現實未必不是另一種「真實」，未必不是作家自己對現實的體認，儘管帶有陌生化色彩。正如閻連科基於童年生活經歷而發出的感喟：「我過早地懂得了黑暗，不僅是一種顏色，而且就是生活的本身。」〔註139〕這種對生活的體認規約了他對現實尤其是鄉土中國的書寫，讓他塑造出了「苦難與狂歡共舞」「毀滅與新生同存」的藏汙納垢式鄉土中國形象。當然，這種體認不乏過度悲觀和杞人憂天之嫌，但或許這就是他們這一代人對豐饒繁複的鄉土中國景觀的真實感受，而並非時刻觀察西方文學界風向標的結果，儘管當中滲透了世界性的眼光。這也是閻連科在作家們每每招致「諂媚西方」或「迎合獎項」的罵聲時義憤填膺的原因，「今天的閻連科同樣在這處境裏，包括余華。我們天天嘴上說藝術文學無國界，另一方面老指責中國作家在為西方寫作……所有正面強攻面對中國現實的文學，得到的都是『粗糙』二字。」由此，他發出了「面對文學，背對文壇」〔註140〕的呼籲。對於莫言建構的崇高與卑下、英雄與土匪、神聖與粗俗融為一體的魚龍混雜的「高密東北鄉」，葉兆言也認為莫言並未刻意迎合西方人口味，而是「把自己內心深處想要表達的內容和想講述的故事完整地呈現給大家。」〔註141〕對於一個扎根於本土現

〔註138〕舒晉瑜、韓少功：《完成一個對自己的許諾》，《長江文藝評論》2019 年第 2 期。

〔註139〕閻連科：《上天和生活選定的那感受黑暗的人》，《西部大開發》2014 年第 11 期。

〔註140〕羅皓菱、閻連科：《閻連科面對文學背對文壇》，《北京青年報》2014 年 11 月 21 日第 B14 版。

〔註141〕葉兆言：《文學創作不存在迎合》，《廣州日報》2013 年 4 月 17 日第 B9 版。

實大地的作家而言，可以說，「莫言的小說反映的是他自己記憶之中的中國經驗。」〔註142〕只不過，不破不立，作家們有時採取了誇飾化、反常規的藝術手法，在憤怒與焦慮中將現實世界的陰暗赤裸裸地展覽出來並推向了極致化的境地，以極具破壞性、爆發性的強有力的文學方式來刺激人們，在凌厲峻切的批判中激起讀者心靈的顫慄，引起他們的警覺，「警報聲總是驚心動魄的——否則，世人將熟視無睹地漠然前行。」〔註143〕比如余華的《兄弟》在「牆內開花牆外香」（國內撻伐聲不絕於耳而國外收穫一片好評）的格局下就被質疑以漫畫化、妖魔化的方式醜化中國，繼而迎合西方讀者的閱讀趣味，實際上，奇觀疊加、誇飾鋪陳化的呈現在內部肌理上與迷狂燥熱的革命年代和泥沙俱下的改革時期確有諸多吻合之處。對於此類小說，儘管當中不乏西方元素或世界眼光，我們也不能因為其在海外獲得讚譽就給它扣上「迎合西方」的帽子，事實上，它是立足於本土大地的，且切中了現實病灶。

由此可知，不管是觀照作家們的創作立場，還是立足於「介入現實主義」小說自身的文本內容，抑或解密作家們對當代中國現實的體認，我們都不能斷然阻遏文學傳播的通道，更不能不加辨析地對此類文學在異國他鄉建構的文學公共性嗤之以鼻。畢竟，藝術無國界，真正的文學亦沒有東西之分，而傳播則給文學提供了與「他者」進行平等交流、對話、學習的平臺。當然，之所以不能干擾對外輸出的進程，原因還在於我們要經由文學傳播的路徑來矯正、補充西方讀者眼裏的當代中國形象。即使我們堅持「構建人類命運共同體」的傳播理念，也不能否認部分西方讀者仍從東西方的異質性力量出發，以西方立場為中心來誤讀甚至扭曲中國形象。如今，我們將立足本土、面向世界的介入現實的小說傳播出去，一方面是將中國精神、中國價值、中國力量帶向國際文壇，另一方面也對西方讀者眼中的中國形象進行糾偏，畢竟，「交流、對話，是消除誤會、正確認識對方的最有效的方法。」〔註144〕「只有真正的閱讀，才可能真正談得上理解和欣賞。」〔註145〕我們希望在跨區域、跨文化的交流

〔註142〕張檸：《文學與民間性——莫言小說裏的中國經驗》，《南方文壇》2001 年第6 期。

〔註143〕仵從巨：《荒誕與變形》，柳鳴九編：《二十世紀文學中的荒誕》，長沙：湖南教育出版社，1993 年，第 20 頁。

〔註144〕莫言：《在法蘭克福書展開幕式上的演講》，張清華編：《中國當代作家海外演講》，北京：北京大學出版社，2012 年，第 17 頁。

〔註145〕許鈞：《我看中國現當代文學在法國的譯介》，《中國外語》2013 年第 5 期。

中建構文明、互鑒的文化觀，維護自己民族文學的尊嚴，最終抵達的是平等的文學性對話，並在「自我」與「他者」的溝通中主導一種「生成性」對話。總之，閉門造車從來不是文學應有的方式。

　　客觀而言，縱然我們強調不能全盤否定新世紀「介入現實主義」小說的海外傳播與接受，尤其不能對捧回文學大獎和收穫巨大文學公共性的文學肆意攻訐，但是，從反向思維出發，在新世紀活躍於中國文壇的作家中，的確不乏以西方讀者趣味為嚮導，刻意迎合西方來進行創作的個體。在這些作家筆下，呈現出來的內容看似對當代中國社會現實一往情深，實則卻是削足適履的「無根」之作，昭示著文學精神的一種矮化。

　　之所以如此論斷，首先是因為此類作家雖然表面上聚焦轉型時代獨具視點的公共事務和現實問題，但是，從文學創作的內核來看，他們往往打著全球化的旗號，對中國本土大地的歷史底蘊和現實根基置若罔聞。他們選擇了西方中心主義的立場，套用西方話語範式、文化價值觀以及文學審美傳統來闡釋當代中國巨變時代盤結錯落的社會現實，關於本國土壤上發生的重大現實事件無法進行客觀化和「中國化」的剖析，亦缺少了民族個體記憶和公共記憶的激活，最後只能成為一種徒有「現實」包裹的文學，其真正的介入文學的核心基因是缺失的。其次，在這部分域外「旅行」的「介入現實主義」小說中，還有一些作品在劍指錯綜複雜的當下社會現實和當代中國經驗時，往往一頭扎進「暴露」的泥淖裏大做文章，這種「暴露」還未必客觀，而是存在誇大社會黑暗、堆積罪惡事件、通篇怨氣彌漫的痼疾。在暴露之下，作家們卻不從本國自身的歷史淵源、政治文化、權力運行、制度建設等層面出發來解密現實怪狀爆發的原因。此番對現實「做減法」的寫作常常會呈現出偏激的一面，展示出來的中國形象具有臆造及歪曲的特徵，與社會現實的本質真實相距甚遠。

　　對於這兩種文學，如果從作家對現實的姿態來看，無論這些小說是採取正面強攻還是曲徑通幽的藝術手法，外在言辭上都彰顯了對現實的批判性言說，尤其是那些借助誇張、變形的怪誕技巧通往現實的小說更是昭示出了顯豁的否定姿態。但是，從文本內部而言，作家們實則對現實是隔岸觀火或者不痛不癢的姿態。他們在指陳現實時缺乏了對當代中國錯綜複雜的社會問題的條分縷析，也沒有楔入民族精神圖譜的縱深處一探究竟，甚至演變成社會熱點的新聞串串燒或公共事件的隨意疊加。其小說昭示出來的決絕的批判立場只是外強中乾的表現，取用的話語資源也是未經深思熟慮的。當然，峻急的批判也許

迎合了西方讀者對中國現實的偏執想像，滿足了他們的文化批判心理，但是，飛離本土大地的現實書寫顯然違背了真正的介入精神。這類「介入現實主義」小說以及它所建構的中國形象對當代中國文學的傳播造成了極大的損毀。甚至，可以說，不管是簡單暴露中國現實還是臆造想像中國現實，都成為投機主義或迎合資本市場的消費型文學創作。特別是僅僅停留於暴露維度的文學，作家們在部分受眾的「獵奇」心理下大肆展開「揭醜」「抹黑」行動，以一種「扮猴心態」〔註146〕來進行海外營銷。無疑，這些小說在「內修」維度並沒有彰顯出真正介入現實的精神或寬廣深厚的人性關懷，更沒有凸顯出建設性的文學力量，文學公共性也就無從談起。然而，此類小說域外「旅行」的征程卻暢通無阻，國外媒介以及部分批評家、漢學家們對其大加讚賞，頗有「牆內開花牆外香」的陣勢。在域外重要媒體集體性的「著迷」的宣傳和追捧中，這種小說的公共性迅速膨脹。不過，此番公共性的真偽需要細細甄別。畢竟，它不是文本內部生發的公共性，而是經由西方媒介聯合其他力量強制性打造的。換句話說，這些小說之所以能在異國他鄉開枝散葉，轟動一時，收穫文學公共性，某種程度上並不是憑藉其文學性色彩征服西方讀者，而是取決於「作品內容是否具有社會性、批判性，乃至政治性」〔註147〕，是否能迎合他們「獵奇、窺視、醜化欲的宣洩滿足」〔註148〕。

之所以發出這番論斷，是因為從當前文學傳播與接受環境出發，仍然有不少西方讀者從文化異質性、意識形態差異性以及話語霸權的角度來看衰中國甚至「黑化」中國，「部分外國讀者對中國有偏見，希望看到中國不好的東西，越醜陋越爛他們越想看。」〔註149〕這種「傲慢與偏見」的心理是導致百年中國文學「輸入」和「輸出」產生極大逆差的根源之一。在「中國聲音」日益嘹亮的今天，這種失衡的評判標尺和執著的誤解依舊存在。

遺憾的是，一些中國作家對此番畸形的文學標準了然於心，卻仍然趨之若鶩，在心靈「迷失」中做出了與之「合謀」的舉動。他們有意識地挑選世界視域中最具爭議性的現實話題，甚至故意暴露當代中國社會中存在的陰影角落

〔註146〕李朝全：《文藝創作與國家形象》，北京：華藝出版社，2007年，第62頁。
〔註147〕杭零、許鈞：《〈兄弟〉的不同詮釋與接受——余華在法蘭西文化語境中的譯介》，《文藝爭鳴》2010年第7期。
〔註148〕李朝全：《文藝創作與國家形象》，北京：華藝出版社，2007年，第2頁。
〔註149〕王妍：《西方為何不瞭解文學的中國？》，《遼寧日報》2010年3月11日第B10版。

或點燃生活中的邪惡事件來觸發異域媒介及讀者的轟動效應,但是,在極盡鋪陳的暴露和嘲弄挖苦式的敘述中沒有對社會現實問題追根溯源的勘探精神,也脫離了中國現實大地的歷史基石和文化傳統,更缺乏悲天憫人的情懷。當然,我們並不是認為作家要遮掩民族公共生活中的黑暗和邪惡,相反,對於現實中的濁流和缺失,作家要以沉著和勇敢的姿態介入其中。但是,在揭示和暴露的同時不能忽略當下現實景觀自身的複雜性和多元性,正所謂,「文藝作品不能只是反映了半面的『現實』。」至於現實中黑暗的那一面,除了暴露,其重點更在於反思和改良,探索「如何而能克服了那黑暗的一面,或者為什麼而終於不能克服那黑暗的一面。」〔註 150〕茅盾的警示話語對於新世紀介入現實的作家們來說並不過時。如果作家們摒棄這一寫作規則,打造出病態的獵奇、審醜或揭私性黑暗文學,放逐了文學的詩性韻致,即悖離了文學的審美屬性,也與真正的介入情懷和公共性力量相去甚遠。它只是一種思想上好逸惡勞甚至曲意逢迎的趨鶩式寫作,作家們在聚焦現實生活時並未抱持著促進社會進步的建設性理想,也沒有從公眾利益的立場出發,更沒有對當代中國民族公共事務中光怪陸離的一面進行理性、獨立的剖析。一旦熄滅了個體的自主之火,放逐了內在的精神風骨,作家們自然也就無法成為社會公眾精神世界的引領者。故而,從文學維度來看,這類小說在對外輸出過程中產生的公共性力量不啻為空穴來風。換句話說,此番公共性是經由重大新聞事件或爭議性話題引發的轟動效應來強制性建構起來的,眾聲喧嘩的討論盛況也並不是讀者們真正營造了一方自主、獨立、自由的話語空間,而是部分另有圖謀的新聞媒介或政治力量借助輿論來單向度地引導讀者,將社會接受的思想強行灌輸給個人接受。公眾們雖然在「眾聲」的蠱惑下不約而同地加入到討論的大本營中,但是這種拒絕異音、消弭差異的公共性顯然成為偽公共性風景,不能引導社會公眾理性、自由地思考,亦無法捍衛文學的獨立性精神。更遺憾的是,這類小說在異域他鄉的熱烈爭論又進一步造成了被臆造和扭曲的當代中國形象的傳播,讓西方世界的讀者再次加深對中國社會的誤讀和偏見,這對當代中國文學的傳播顯然造成了阻遏。

四、世界風景與中國立場:「介入現實主義」小說的海外傳播與公共性路徑探索

　　無論是站在「中國立場」上來進行創作,還是以「世界視野」為中心來進

〔註 150〕茅盾:《論加強批評工作》,《抗戰文藝》1938 年第 1 期。

行譯介，最終都必須走上文學傳播這條路徑，尤其是在構建「人類命運共同體」和「世界文學共同體」的理念下，更要不斷完善域外傳播的通道。當然，新世紀「介入現實主義」小說以及它所打造的當代中國形象怎樣更好地實現跨國「旅行」，積聚起真正的文學公共性仍需結合傳播理念、傳播主體、傳播平臺、傳播內容等各方力量來進行反思。儘管傳播方式、接受效果受到政治意識形態、翻譯策略、媒介模式、文化分野等不同層面的影響，從文學傳播與接受的原點來看，我們自己的文學塑造都是立足之本。此處，我們要追問的是怎樣立足當代中國社會現實，借著濃烈的民族性和本土性色彩來更好地傳播中國故事，建構獨特、真實、立體的當代中國形象，並讓它於域外「旅行」中獲得真正的文學公共性？

對作家們而言，無論選擇哪種藝術筆法來介入現實公共事務、講述當代中國經驗、建構中國形象，其立足點都不能逃離本民族鮮活熱辣的社會現實。正所謂，「任何自覺的寫作，都首先是針對自己時代的寫作。它必須首先立足於當代性，然後再由此上升到超時代的普遍性。」〔註 151〕作家們需披沙揀金，選取最能彰顯中國氣質、時代精神和當代中國演進軌跡的公共事件及現實畫面來進行描摹，就算它們攜帶著累累創痕或身披污穢的幕布也不能迴避，因為這是獨屬於當代中國的歷史經驗和民族記憶，它無異於「介入現實主義」文學及當代中國形象的「根性」所在。經由這些風景，我們才能掘進裂變時代中國現實的核心岩層，打探當代中國在騰挪變化的過程中產生的內在邏輯和本質規律，彰顯本民族的特色與氣韻，從而呈現更真實、更有溫度的中國形象。假如作家在創作時放逐了歷史之根和現實之源，成為臆造及想像的寫作，那麼，其筆下呈現的中國故事與中國形象則需警惕，就算經由某種暴露的捷徑和強刺激的藝術手法贏得了巨大的文學公共性也應予以否定。同樣，作家們在介入轉型時代的社會現實時也不應遮掩陰暗角落裏發生的黑暗或邪惡事件，只有勇敢面對時代發展中存在的缺失，才能更積極地進行反省並勘探修正缺失的突圍之路，驅除現實的陰影，讓它向著陽光面轉化，這種文學的傳播也凸顯了新時代的我們自信、開放、包容的大國形象。

不過，當我們堅守「在地性」的本土經驗，聚焦當代中國現實，突顯當代中國形象的民族性時，並不代表拒絕世界性視野或價值，畢竟，我們置身於世

〔註 151〕李建軍：《再度創作：湯顯祖與莎士比亞的文學經驗》，《當代文壇》2017 年第 1 期。

界「風景」中。只是，我們要追問的是，浸潤著民族色彩的中國形象怎樣「到世界去」〔註152〕？特別是書寫中國特色的現實生活時，個性化十足的當代中國經驗怎樣與世界各國的經驗發生共振？我們認為，作家們的起點雖是中國的城市或鄉村，但在中國轉型時代現實境況的揭露中，應整理或打撈出不乏世界性意義的通約性話題，比如全球化時代各國都聚焦的現實問題，此外，更要索解超越時代、種族、環境、語言等壁壘的人性、道德、命運、歷史感、人道主義、生與死、善與惡、愛與恨、人與自然的關係等人類心靈深處普遍的情感和存在向度的永恆性話題。在這種「世界性的通感」〔註153〕寫作中，本土化色彩濃厚的中國故事才能跨越傳播之路上的關卡，搭上去往世界藝術殿堂的班車，在「自我」與「他者」的相遇和交流中，形成積極的「文學性對話」和「生成性對話」〔註154〕，激起他者情感與思想上的共鳴，培育世界的「中國情懷」，於平等、自由、廣泛的討論下打造真正的文學公共性景觀。

　　當然，除了在內容維度強調呈現東方氣質、時代精神、世界視野，我們也要關注經由哪種技法來講述當代中國現實故事、建構中國形象，從而更好地促進新世紀「介入現實主義」文學以及當代中國形象的「域外旅行」。就創新講述中國故事的敘事方式來看，作家們要汲汲探索現實化、本土化與國際化相交融的技術路徑，完成從「傳統藝術」到「創新融合」的方法調適。這種融合從20世紀80年代即已開始，在西方現代主義和後現代主義文學思潮奔湧而至的80年代，作家筆下都出現了不少西方先鋒文學技巧與中國本土現實結合的小說。但是，於哲學觀念的移植和現代技巧的照搬中，這類小說往往遠離了堅實的中國現實大地，驅散了人間煙火。作家們癡迷不已的是前衛新潮的文學理念、望而生畏的各種主義、眼花繚亂的先鋒技巧。熱潮「降溫」後，作家們從個體創作、社會環境、審美趣味出發，著手思考形式變革和內容輸出之間的關係。20世紀90年代以來，作家進入調適期。新世紀之後，在向「本土」和「現實」撤回的旅程中，他們發現形式與內容是相輔相成、唇亡齒寒的關係，拋棄了其中一方，文學就如同折翼的鳥兒難以振翅高翔。因此，更多作家選擇將新

〔註152〕游迎亞、徐則臣：《到世界去——徐則臣訪談錄》，《小說評論》2015年第3期。

〔註153〕鄭周明：《菜煒：以「世界性的通感」，進入中國的現實與傳統》，《文學報》2020年1月9日第5版。

〔註154〕樂黛雲、常麗芳：《中國文化要與世界多元共生》，《國家人文歷史》2012年第12期。

潮的技法與轉型時代中國社會的重大現實問題勾連。從技藝上來看，作家們在克隆、借鑒、撤退、搏鬥後也應完成涅槃再生，尤其要從古老東方文明的土地上汲取藝術養分，向本土文化資源的深井掘進，從濃郁的民族底色中來重新探索寫作方案。也即，作家們不僅要於現實內容上落到實地，守住中華文化之根，也要從章法手段上回到「民族的天空」，向民間取經學道，探索介入當代中國現實的創新、求變道路。一方面，對於那些曾在地域文化色彩較濃厚的城鄉空間裏生活過的作家，他們可從傳統中國社會的諸多民間信仰和民間思維中探求時空觀、生死觀與真實觀，繼而尋求體認現實與表述時代的新路徑，促進方法上的革新求變。另外，作家們雖然聚焦的是熱氣騰騰的現實經驗，但在筆法上同樣可以回歸傳統深處，打撈並激活民間文化與傳統文學中的藝術技巧，對其進行現代化的改造和挪用，從而鑄就新型的東方化藝術手段，也經由技術的通道來傳遞中國智慧與中國精神，讓古老的中國文化在創造性轉化和創新性發展中「傳下去」「活起來」「走出去」。當然，東方化新潮筆法背後燭照的仍舊是作家世界觀、文化觀、歷史觀的嬗變，也映像出他們換了一種視角來打探當代中國行走軌跡中誕生的錯綜複雜的現實景象。不過，置身於全球化時代，在跨文化對話的格局下，作家們回到本土大地，並不意味著對世界文學的排拒，事實上，「文化從來都是『雜交』狀態。」〔註155〕所以，從新世紀「介入現實主義」小說的敘事藝術來看，作家們除了重返本土傳統文化，還應該繼續吐故納新，汲取世界文學的陽光雨露，在吸收、咀嚼和消化中來不斷開拓視野，進行寫作的營養補給。最後，作家筆下的秤桿不是東風壓倒西風或者西風壓倒東風，而是要在遠離、懷疑、叛逃中將跨域化的文學經驗進行拆解、整合與重組，對文學觀念和創作方法再度實現探索和改裝，並根植於中國現實大地。如此，才能開榛闢莽，打造獨特的「配方和新釀」〔註156〕，留住中國小說的氣脈及氣象，捍衛新時代中國文學的「獨特性」以及「原創性」，讓它不僅能「走出去」，還能「融進去」，在漂洋過海中與世界文學建構起互證、互補、互識的雙邊對話關係。當然，這也才可保證新世紀「介入現實主義」文學以及當代中國文學在不斷改良、完善中生成新的活力，它不拒絕對世界優秀文學的

〔註155〕范甯、韓少功：《韓少功：尋根之旅今天仍在繼續》，《寫作成為居住之地：當代著名作家訪談錄》，南京：江蘇鳳凰文藝出版社，2017年，第101頁。

〔註156〕閻連科、張學昕：《我的現實 我的主義：閻連科文學對話錄》，北京：中國人民大學出版社，2011年，第195頁。

模仿與借鑒，但更注重模仿之後的創新、轉化與重構：既根植於當代中國的現實生活，也不排斥世界性文學視野的參照，既要腳踏實地，也需要高瞻遠矚。從此維度來看，新世紀以來的作家們正在探索講述中國故事的新道路，為塑造積極的「現實中國」和理性的「文學中國」形象貢獻獨特的精神資源，努力成為世界文學共同體中的創造性力量。

第五章　新世紀「介入現實主義」
小說的敘事困境與突破
維度

第一節　被臆造的中國現實與小說的詩性正義

　　在新世紀「介入現實主義」小說中，作家們保持著與現實如影隨形的關係，其筆下的現實也並非 20 世紀 90 年代新寫實小說筆下平面化、庸常性、碎片式的生活現實，而是與轉型時代的重大公共事務、典型社會問題以及現代人的精神症候密切掛鉤。他們向著寬闊深遠的社會生活掘進，昭示了自覺的公共關懷和介入意識，也激起了社會公眾的廣泛參與和熱議。不過，與業已定論且經過時間淘洗的歷史話題相比，面對未經沉澱、正在發生、開放多元的當代新經驗，作家們處理現實的能力還有提升空間，特別是在追索現實問題的癥結、勘探社會矛盾的根源、尋求介入現實題材的方式上存在一些困境。比如，在對現實的發言中，有時因為作家們城鄉經驗的滯後或不足、相對主觀和片面的藝術表達、敘事姿態的先入為主、細節書寫的失真，展示出來的當下中國現實及其建構的中國形象不乏扭曲和臆造的一面。這種現實和形象也與當代社會現實景觀的豐富性、複雜性與多元性背道而馳，當然，也疏離了現實主義文學的核心要義——真實。

一、「正確的立場」與「簡化的現實」

新世紀以來，面對轉型時代錯綜複雜的社會現實，作家們紛紛走出「茶杯裏的風暴」，自覺書寫自己所處的時代，從不同維度言說當代重大現實問題和民族公共事務，彰顯了介入性的寫作姿態和正義性的文學立場，體現了「深度現實主義」的寫作，也讓文學創作與社會現實之間的關聯越發緊密。值得注意的是，置身於盤結錯落的現實景觀中，作家們在懷揣介入意識和擔負作家使命的同時幾乎都對現實展開了批判性的言說，畢竟，「批判是文學面對現實和歷史的基本立場」〔註1〕，而這些不乏批判、懷疑、否定精神的作品在「先破後立」的邏輯鏈條和「正確或正義」的立場上也屢試不爽，紛紛積聚了公共性，收穫了一片好評。然而，當不同代際的作家們掌握了這一「秘笈」，不約而同地舉起批判之矛，向著當下現實大肆進軍，並打造出源源不斷的「犀利」或「憤怒」的文本時，我們並不能不加辨析地為其搖旗吶喊，而是要從公共性與審美性、批判性與建設性等向度來勘察作家批判的及物性與有效性。

其實，回顧《兄弟》《第七天》《炸裂志》《極花》《吃瓜時代的兒女們》《篡改的命》《我不是潘金蓮》《糾纏》等介入社會現實的小說，不難發現，作家們雖然對重大問題或現實事件進行發問，但是，面對萬花筒般的複雜現實，他們常常下筆太狠，操之過急，甚至採取一種「減法」的寫作運算。尤其是那些擅長經由誇張、變形的捷徑通往當代中國現實的作家，他們在寓言化和縮減式的寫作中，包裹著顯豁的先入為主的批判意味。需要說明的是，這些作家並非對現實一知半解而操持批判話語，實際上，他們對當代中國社會的現實境況尤其是黑暗角落裏的污穢濁流有著較為清醒的體認。也恰恰是這種體認滋生了憤懣甚至憤怒的情緒，讓他們迫不及待地尋找宣洩的出口。所以，在未經沉澱和平復的濃烈心情下，他們把所有的訴說欲望都傾注在揭露社會現實的陰暗上而忽略了多元化的中國故事和中國聲音。在單向度的暴露中，作家們固然彰顯出了強烈的批判意識和介入精神，昭示了個體追求正義的誠意，不過，凌厲與鋒芒之下作家主體的批判姿態未免太過急切與外露，甚至流露出意氣用事的意味。他們在寫作時往往提前設置了價值關懷和道德立場，在言說具有對立或博弈關係的雙方，比如城與鄉、官與民、富與窮、現代文明與前現代文明時，筆下的砝碼總是不假思索地偏向「弱者」，隨後，竭盡全力地尋找當代中國現實的幽暗角落，並對此進行炮火猛攻，從而來印證先入為主的觀念。不可否

〔註 1〕李建軍：《〈史記〉與中國小說的未來》，《小說評論》2014 年第 4 期。

認，這種決絕憤怒的敘事姿態與一目了然的價值立場呈現了新世紀作家們作為知識分子的風骨，他們與裂變時代生發的現實怪宴水火不容，在情感維度喚起了人們「憤怒的正義」，也收穫了相當的社會批判意義。

　　然而，要說明的是，介入當下中國現實並非狹隘的追求文本的批判性指標和所謂正義或正確的立場，迫切的社會批判更不能以漠視百年未有之大變局時代社會生活的複雜性和豐富性為籌碼，畢竟，「小說的精神是一種複雜的精神。每部小說都對讀者說：『事情比你想的要複雜』。」〔註2〕如果作家們面對撲朔迷離的現實總是因為情緒偏頗而先入為主地進行站隊，加上部分頑童悍將們喜歡彎道超車，經由誇張、變形、寓言化的藝術通道來對現實進行概括性的壓縮，那麼，就算文本展覽出來的時代幽暗景觀是確實存在的，而且作家們也從政治、經濟、文化、人性等維度對幽暗現實進行了探源，他們仍舊沒有把當代社會現實和中國經驗的複雜性呈現出來。這在《炸裂志》《兄弟》《第七天》等小說中體現得尤其明顯。比如《炸裂志》以「炸裂」這個小山村「村—鎮—市—超級大都市」的演變史來隱喻整個當代中國四十多年的改革開放史，當中雖然包裹著作家對轉型時代中國速度的批判與反思，但是這種寓言化寫法顯然是對現實的壓縮，匆忙中缺乏了對現實的重新整飭。《兄弟》同樣是借助李光頭這個「混世魔王」的發跡史來書寫革命時代和改革時代的中國城鎮發展史，展示了作家對這兩個時代中高歌猛進的革命模式和發展模式的撻伐，然而，概括性的敘述和批判性的高蹈姿態中仍舊缺少了對當代中國社會現實複雜性的冷靜剖析。

　　此外，還需要警惕的是，在具體小說中，作家們為了尋找更有利的批判角度，常常讓現實生活中的邊緣人物或「非常態」個體來擔任角心人物，希望經由他們的遭遇和「弱者倫理」讓批判的利劍快速出鞘且一發擊中，不過，在道德立場上佔據先天優勢的弱者一定能讓批判落到實地嗎？能否通過他們對現實的指陳激起廣大社會公眾對社會現實的反思？

　　比如在《篡改的命》《我不是潘金蓮》《第七天》《吃瓜時代的兒女們》等小說中，作家都是以現實中處於弱勢地位的邊緣人物來敘述當下中國故事，完成對現實的批判性書寫，然而，人物是否過於符號化和簡單化，批判是否及物和有效有待商榷。以劉震雲的《我不是潘金蓮》為例，在小說中，作家對他一

〔註2〕〔法〕米蘭・昆德拉：《小說的藝術》，孟湄譯，北京：生活・讀書・新知三聯書店，1992 年，第 17 頁。

貫幽默、反諷、纏繞的話語文風戀戀不捨，經由怪誕筆法來書寫當代中國在轉型過程中較為突出的信訪話題。小說以農村底層婦女李雪蓮作為主角人物，通過她二十多年波詭雲譎的「告狀」歷程揭露了中國官場生態中存在的失格行為，尤其批判了部分官員的貪污腐敗和以權謀私，當然，也展示了當代社會人際交流的困境。不過，在作家對官場的批判性訴求中，李雪蓮這個人物能否擔此重任值得懷疑。如果回到故事的源頭，李雪蓮「告狀」的起因在於和秦玉河的假離婚變真離婚。若從民間契約精神出發，李雪蓮確實滿腹冤屈，起初訴諸法律也並非胡攪蠻纏。但是，伴隨著一個個欺騙與被欺騙的圈套，作家的筆法越發走向傳奇與極端。李雪蓮光怪陸離的上訪歷程已經與嚴肅的上訪初衷背道而馳，上訪不再是滿足她原本的正義訴求和情感訴求，而是在接踵而至的巧合事件中淪為「玩笑」式存在，陷入偏執上訪的泥沼中。最終，前夫秦玉河的意外殞命給這個故事造成了「啞場」效果，戛然而止的結局也象徵李雪蓮「告狀」事件無疾而終，鬧劇風波就此落幕。應該說，作家極盡荒誕之能事，經由李雪蓮奇觀頻現的「告狀」之途和王公道、史為民、董憲法等官場人物的刻畫來對當代官場怪現狀進行了辛辣的諷刺和批判。作家介入現實的誠意固然不能否定，不過，當代中國的官場文化生態本身就是錯綜複雜的，絕不是靠幾個臉譜化的官員人物和離奇的故事情節就能一探究竟。儘管作家一再強調，「在生活中，我喜歡把複雜的事情變簡單」〔註3〕，但文學有自身的運行規律。此處，作家沉迷於屢試不爽的變形、反諷和荒誕筆法，在預設的批判立場下對當代中國的社會現實尤其是官場生態進行了減法運算，不乏狹隘與偏頗。當然，作家的揭露在某種程度上是觸及現實病灶的，他也借助「放大鏡」的藝術來對當代中國權力機構運作模式、監督機制的痼疾進行了指陳，只不過，這種先入為主和去盡枝葉的模式以及塑造的李雪蓮這一人物形象無法讓作家的批判需求落地。特別是李雪蓮，在戲謔和荒誕的藝術中，降格成為一個漫畫化、符號化和概念化的人物。實際上，李雪蓮是二十年前的高中畢業生，因沒考上大學，後才返回村裏。但是，作家希望通過這個婦女的「告狀」來探測生活本身的幽默底線，「看到荒謬的另一側」〔註4〕，所以，他將李雪蓮打造成了一個常識欠缺、理智匱乏的山野潑婦。在她的「無理取鬧」下，「告狀」事件才會由芝麻

〔註3〕范甯、劉震雲：《我是中國說話最繞的作家嗎》，《長江文藝》2013年第3期。
〔註4〕王靜、劉震雲：《劉震雲：我們生活在喜劇的時代》，《北京青年》2012年第35期。

變成西瓜、由螞蟻變成大象，將官場從上到下全部攪翻，這個事件也成為轟動一時的公共話題，故事的傳奇色彩過於濃烈，層出不窮的巧合已經消解了「告狀」事件本身的莊嚴性。當然，在作家心急如焚的曝光和意氣用事般的指控中，不僅部分情節在美學維度和現實維度缺乏邏輯，而且人物形象也顯得乾癟無力，缺乏詩意，儼然成為作家聲音的傳聲筒，事實上，這種概念化的人物也不能真正彰顯當代社會農村婦女的精神困境。除此，也有不少作家擅長借用「非常態」人物個體來對現實發出刺耳的批判。相對於常態世界的個體，作為「局外人」的非常態個體由於自身的原初性和非理性，他們在情感表達上往往呈現出偏激、執著和主觀的一面。作家們恰恰依靠這類人物極端主觀化的體驗和率性而為的敘述口吻來對當代社會現實進行犀利決絕的批判。然而，他們能否釐清現實生活中剪不斷理還亂的社會關係？其備受同情的邊緣化生存境遇是否完全與當下的時代、現實有本質關聯呢？在沒有縷析好這些關係之前，作家借助「非常態」人物來承擔批判理想有可能進入文學的「窄門」，無法呈現宏闊的現實風景。

　　總之，不管作家們面對的現實多麼急迫，表達的欲望如何強烈，都必須平復心情，將現實糅碎並轉化成藝術視景再提筆，正如魯迅所告誡的，「我以為感情正烈的時候，不宜做詩，否則鋒芒太露，能將詩美殺掉。」〔註5〕如果一發現重大公共事件，即火急火燎地加入批判陣營，那麼，這種外露化的態度很可能會摧毀小說內部的藝術美學。畢竟，「介入現實主義」文學並非只是追求寫作者自身的批判姿態，也不是要求他們面對現實居高臨下或口若懸河，而是需要作家們經由美學的橋樑來凸顯個體的價值立場，更要藉此喚醒讀者對當代社會現實的審視和省察，號召社會公眾思考如何承擔個體責任，怎樣合力突圍現實困境，由此，促進社會進步，彰顯建設性的正面價值。同樣要說明的是，我們強調「介入現實主義」文學的「當代性」「在場感」和「時代感」，也即，面對變幻莫測的現實，要「死死地凝視它」，然而，要想更好地尋找介入的路徑，又必須「與它保持距離」〔註6〕，如此，才能理性地深入現實的肌理，呈現出現實的縱深感。

〔註5〕魯迅：《兩地書・三二》，《魯迅全集》第11卷，北京：人民文學出版社，2005年，第95頁。

〔註6〕汪民安：《福柯、本雅明與阿甘本：什麼是當代？》，《馬克思主義與現實》2013年第6期。

二、暴露的寫作與表象的現實

　　可以說，上述作家在鋒芒畢露的寫作中昭示了決絕凌厲的批判姿態，他們對當代中國社會現實陰影一面的探查未必缺乏客觀依據。就算呈現出了超越人們日常生活經驗的、荒誕感十足的現實，其內在本質上也並非無中生有。只不過，他們的批判姿態太過於外顯化，加上主題先行的寫作模式，導致忽略了中國現實和中國經驗多層次的飽滿景觀，暴露出了狹隘的瑕疵。與此同時，在介入當代現實的作家陣營中，還有一些作家同樣孜孜於社會現實陰暗一面的勘探和曝光，而且常常採用景觀堆積或怪誕、變形的藝術手法對陰影區域進行集中誇飾化的處理。更遺憾的是，他們中的大多數不僅淪陷於「揭醜」、展示奇觀或鋪陳黑暗的寫作戲法，還總是止步於暴露的表層空間而不朝現實的縱深處探掘。在他們陰雲密布的筆端，我們看到的往往是現實中較為極端的暴力、邪惡、殘酷甚至殺戮事件，撲面而來的是絕望氣息。然而，除了表層黑暗力量的籠罩，我們無法視見作家切入時代肌理內部、直達問題核心的分析，也無法讀到他們從不同維度對蔓延開來的現實陰影進行原因探溯，更無法看到他們渴望向新時代理想高地攀援的決心，作家們只是將現實中滋生的黑暗景觀統一且快意地「打包」扔給時代。當然，這種直面現實陰暗一面的寫作表面上也昭示了史無前例的批判力量，但本質上卻有名無實，無法開花結果。總之，作家們雖然關注喧囂的外部現實景觀，但是並沒有真正把握現實根基，多數人在浮光掠影的新聞素材或淺層次的道聽途說中依靠想像的力量塑形了被臆造的當代中國，甚至，在想像中還不乏歪曲性和誇飾化的言說。

　　之所以出現這種局面，首先是因為部分作家遭遇了經驗危機，在試圖介入葳蕤多姿的時代時已經失卻了感悟、辨別當下社會現實的能力。正如王祥夫所說，「體驗是讓情感發酵的最好酵母！」〔註7〕面對令人眼花繚亂的中國經驗和當代現實，作家們理應置身時代場域的激流中心，真切體驗來自四面八方的不同的現實之音。然而，事實上，作家們介入熱氣騰騰的城鄉現實時出現了經驗能力的下滑。比如，對於時代劇變中的城市景觀和光怪陸離的新城市經驗而言，當下諸多生活於城市的作家缺乏感受現實、提煉現實與轉換現實的能力。尤其是從鄉村進入城市的作家，他們中的大多數缺乏「在地性」的體驗，還總是依傍古老的鄉村經驗來描摹城市「爆炸」式的新發展，在時間的錯位和思想

〔註7〕李雲雷：《底層關懷、藝術傳統與新「民族形式」——王祥夫先生訪談》，《文藝理論與批評》2008 年第 2 期。

的隔膜中無法追上城市發展的列車，總是處於尷尬或失語中。面對龐雜豐饒的城市經驗，他們往往只能隨大流般攝取一些表層維度的城市景觀、城市聲音、城市故事或侷限於固有的城市想像的模式，大寫特寫城市白領的勾心鬥角、城市底層的苦難生存或城市爆發的奇觀事件。至於大時代的城市精神和城市人的精神圖譜，作家們常常如同盲人摸象般缺乏把握的能力，難以經由文學的方式進行深刻的透視和分析。除了日新月異的城市經驗，作家們在介入當代鄉村公共生活時也出現了黑洞和盲區，失去了感受新時代光陰流轉中鄉土現實「變」與「不變」的能力。眾所周知，對於當代文壇的大部分作家而言，城市都是他們棲身和活動多年的場所。可是，直到今天，這些作家仍然聲稱他們是一腳跨進城市，一腳踩在農村，與城市相比，鄉村才是其念念不忘的精神原鄉。然而，闊別故鄉已久的他們能否完成對新時代山鄉巨變中當代鄉土中國精準且及時的言說？事實上，城市生活的確耗損著部分作家對鄉村現實的感受力度。就算他們再度踏上故土，往往也無法真切地探觸鄉村現實河床的縱深處，只能懷著鄉愁之感在河岸邊上凝望或作勢拍打河面以激起一絲漣漪，對當代鄉村現代化建設之下的巨大變革與舊貌換新顏的現實場景遭遇了表達的瓶頸。捉襟見肘中唯有按照自己想像和回憶中的樣子來描摹鄉村，或避實就虛，王顧左右而言他，鄉村只是扮演他們盛放戀鄉情感的一個容器而已。值得注意的是，不管是歷史的鄉村還是新時代的鄉村，「鄉村苦難」都成為他們無法捨棄的慣性書寫模式，當中彌漫著暴力與血腥、黑暗與邪惡的因子。顯然，這種臆想和遲滯的不及物的書寫展示的依舊是舊日鄉土中國的面貌，不能呈現新時代鄉村社會蟬蛻過程中的疼痛、變遷與發展，小難以繪就新時代鄉村的精神氣象，自然，也就無法應對現實的複雜多端，無法展示鄉土中國的豐富性。

　　作家們筆下之所以出現被臆造和想像的當代中國，更值得警惕的因素是他們面對公共生活時庸常和敷衍的敘事姿態。伴隨著全球化的深入發展和市場化的蓬勃興起，在功名利祿的誘惑和現實話題的熱度下，作家們來不及沉澱或反思，便匆匆開啟了曝曬式的現實表象言說。與個體經驗的匱乏或感受城鄉能力的欠缺相比，他們中的一些作家並不願意帶著標尺去城鄉世界深度丈量自己所處的時代，挖掘現實的潛流或濁流，當然，也不願冷靜探查現實中陰影區域存在的根源，缺乏了一雙洞穿現實的「昆蟲的複眼」，無法讓經驗真正棱角化和深邃化。這也是不少作家憂心的，「我們正處在現實的巨大漩渦內，可幾乎每一個

作家都只能站在岸上眼巴巴地望，還生怕渾水濕了自己的腳。」〔註8〕對他們而言，便捷的操作之一是直接套用當下社會普遍認同或流行的觀念，對城鄉現實經驗進行平面化地圖解。如此，他們在介入現實時就缺乏了歷史的縱深感。畢竟，當代現實並非孤立存在，它的發展與變遷總是與歷史和未來掛鉤。只有釐清過去，以歷史為鏡，才能更好地解釋和把握當下現實，也才能為未來中國出謀劃策。究其根底，歷史感與現實感、時代感往往是統一的。另一番便捷路徑在於移植和拼貼爆炸性的社會新聞，成為熱點新聞的搬運工。這也是近年來不少作家介入現實時備受詬病的原因。關於文學與新聞的糾纏，人們歷來主張「新聞結束的地方，文學開始。」也即，文學可以取材新聞，但不是抄襲新聞，然而，部分作家並沒有以文學的方式來重構新聞化的現實。他們僅僅簡單堆疊了這些熱點事件或進行隨意圖解，並沒有進入新聞滋生的現實大地的深層維度上來開啟文學性的勘探，亦缺乏從人性向度出發的解密。這在《第七天》《吃瓜時代的兒女們》《荒唐》等文中屢見不鮮。作家們在小說中幾乎將近年來的新聞片段一網打盡，串燒似的寫法看似「接地氣」，實則構成了黑暗奇觀展覽。在仿真還原式的新聞書寫之下，我們看不到作家對熱點的咀嚼、消化和轉化，以及對人類精神版圖的思考或對未知世界的探尋，他們缺乏了一種藝術「超越」和「再造」的精神，沒有去探索「存在的可能性」〔註9〕。

同樣要說明的是，無論是想像化的生硬圖解還是削足適履的新聞拼貼，作家們呈現出來的當代社會現實幾乎都深陷在黑暗的沼澤中，而忽略了現實生活中另一端帶著暖意與溫情的生命指向。當然，在當代文壇，我們不應迴避穿過光明走向黑暗的求疵式現實寫作，只不過，帶刺的寫作呈現的應該是「那扇光明的窗戶後面的內在、本質和人心最複雜的一部分」〔註10〕。遺憾的是，除了暴露和堆積黑暗，大部分作家並沒有對其筆下層出不窮的現實怪宴進行深度剖析和積極反思。這種平面化的寫作和表象化的暴露不僅怨氣橫生，還流露出抹黑和歪曲當代中國現實的意味。畢竟，在膚淺化的奇觀展覽與隔岸觀火的態度中，我們很難捕捉到作家深入現實肌理的痕跡與超越現實的理想光亮，更

〔註8〕閻連科：《後記 走向謝幕的寫作》，《速求共眠 我與生活的一段非虛構》，南昌：百花洲文藝出版社，2019年，第263頁。

〔註9〕〔捷〕米蘭·昆德拉：《小說的藝術》，董強譯，上海：上海譯文出版社，2004年，第54～55頁。

〔註10〕何晶、高亞飛、周惟娜：《閻連科：穿過光明走向黑暗的寫作》，《羊城晚報》2013年12月1日第B03版。

看不到他們對未來社會公共生活的信心。

　　事實上，當作家們加入對當代社會現實的言說，並將著力點放在挑揀現實的污糟與惡相時也應叩問心扉：他們筆下的現實是源於個體真切的生活體驗，還是僅僅為了迎合「社會意識情感」〔註11〕，是否流露出了表象化或極端化的傾向，這種介入的筆法能否表達新時代社會公共生活，是否具備了思想的厚度與藝術的深度？當然，面對萬花筒般的社會現實，作家們理應以「自己的喉嚨」發出「自己的聲音」。不過，這種聲音並非誇大其詞或譁眾取寵，而是要蘊含著作家真實的情感力量和嚴肅的價值立場，「作家以你的心靈去觀照時代，以你的真實情感去抒寫時代。」〔註12〕

　　綜合上述痼弊，我們認為，新世紀以來，作家們在現實叢林中跋涉，不管介入的心情如何急切，都需要撥開荊棘密布的表象，潛入到生活河流的底部，回歸心靈深處，用個人獨一無二的情感體驗去觸摸外部的社會現實，為它們真正注入源頭活水，正如以賽亞‧伯林所說，「以巨大的耐心、勤奮和刻苦，我們能潛入表層以下。」〔註13〕當然，新世紀介入現實的小說呈現的現實景觀幾乎都是當代中國轉型時代的社會公共問題，作為面向社會和「他者」的寫作，本就凝聚著大眾化的社會情感。可是，正如薩特在《什麼是文學》中提及的，介入性的小說雖然是「為我們的同時代人寫作」，但首先也必須是「以我的自由意志寫作」，在這基礎之上，才是「別人心目中的作家」〔註14〕。也即，憑藉文學的方式介入集體性的公共經驗必須要進行審美化和私人化的藝術再造，經由個體獨特的情感來融入生活並感受現實，洞察生活的本質。否則，作家觸摸到的將是毫無溫度可言的現實，其筆端也只能滑向概念化和符號化的深淵。事實上，只有讓身體的感官都活躍起來，喚醒所有的生活細節，才能真正透過現實的表象進入本質，發掘現實的多副面孔，展覽生機勃勃且詩性韻致的公共生活景觀，探索當代中國人精神的幽微之處，打造出一種「超拔」的敘事。正所謂，文學除了要呈現已見的現實，更要去尋找未見的光輝，「寫作最大的使命並非是呈現

〔註11〕閻連科、張學昕：《我的現實　我的主義：閻連科文學對話錄》，北京：中國人民大學出版社，2011年，第79頁。

〔註12〕張學昕、閻連科：《現實、存在與現實主義》，《當代作家評論》2008年第2期。

〔註13〕〔英〕以賽亞‧伯林：《現實感：觀念及其歷史研究》，潘榮榮等譯，南京：譯林出版社，2011年，第22頁。

〔註14〕〔法〕薩特：《什麼是文學？》，《薩特文集》第7卷，施康強譯，北京：人民文學出版社，2005年，第124頁。

所見，有野心的作家想要建立一條隧道，一頭是已知的所見，一頭通向未見。」
〔註15〕同樣，無論作家憑藉何種路徑抵達現實的內在本質，「真實」都是必須恪
守的原則，畢竟，它是小說的「靈魂」，「是小說成敗與否最基本的標準」〔註16〕。

三、細節的偏差與失真的現實

在新世紀「介入現實主義」的小說中，作家筆下湧動的當代中國現實風景
之所以流露出扭曲與臆造之態，還和小說細節的匱乏或失真休戚相關。固然，
轉型時代的現實光怪陸離，作家們為了探索「冰山」下的現實使出渾身解數。
無論是正面強攻還是迂迴曲折，他們中的部分作家都不遺餘力地跳脫傳統寫
作的藩籬，在現實大地上自由馳騁，盡情吐露著他們對當代中國現實的焦慮、
憤怒或猶疑。然而，在恣意的敘述和迫切的宣洩情緒中，作家們缺乏了編織細
節的耐心與智慧，忽略了現實敘事中細節真實、生動與綿密的重要性。當然，
諸多作家在「彎道超車」的捷徑以及豪放不羈的敘述中認為只要介入了這個時
代的總體現實，細節真實無傷大雅，於是，他們輕易地就跨過了「細節真實」
這一門檻，「我相信沒有讀者會在意所謂的細節真實性。」〔註17〕事實上，不
管是採取傳統現實主義筆法還是腳踏荒誕、變形的羊腸小道楔入現實，針腳飽
滿、綿密的細節都是不可或缺的，究其原因，「這個世界在很大程度上是以細
節形式存在的，如果抹去了細節，這個世界是空洞無物的。」〔註18〕「沒有細
節一切就等於零、一切也歸於零。」〔註19〕作家們不僅要打造細節，還要把控
細節的真實性。即使作家們在介入現實時採取的是縮減式的寓言筆法，依然要
有嚴謹、生動的細節做支撐，並且不能犧牲細節的真實性。要說明的是，細節
真實並不是亦步亦趨地對現實生活中發生的事件進行複製、黏貼，而是要與小
說的美學邏輯與情感邏輯相契合。無論它是以何種形態呈現出來，最終都應該
抵達現實的本質真實，並且讓讀者在對細節的咀嚼中產生情感的共鳴，激起他

〔註15〕鄭周明：《文學所見時代生動氣象，因未見而求索突破》，《文學報》2021 年 4
月 29 日第 2 版。

〔註16〕閻連科：《拆解與疊拼：閻連科文學演講》，廣州：花城出版社，2008 年，第
60 頁。

〔註17〕余華：《生與死，死而復生——關於文學作品中的想像之二》，《文藝爭鳴》2009
年第 1 期。

〔註18〕劉慶邦：《小說的細節之美》，《延河》2019 年第 3 期。

〔註19〕舒晉瑜：《〈老生〉的寫法是效法自然》，《中華讀書報》2016 年 2 月 24 日第 11
版。

們對社會公共生活的反思。如果作家們在介入紛繁的現實時缺少細節或捏造細節，那麼，作家難以真正發現或展示社會現實景觀的豐富性和多元化，容易將當下現實問題在符號化和概括性的敘事中簡單化。如此，中國故事的羽翼將無法豐滿，也就無法高翔，這不僅會削減文學的詩意色彩，還可能對小說的精神質地造成破壞，甚至會再次落入不及物的批判窠臼，於「盲視」中展覽出臆想或歪曲的當代中國形象。這種弊端在余華、劉震雲、馬原、東西、關仁山等作家筆下都或多或少地有所閃現。

以陳應松的魔幻現實主義之作《還魂記》為例，在揭示瞎子村傳統文明日益消逝的現實境況時，他把近年來當代中國社會發生的新聞事件和各種病象症候全部移植到文本中，一股腦地安放在瞎子村的大地上。如此，當然為他批判性的寫作提供了支撐力量，但是，在魑魅魍魎到處流竄的鬼魅世界裏，作家把諸多敏感的社會矛盾與現實問題要麼統一歸咎於時代的畸變或權力的變樣，要麼裹挾於神秘信仰和魔幻情節之下囫圇而過，缺乏了鮮活生動的細節描寫，即無法將中國故事演繹得栩栩如生，也不能多元化、深層次地探求現實困境的根源。如此，他試圖以「瞎子村」從裂變走向消亡的歷史軌跡來書寫當代鄉土中國文明變遷史的宏願就落空了。劉震雲的《吃瓜時代的兒女們》和《我不是潘金蓮》在層出不窮的巧合事件與傳奇化的經歷中同樣缺乏生動綿密的細節。當然，劉震雲並非沒有設置細節，只不過部分細節在荒誕化的筆法下顯得失真，它們既與現實生活的邏輯背道而馳，也缺乏必要的情感邏輯與美學邏輯。比如《我不是潘金蓮》中李雪蓮以肉體做交易來教唆屠夫老胡殺 7 個人的細節讓人瞠目結舌，如果說她請娘家弟弟李英勇幫忙殺人已經有失偏頗，那麼，讓老胡殺人就完全成為一種虛假、偏激的敘事。在此番怪誕的情節中，我們除了發現主人公的無知、偏執和暴戾，根本看不到細節中存在的美學質地與血肉飽滿的人物形象。也許，作家是想經由誇張、變形的細節來對當代中國的官場生態和權力運行機制進行撻伐，但無論思想如何崇高，這些情節與細節都破壞了小說應該遵循的現實與文學邏輯，也沒有抵達中國現實的內在本質。

關於怪誕筆法下如何打造細節真實的問題，渾身長滿尖刺的「抱怨者」閻連科顯示了探索的耐心。在他眼裏，伴隨著變幻莫測的中國現實，傳統現實主義筆法確實遭遇著失效的危機，包括他在內的諸多作家在與現實的賽跑中也選擇了「怪誕的真實」這一路徑。導因於誇張變形的魔法工具，小說細節的外部形態常會發生異化，然而，在本質內核上，細節不能出離中國現實的本相，

也需契合「真實」的藝術標準。90 年代尤其是新世紀以來，他一直在「荒誕與真實」的路途上尋覓和求索。比如在《受活》《炸裂志》《丁莊夢》等與現實近距離接觸的小說中，閻連科採取的固然是言此意彼的寓言筆法，但是揭露現實時並不缺乏活潑生動且驚心動魄的細節。這些細節自然不符合生活真實，經由「神實」妙筆，它們都被渲染上了魔變色彩。然而，恰恰是與生活真實相悖的「超現實」細節表達了作家對社會現實風景的細緻觀察和全新發現，折射出了現實的另類真實，暴露了當下時代中確實存在的某種怪謬現象，給讀者帶來了史無前例的「震驚」體驗，倒逼社會公眾諦視當代中國高速發展中的現實。這既是閻連科「神實主義」理論的寫照，也是作家對他近年總是處於爭議中的作品的得意之處，「《炸裂志》裏面大量的細節——暫且說是『神實』吧，是我用力和用心之處，也是寫小說的最大動力之一。」〔註 20〕誠然，《炸裂志》在巨大的寓言中對當代中國的發展歷程採取了壓縮性的寫作手法，無論是主要人物的刻畫，還是中國故事的講述抑或中國形象的建構，均不乏先入為主與粗糙簡化的缺陷。即便如此，我們也不能否認作家在由「神」通往「實」的路途上對細節的精心打磨。不管是層出不窮的錯位式的花開花落，還是老三孔明耀扛槍在耙耬深山的大地上走一趟所有的房屋均化為烏有，抑或狂想化的草木榮枯，均與「炸」和「裂」的現實密切相關。這些奇觀尤其暴露著當代中國轉型過程中存在的秩序失衡、權力變樣、人性異化等畸變現狀。此處，魔變的細節助力作者抵達了現實的內核和真實的彼岸，「那個內核，使他理出了一團亂麻中的一條線」〔註 21〕，讓他更好地描摹改革開放四十年來中國速度和中國模式下的社會境況與人心世界，掘進時代的核心岩層。

第二節　作家精神的疲軟與小說的文學紀律

一、介入文學的「建設性」需求與作家精神「霧靄」的角力

　　閱讀新世紀「介入現實主義」小說，不難發現，無論是採用傳統現實主義的直接筆法，還是踏上荒誕、變形的非自然藝術路徑，大多數作家都彰顯了深度介

〔註20〕羅皓菱、閻連科：《閻連科面對文學背對文壇》，《北京青年報》2014 年 11 月
　　　　 21 日第 B14 版。
〔註21〕羅皓菱、閻連科：《閻連科面對文學背對文壇》，《北京青年報》2014 年 11 月
　　　　 21 日第 B14 版。

入現實生活的精神。面對呼嘯而來的「不平靜」的中國現實，他們不僅秉持著「此刻我在」的當代性立場以直面現實，還以不虛美不隱惡的姿態發露社會現實中犬牙交錯的問題症候，挖掘當代人精神圖譜的豐富性和複雜性，揭示人們心靈深處的幽微黯淡。當然，除了以「向著火跑」和「不平則鳴」的姿態去揭示當下時代中存在的現實苦難、社會濁流和人心危險，作家們更希望走進中國現實的深處，穿越黑暗去尋找光明，經由文學的藝術通道來為當代中國現實探索新的發展方向。在建設與新生的力量中，他們也昭示了深遠遼闊的博大胸襟和人文關懷。此處，特別要提及的是那些以荒誕、變形的超現實藝術來介入光怪陸離的現實景觀的作家。他們對現實懷揣憤怒、焦慮與質疑，然而，在批判性的酸性溶液裏，他們並未忘卻為當代中國的未來圖景出謀劃策，總是從「已知的所見」中去求索新的未見可能，在殘酷的文字中還燭照出了作家的良知與悲憫。

當然，無論是「直道行走」還是「彎道超車」，介入文學作為面向我們所處的時代和公共世界發言的實踐文學，都應該成為一種「批判與建設」並置共存的寫作，正如薩特所說，文學介入的社會功能在於揭露，「揭露就是為了改變。」〔註22〕也即，批判現實並不是堆積負能量，而是將社會與人心的多面性呈現出來，讓社會公眾從警示性的現實中質疑並重新思考與當代中國演進史汲汲相關的社會制度、文明形態、政治文化、精神圖譜等社會公共問題，在積極的反思中孜孜探索未來發展的建設性路徑。這也是介入文學孕育的「藥石」力量，「驚醒生命的生機，彈撥沉睡在我們胸中尚未響起的琴弦。」〔註23〕當然，當代文壇的不少作家都認為文學難以為改變現實貢獻出實質性的建設方案。的確，文學由於自身的審美特性，無法直接改變社會現實，但是，「卻可以影響到現實，影響到水的流量，並且改變水流的方向。」〔註24〕它可以憑藉自身獨特的詩學和思想力量來成為現實的導航儀，從而左右現實河流的發展走向，影響大眾的思維方式，淨化甚至引導廣大讀者的心靈世界。這也是作家麥家口中的文學月光論，「文學真的有月亮的一些屬性，它本身並不發光，而

〔註22〕〔法〕薩特：《什麼是文學》，《薩特文集》第 7 卷，施康強譯，北京：人民文學出版社，2005 年，第 106 頁。

〔註23〕鐵凝：《文學應當有力量驚醒生命的生機——從短篇小說集〈飛行釀酒師〉說開去》，《上海文匯報》2017 年 8 月 8 日第 11 版。

〔註24〕李洱：《現實主義與中國文學——在西班牙「中國—西班牙文學論壇」上的演講》，張清華編：《中國當代作家海外演講》，北京：北京大學出版社，2012 年，第 151 頁。

且貌似是沒有用的，但我們還真的離不開它，它有一種王國維所說的『不用之用』『無用之用』，眼下並沒有用，無法現學現用，但放到人生的長河中去，它又可能是有大用場的，有時候甚至能救命。」〔註25〕總之，文學不能直接作用於現實，但是可以衍生出變革現實的內驅力。

我們認為，作為懷揣著公共關懷和悲憫情懷的作家，他們在介入廣闊豐饒的現實景觀時不能略過這一重要命題。畢竟，作為一項激濁揚清、關乎社會人心的精神事業，隔岸觀火或絕對的零度寫作從來都不是介入文學的姿態。當然，也許有人會質疑：新時代文學還需「載道」功能嗎，文以載道會損害文學的詩性質地嗎？殊不知，介入文學本就是公共性與私人性兼具的「載道」文學，但是，誠如謝有順所說，「『文以載道』也要看載的是什麼『道』，若是人生大『道』，世界大『道』，載得好，就是文學的幸事。」〔註26〕回望新世紀以來介入現實主義的小說，王蒙、莫言、閻連科、范小青、陳應松、關仁山、余華、蘇童、畢飛宇、艾偉、魯敏、葉煒、王十月、雙雪濤、馬金蓮等不同代際的作家在介入當下中國現實與當代中國經驗時都強調從詩性正義的角度發揮文學積極的批判功能。在批判的同時，他們從未忘卻「建構性」的能力與「建設性」的實踐，「建設性，這是我的剛性自行要求。」〔註27〕導因於此番要求，他們總是嚮往著「新生」與「光明」的因子，力圖從現實突圍與精神拯救這兩個向度來祛除生活的陰霾，衝破現實的困境，勘探百年未有之大變局下未來中國的發展之路。從具體文本實踐來說，不管作家們提供的是形而上層面的精神救贖還是形而下維度的現實突圍，都昭示了他們孜孜求索的精神。當然，作家們經由文學貢獻的出路並非全部合情合理，往往呈現出過度理想化的趨勢，將「重」的現實「輕」化，有時甚至由於作家身份的限制或頭腦中的霧靄讓他們在思考出路時流露出略顯疲軟的精神姿態。

二、政治救贖模式下的話語爭議

回顧新世紀介入現實的小說，作家們聚焦轉型時代的中國現實，在感喟中

〔註25〕沈河西：《「即便是偉大的但丁、博爾赫斯和馬爾克斯，你也要對他們的話保持質疑」》，《南方周末》2019 年 12 月 16 日。

〔註26〕謝有順：《真正承擔苦難、面對心靈的作家總是少數，大多的良知是昏暗的》，https://www.sohu.com/a/336360100_475768，2019 年 8 月 27 日。

〔註27〕盧歡：《王蒙：我寧願回到文學裏討生活》，《唯有孤獨才有可能思考：當代著名作家訪談錄》，南京：江蘇鳳凰文藝出版社，2017 年，第 37 頁。

國速度和中國模式下朝氣蓬勃的新景象時，同樣將筆觸探向了陽光照不到的陰暗區域，揭示出了社會變革史、世俗生活史、精神演進史中呈現的難點、熱點與痛點。對此，大多數作家並不會置之不理，而是站在社會改造者的立場，努力尋找祛除陰影的途徑或抵達光明的出路。比如，在陳應松、關仁山、葉煒、閻連科、范小青等作家筆下，他們總是牢記知識分子所承擔的良知與使命，不僅試圖獲得洞察現實的眼光，還致力於探索理想的微光，力求以文學的方式來思索時代動向，貢獻未來中國的發展道路。當然，有些可能性的發展方向是作家立足於現實根基，依照文本的內部邏輯而找到的貼合之路。不過，還有些突圍之路存在樂觀主義式的想像嫌疑。之所以如此，一方面可能與作家心中理想主義情懷的照耀休戚相關，另一方面，也許是因為作家們在蕪雜的現實叢林中迷失了前行的方向，精神的霧靄讓他們在恍惚與茫然中步入了自我審查和文化身份鉗制的窄門，導致提出了過於樂觀化的出路，尚未抵達「理想的真實」與「靈魂的真實」〔註28〕，縱然他們也對現實中的陰暗角落予以了批判。當然，無論身處何種歷史環境下，規約往往都是存在的，甚至，「規約從來就是藝術所必須的」，作家們也會進行「自我審查」，但是，「好的藝術家，就是在規約中跳舞。」〔註29〕這一點，諸多作家在介入現實時缺乏了一種藝術的靈動與思想的超越性，《天黑得很慢》《高興》《湖光山色》《麥河》《日頭》《福地》《后土》等小說體現得較為明顯。

比如在「大地守夜人」葉煒的《富礦》《福地》《后土》中，作家以坐落於蘇北魯南大地上的「麻莊福地」作為故事的發生地，運用「超現實」筆法，在陰陽空間的並置、人獸空間的纏繞、夢境與現實的交織、循環往復的東方自然時間指引下打造了波詭雲譎的時空。駐足於這個廣闊豐饒的場域中，他既書寫了山鄉巨變時代鄉村土地上的新風貌和新氣象，也毫不留情地將現代化發展進程中鄉村遭遇的文明式微、道德滑坡、權力異化、人心失衡、精神變異等危機症候一一曝曬出來。不過，揭露現實病症並不是作家的終極旨歸，鄉村批判或鄉土潰敗也並非他擅長的介入模式，在新農村建設的背景下汲汲勘探振興鄉村文明、重建鄉村秩序、打造文化精神圖譜、更新民族審美觀念的新生之路才是這位大地之子的「野心」，更是他力求在文學故土上開闢的新疆域，「希望

〔註28〕閻連科：《讓靈魂的光芒穿越布滿霧靄的頭腦與天空——在挪威文學周的演講》，《一派胡言》，北京：中信出版社，2012 年，第 69 頁。
〔註29〕艾偉、何言宏：《重新回到文學的根本——艾偉訪談錄》，《小說評論》2014 年第 1 期。

在傳統鄉土寫作的基礎上再有所超越」〔註30〕。

　　以「鄉土三部曲」之一的《后土》為例，在小說中，他聚焦城市化進程和新農村建設中鄉土中國的未來，信奉土地爺「不要褻瀆土地，也不要遠走他鄉」的神諭，以山鄉巨變下農民與土地的關係變革為主體，在超現實的藝術通道中探索鄉土中國與新時代的中國農民怎樣依靠「土地」這一富礦來根治痼疾，實現現實困境的突圍，回應鄉村振興的新命題。具體來看，作家從城鄉建設經驗的互動性出發，設置了如下幾條突圍之路。首先，麻莊積極響應國家號召，經由免除農業稅的方式來留住那些即將背離土地的子孫後代們。其次，在新農村建設的戰略下，曾經出走的遊子們選擇歸來，比如以劉非平為代表的從農村走出去的知識分子和以王東周為代表的投資者此時聯手回歸。他們對麻莊已有的農場、果園、魚塘等農業資源實施現代化和科技化的改造，借鑒城市化發展經驗，成立了麻莊旅遊開發有限公司，由此將新時代的農民與土地以新型的現代化方式勾連起來，也讓式微的傳統農耕文明得以復興，並與工業文明實現了完美結合，呈現了山鄉巨變時代中國農村的新風貌。然而，需要追問的是，作家以舊貌換新顏的方式為鄉土中國的未來打造了生機勃勃的理想藍圖，但這幅明亮的宏圖是否來得如此輕鬆呢，作家在設置這一結局時是否存在過分理想化的弊端？儘管葉煒自陳，「這是我對中國農村的良好祝願，也是期待」〔註31〕，無論如何，在這個問題的處理上，葉煒略顯倉促。一方面，從新時代農民的經濟觀念和精圖譜來看，免除農業稅是否會對鄉野之子們產生巨大的召喚力值得商榷。這種吸引力來源於農民心靈深處與土地血肉相連的情感還是作家戀鄉情結下的一廂情願？特別是市場經濟時代下成長起來的新一代農民，土地並未對他們產生牢固的吸附力，他們甚至迫不及待地尋找著脫離農民身份的方法。所以，作家對這個問題的處理雖然與鄉土中國的轉型步伐合拍，但還是裹挾著理想化色彩。同時，當作者讓遠行的遊子都懷揣著熱情與抱負回到福地后土以助力麻莊進行現代化轉型偉業時，也要思考麻莊政治文化土壤深處的危機如何解除，尤其是權力觀念、權力運行方式、權力監督機制的痼疾如何根治？當然，作者以王遠為軸心，對鄉村內部綿延許久的權力弊病進行了批判。不過，對於鄉村畸形的權力「狂魔」王遠們因以權謀私而產生的種種罪

〔註30〕張學英：《文學創作‧精神觀念‧時代內涵──作家葉煒訪談》，《雨花》2017年第8期。

〔註31〕張學英：《文學創作‧精神觀念‧時代內涵──作家葉煒訪談》，《雨花》2017年第8期。

行，作者並未進行審慎地追問和嚴肅地清理，而是讓一切罪過伴隨著王遠的得病煙消雲散。這種世紀大和解的結局也許符合中國讀者傳統的閱讀心理，暗合著作家的人性觀，「人的身上有神性的光芒，也有魔性的陰影。大多數時候，我還是願意去凸顯人身上的神性光芒的。」〔註32〕不過，囫圇吞棗般的結局處理還是忽略了現實的深層問題，缺乏了與黑暗陰影搏擊到底的決心。畢竟，生病抑或死亡都無法抵消罪行，更不能根治現實痼疾，尤其不能消除權力桎梏。事實上，在王遠所犯的罪行下，呈現的是鄉村內部犬牙交錯的政治力量的博弈和根深蒂固的傳統權力觀、政治觀。作家理應以此為切口，徹底敞開並深入挖掘裂變時代鄉鎮場域中關乎權力運行機制的怪狀，如此，方有可能改善政治文化土壤。當然，回到文本，似乎劉非平、王東周等離鄉者歸來後，麻莊大地上所有的難題都迎刃而解，這也過於樂觀化。其實，年青一代的回鄉之路是否暢通無阻？麻莊現代化進程下旅遊有限公司的成立是否如此迅速？不同文明之間的頡頏能否輕而易舉地化解？這些都是要深思熟慮的。畢竟，在麻莊這塊敬天法地的后土上，並不是雄厚的資本力量與新時代現代化知識的「聯姻」就能促成傳統農耕文明與現代工業文明之間的珠聯璧合。在這個文明互動的過程中，作家主要將目光聚焦到鄉村類知識分子劉青松心靈軌跡的遊走中，然而卻漠視了其他農民群體的精神眩惑與心理波動。事實上，劉青松這個人物形象並非能最大程度上代表麻莊不同代際的農民們，特別是他對土地神的敬畏儼然與新時代經濟發展產生了扞格不入之感。另外，作家也沒有真正楔入新時代中國鄉村中「出走—歸來」式遊子們的心靈雲圖，只是在表層維度將青年們的回鄉之路與國家層面解決農村「空心化」問題的政策對接起來。應該說，作家為蘇北魯南的麻莊以及它所代表的鄉土中國孜孜求索的出路的確是突圍現實困境的路徑，只不過，他的筆端過於匆忙，採取的話語資源也略顯簡單，某些鄉村內部矛盾的輕易解決甚至暴露了作家在「深海潛行」時精神維度的迷失，消解了文本的深度力量。

除了葉煒，關仁山的《麥河》與《日頭》作為介入中國現實的力作儘管讚譽不斷，在講述新時代中國故事時卻仍然陷入了過於理想化的窠臼。回到小說文本，作家經由他偏愛的魔幻筆法與寓言化方式來呈現冀東平原及當代中國鄉村的農耕文明演進史、農民生活變遷史、農民精神波動史時打造了另類的宏

〔註32〕張學英：《文學創作‧精神觀念‧時代內涵——作家葉煒訪談》，《雨花》2017年第 8 期。

大敘事。在介入中國現實整體性的時代性變革時，身為「大地之子」的作家既對山鄉巨變時代社會主義新農村的氣象進行了謳歌，也對改革開放進程下廣大農村出現的精神退化、物慾橫流、權力畸變、倫理崩塌、文明式微等怪狀進行了批判，並從時代的激流與漩渦中積極探索衝出鄉村現實困境的路徑，照應他「捕捉新生活的暖流」〔註33〕「以文學之光照亮鄉土中國」〔註34〕的光輝理想。置身於史無前例的現實變革中，關仁山認為「土地」依舊是農業發展和農民生活的軸心，「我們說土地不朽，人的精神就會不朽。所以，我們有理由重塑今天的土地崇拜！」〔註35〕於是，作家在小說《麥河》中依舊從重建人與土地的關係出發。去探索鸚鵡村的未來發展方向，最後選擇將「土地流轉」這一國家大力提倡的政策來作為中國鄉村現代化轉型中「救救土地」的利器。當然，不管是「土地流轉」政策還是實行股份合作制，作家在探索麥河流域土地政策的變革時都考慮到了制度轉換的複雜性以及轉換帶來的不確定性問題，比如它對農民傳統文化心理和傳統生活習慣的挑戰、土地流轉的隨意化、土地流轉的週期問題等。儘管作家經由現實之筆和白立國、鸚鵡的魔幻之眼預見了土地流轉政策可能蔓延的一系列難題，其浪漫主義式的敘述話語仍然暴露了過度理想化與樂觀化的特點，也呈現出對社會政策過多概念化的傾斜。《日頭》是作家縱橫交織地全面體驗生活後「遵從內心，遵從藝術，勇於探險」〔註36〕的小說。在探索山鄉巨變時代遇到的現實矛盾時，比如農民精神的暗落、傳統家族鬥爭、權力畸變導致的政治鬧劇等，作家希望「真正為中國農民著想」，「認真地考慮解決這些問題」〔註37〕。所以，當他以犀利的筆觸揭露了種種新疾舊患後還力圖革除痼疾，提出長遠的方案。比如，和《麥河》中的農民英雄「曹雙羊」類似，作家在《日頭》中也塑造了一個帶有理想主義色彩的新時代農民形象金沐灶。在這個擁有大愛卻又悲壯的理想化人物身上，日頭村勘探到

〔註33〕顏慧：《「生活本身點燃了我的創作激情」——關仁山訪談》，《文藝報》2011 年 2 月 11 日第 1 版。

〔註34〕關仁山、張豔梅：《以文學之光照亮鄉土中國——關仁山訪談錄》，《百家評論》2014 年第 6 期。

〔註35〕周新民：《重建人和土地關係的敘事——對話關仁山》，《文學教育》2019 年第 1 期。

〔註36〕舒晉瑜：《關仁山：書寫農民在大時代中的命運起落》，《中華讀書報》2014 年 8 月 27 日第 10 版。

〔註37〕舒晉瑜：《關仁山：書寫農民在大時代中的命運起落》，《中華讀書報》2014 年 8 月 27 日第 10 版。

了衝出困境的路徑。其中，建立家庭農場、打造新型城鄉合作社聯盟成為新農村建設的重要舉措，它將傳統農耕文明與現代化的工業文明實現了完美結合，讓日頭村煥發出勃勃生機。然而，在理想主義的光芒照射下，鄉村發展過程中爆發的一個個矛盾似乎輕而易舉地就解決甚至越過了，這種演繹中國故事的方式雖然貼合新時代農村發展戰略和政策，具有主題昇華的作用，昭示了鄉村振興中的「新生」元素，但還是缺乏了情感表達的真切。此外，在依附政策的庇佑時，作家也未能全面深刻地剖析社會問題，就介入現實而言，他們進入了自設的「牢籠」。

三、文化救贖模式下的價值之辯

　　新世紀「介入現實主義」小說除了要求作家站在時代的風口浪尖，對當代中國現實進行深度聚焦，還強調對人們精神世界內部肌理的勘探。因此，作家們除了從現實層面貢獻突圍困境的出路，還重視精神資源的探索，試圖從文化角度發力，來尋求解決難題的路徑。一方面，這彰顯了作家對紛繁時代中人們精神世界波伏曲折的重視，另一方面，精神救贖也常常成為現實突圍失敗後的一條重生曲徑。同時，這也給介入現實的小說增加了一股超越現實的浪漫主義色彩，彰顯了作家更高的精神訴求。然而，相比於形而下的現實突圍，形而上的精神拯救能否真正積聚起改變現實或超越現實的力量，在潛移默化中療愈人心、矯正失衡的人性景觀、推動時代的進步，還是僅僅停留在作家的理想層面，在虛無中化作現實的烏托邦呢？

　　回溯新世紀「介入現實主義」小說，在《第七天》《刺蝟歌》《風雅頌》《日頭》《福地》《荒唐》《耶路撒冷》《湖光山色》《米島》《還魂記》等文中，作家們作為社會問題的發現者和當下時代的同行者，不僅從中國現實的維度出謀劃策，還直面當代人的精神世界，並試圖從歷史文化的角度來探索精神出路。其中，宗教、信仰往往成為作家們突圍現實的秘訣或最後一根稻草。當然，在全球化戰略持續深化的時代裏，作家們所採取的信仰資源並非完全出自中國傳統文化的深井，還囊括了域外不同類別的信仰。只不過，精神救贖能否祛除暗影、照亮人心、衝出重圍，超越滯重的現實？閱讀這些小說，不難發現，置身於錯綜複雜的當代現實叢林中，作家們千方百計打造的精神出路固然能從某種程度上激活現實急流中那些日益麻痹、庸碌直至迷失的靈魂，讓頹喪或破碎的人類心靈得以修復，不過，從當代中國現實的發展變化和人類社會的繁衍

生存來看，精神拯救往往內含宿命意識與虛幻色彩，也許面臨「失效」的結局，不能成為真正的突圍之路。

作為「喝狼奶長大的一代」，余華、北村等人面對泥沙俱下的現實和失衡的人心風景時，往往選擇了以西方基督教文化資源作為精神出路。比如余華的《第七天》作為其創作生涯中「距離現實最近的一次寫作」〔註38〕，在巨大的「新聞」網絡中編織起了一個個嚴峻的現實故事，凸顯了作家的現實焦慮症。除了現實維度的正面強攻，《第七天》還流露出了宗教救贖的意味。無論是借用《舊約·創世紀》中上帝創造世界的神話來組織結構還是亡靈視角的選擇抑或「死無葬身之地」的打造，都象徵著《第七天》與《聖經》的密切關聯，「當然中國有頭七的說法，但是我在寫的時候腦子裏全是《創世記》。」〔註39〕當然，除了敘事學維度的結構與視角，我們也不妨從宗教救贖的角度來觀照這部現實之作。在光怪陸離的現實景觀中，面對無法安息的靈魂，作家構築了芳草萋萋、碩果累累、眾生平等的「死無葬身之地」，這個近乎天堂的陰間聖地到處散發著人性之善的光芒，照亮著陽世角落裏晦暗的世道人心。作者也試圖以彼岸的溫情和關懷為現實中焦慮不安的人們探索著精神出口。當然，對於此岸世界匆匆行走的眾生而言，彼岸的理想世界能否讓他們越過障礙，真正收穫內心的寧靜呢？

對於更多書寫傳統鄉土中國的作家來說，他們在探索精神拯救的道路時，往往會從古老民間文化的富礦中進行資源萃取。比如葉煒在鄉土三部曲《富礦》《福地》《后土》中始終相信「神性光芒」，而對於蘇北魯南的麻莊百姓而言，無論是土地神還是麻姑廟，其文化根底中都蘊含著「土地崇拜」的信仰。特別是在《后土》中，與新時代城市化進程中重建農民與土地的關係相得益彰，作家經由魔幻筆法設置了「土地爺」的神聖形象，企圖借助「土地爺」這一麻莊老一代農民普遍的信仰來鞏固當代人對土地的敬畏之心和根性意識。然而，當麻莊被拖拽著進入現代化的戰車上高速行走時，敬天法地的麻莊百姓面對失地、失鄉的現狀，對土地爺也開始了背叛與遠離，甚至轉而尋求其他信仰。對此，作家和他在小說中的代言人劉青松均心急如焚。在他們眼裏，只有東方國度傳統信仰深處的土地神才能為麻莊子民遮風擋雨，讓他們在困局中轉危為安，也只有依靠「土地」才能真正建構鄉土中國的未來圖景。然而，鄉

〔註38〕余華：《〈第七天〉之後》，《我們生活在巨大的差距裏》，北京：北京十月文藝出版社，2015年，第214頁。

〔註39〕余華：《〈第七天〉之後》，《我們生活在巨大的差距裏》，北京：北京十月文藝出版社，2015年，第214～215頁。

土現實果真如他們設想一般嗎？雖然作者運用了諸多波詭雲譎的魔幻筆法，但是土地神的傳奇力量尚未和現代化進程中中國鄉村的發展境況完全貼合。而且，在全球化逐步深化的時代和百年未有之大變局下，農民的信仰出現波動或越發多元化並非如臨大敵。當然，伴隨著劉非平、王東周等遊子的歸來，麻莊旅遊股份有限公司成立，蘇北魯南的百姓們再度神奇般地與「土地神」同心同德，被懸置的信仰重見天日，人們又開始虔誠地供奉。在這個過程中，麻莊大地子民們的選擇太過於隨意化和傳奇化，土地信仰也被極端神化，以致於其他信仰或文明完全被壓制住。我們認為，作家可能希望以此來解決當代人信仰缺失的危機或文化根源的迷失，不過，文學除了要重建人類的心靈秩序，更應該依據變動不拘的時代發展做出理性的現實判斷。

　　隨著時代的演進與文化的融合，面對現實中的光怪陸離之相，也有不少作家開始從異質性的文化中來尋求協同性力量，致力於站在中西文化信仰融合的角度來提取精神資源，尋求突破困境的門扉。關仁山在小說《麥河》與《日頭》中不僅迷戀現實，結合鄉村振興的戰略來尋找現實通道，而且注重斑斕多姿的時代畫卷中眾生的精神探微，希望借助打撈文化資源來復興鄉土文明、重整精神圖譜，讓當代人的精神世界與新時代的城市化進程耦合對接。作家在小說中首先打撈的依然是傳統的東方文明。不論是樂亭大鼓、土地神，還是狀元槐、天啟大鐘抑或魁星閣，均為日頭村源遠流長的「文脈」，也是古老東方國度在歷史沉澱中孕育的文明象徵，更是作家進行小說創作的精神支撐與文化力量，「我在創作中依靠的是天啟大鐘、狀元槐和魁星閣，這是日頭村三個有文化含量的載體。」〔註40〕這種文化含量如何彰顯呢？修建魁星閣意味著傳統文化的重塑及延續，狀元槐的自燃與復活預示著中國傳統文化的復興，天啟大鐘的轟然倒塌和重新鑄就也暗含著先破後立、絕望中育新機的希望。在層出不窮的文化隱喻中，作家憧憬借助傳統文化的復興來給時代激變中的眾生以精神安慰，也企圖由此拯救人心，衝破困境。除了取法中國傳統文化，作家還讓小說中的精神勘探者和文脈重鑄者金沐灶從東西方異質性的宗教信仰中來尋找文化力量。這個代表時代良心的人物從道士、家人、槐兒等不同人物那裡接受了道家文化、佛教文化、儒家文化以及基督教文化，並將之融匯成大愛、寬容與向善的思想源泉，藉此重振傳統鄉村文明，並讓現實中奔走的眾生在文化

〔註40〕唐詩雲、關仁山：《關仁山：作家應與自己所處時代肝膽相照》，《長江商報》2015 年 4 月 6 日第 B22 版。

吸氧中獲得心靈的安寧與靈魂的激蕩，學會熱愛生活、敬畏大地、悲憫他人、接續文脈，在精神難題的解決中來化解現實生活的困頓。當然，我們要深究的是，金沐灶這個具有犧牲精神的英雄人物是否過於理想主義？東西方宗教信仰的融合如此輕而易舉就能完成嗎，這種交匯勢必會在「加法」運算中爆發出強大的文化力量嗎？面對錯綜複雜的現實境況，作家是否誇大了宗教拯救的社會學作用。事實上，結局出現的「黃鐘幻境」是否也隱喻著作家自己對文化力量效用的懷疑？近年來，陳應松筆下諸多強勢介入現實的小說也暴露了上述偏限。不過，與葉煒、關仁山等作家不同，決絕的陳應松並未給竭蹶困頓的人們尋找到寬闊平坦的現實大道，於是，他給處於社會邊緣的底層們貢獻了精神出路，希望從《金剛經》《聖經》《黑暗傳》《大悲咒》等民間文化、佛教文化或基督教文化中汲取養分，喚醒眾生對自然、生命的敬畏，撫平心靈的創傷。似乎精神世界得到修復後，物質生活的窘迫就足以抵擋。事實上，不管是看上去靜謐神奇的山野深林還是落霞與孤鶩齊飛的荊州水鄉，其現實底色都不絢麗。精神力量也許能在某種程度上召喚離散化的人心，可對於客觀、現實的生存境況而言，宗教救贖和替代性補償的偉力究竟有多強大呢？在我們看來，它不能成為人們真正衝破困頓與霜寒之境的「靈丹妙藥」。

第三節　敘事姿態的偏頗與文學的理想之光

新世紀以來，不同代際的作家紛紛握住時代脈搏，踩著時代鼓點，向著複雜多變的當代中國現實和中國經驗回歸，呈現出難能可貴的直面現實的勇氣。當然，由於「介入現實主義」小說與現實的高度相關性以及新媒體時代大眾傳媒的推波助瀾，我們也不難發現，並不是所有介入現實的小說都內孕嚴肅的文學根底、崇高的理想信念、向善的大愛精神與向上的價值取向。有些作品是假借介入文學的批判之名來行「賣慘」之實，呈現出怨氣彌漫的態勢，正面的價值之聲匱乏，也有部分作品在強調介入藝術的多元化和異質化時陷入了「為藝術而藝術」的窠臼，甚至進入了「油滑」與「虛無」的迷局。無論是哪種寫作模式，在偏頗的立場與敘事姿態中，文學的理想之光都黯然失色，缺乏了一種「偉力」的氣質，也導致了文學精神的萎縮與矮化。

一、「黑暗美學」的敘事迷途與文學的內聚精神

在底層文學、打工者文學等「介入現實主義」小說中，「苦難」往往成為

揮之不去的陰影，這固然與時代裂變中爆發的社會問題或精神症候相關。作家們作為時代的良知，有責任揮斥方遒，激濁揚清，劈開污濁的世相，挑出現實的膿瘡。然而，近年來，作家們在介入現實和書寫苦難時也出現了「為苦難而苦難」的「泛苦難」現象。不少作家提及現實便一頭扎進苦難的泥潭裏，不遺餘力地刻畫生活的殘酷與黑暗。與苦難如影隨形的是，他們不斷挖掘人性之惡，展覽人性的惡之花，出現了諸多「惡魔式人物」。這種苦難彌漫式的書寫不僅存在於老一代作家筆下，也在新生代作家甚至新時代作家筆下層出不窮。不同代際作家筆下都顯露出渲染苦難或苦難極致化的蹤影，而且作家們往往將視野侷限於底層農民、下崗工人、城市農民工、空巢老人、留守兒童等弱勢群體身上，自然就出現了題材雷同、情感單一、怨憤遍布的弊端，甚至這些群體遭遇的苦難經歷都是類似的。這也說明此番苦難書寫的話語資源常常並非各代切實的體認，而是一種經驗模板的套用。

　　作家們在介入當代現實時之所以出現堆積苦難的「賣慘」跡象與理想光輝的缺失，首先與作家對轉型時代中國現實與中國經驗的隔膜息息相關。作家們置身於這個變幻多端的時代，每天接收著各種媒介推送的爆炸性的社會新聞，當中包括形態各異的苦難集錦，落實到文本後看似是一種當下性和在場性的現實寫作。然而，當代中國現實既錯綜複雜又變動不羈，苦難也有多重光和影的包裹，如果作家們只是走馬觀花般地掠過而無法進入現實的核心，那麼，他們只能呈現抽象化的苦難現實。其次，這種「泛苦難化」的怪象出現也和部分作家精神的怠惰分不開。畢竟，要腳踏實地地楔入現實、體驗現實、丈量現實並不容易，而且在介入現實時還要燭照出個體對時代的洞見或勘探當代人的精神雲圖，這就更要費一番心力了。當代文壇的諸多作家已經缺乏了捕捉與感受鮮活現實的能力。不過，他們深知苦難依舊是當下中國現實的一味元素，而書寫苦難顯然比勘探真實的現實境況要容易得多。此外，似乎越加重砝碼書寫苦難，就越能昭示出現實精神與正義激情。所以，作家們才大肆渲染苦難，以致於無病呻吟。就新世紀以來的媒介環境來看，作家們之所以在介入現實時對「苦難」書寫癡迷不已，也和媒介誘導密切相連。自新世紀初以來，底層文學強勢崛起並方興未艾。新聞傳媒在為這些作品宣傳造勢時不斷強調「苦難」的因子，寄希望通過憤怒、煽情的故事來博取大眾的眼球。當「苦難」成為消費品後，一些作家看中了「現實」與「苦難」疊加之後的財富密碼，於是，趨之若鶩，形成了一股廉價之風。

　　在我們看來，新世紀以來的作家在介入泥沙俱下的現實世相時固然可以反映人們的生存苦難與心靈苦難，畢竟，苦難和文學的淵源由來已久，可以說是文學永恆的母題，而世界文學史上歷久彌新的經典幾乎都講述了承擔苦難和走出苦難的歷程。我們中華民族也是一路歷經風霜來到繁花相送，走過了命途多舛的運行軌跡。直到今天，「苦難」並未消失，仍然是轉型時代諸多百姓城鄉現實生活中的一個重要字眼。關鍵問題是，作家們在介入蕪雜葳蕤的現實時如何呈現苦難、看待苦難、解決苦難。他們筆下大面積的苦難是作家個體的切身體驗還是外在因素的牽引？如果作家們基於社會正義和知識分子的良知，從療救世道人心出發來揭露黑暗、探索人性之惡，表達嚴肅的批判與反思精神，那麼，這種苦難書寫無疑具有警醒作用和積極力量。但是，如果作家是受外力所惑或能力不逮而一味沉醉於黑暗和苦難的沼澤，那麼，其苦難堆積的文字只會讓人陷入憎恨、頹唐與幻滅的情緒中，將人心推向逼仄與陰暗的地窖，成為一種負能量的寫作。無論如何，「介入現實主義」文學不能僅僅停留在苦難、黑暗、人性之惡的書寫上，在敞開這些污穢的景觀時要打造出一個更高遠的精神參照系。畢竟，文學最終應該散發出溫暖和理想的光亮。也即，作為一項關乎人類靈魂的偉業，文學在介入現實時要具備批判和反思的能力，打破種種歷史遺留和現實造成的厚障壁，更要彰顯積極呼籲與引導的作用，在給讀者帶來「震驚」體驗與理性指引時不斷深入人性深處、關切人類命運、探索未來現實的可能性。對於作家們來說，面對現實的晦暗一面，他們既要葆有刮骨療毒的魄力，更要呈現化醜為美的能力和拔擢人性的抱負，既要保持著醒世獨立的懷疑精神，更要葆有著對生活自身的溫情、寬厚與敬意，懷揣著對民族的大愛、理想與希望，在苦難與黑暗中孕育出新的中國精神，提供新的美學裝置。

二、「油滑敘事」的話語歧變與文學的理想之光

　　閱讀新世紀「介入現實主義」小說，不難發現，諸多作家面對當代中國現實的光怪陸離之相，在憂心忡忡的同時採取了一種調侃、反諷或怪誕化的書寫方式，希望衝破傳統還原式或貼面書寫式的「舊制」，在極端化或陌生化的美學路徑中來呈現先聲奪人的效果和爆破式的警醒能量，經由巨大的衝擊力來「為新生活開闢通路」〔註41〕。然而，在諸多讓人眼花繚亂的藝術技巧下，作

〔註41〕劉碩良主編：《諾貝爾文學獎授獎詞和獲獎演說》，桂林：灕江出版社，2013年，第 342 頁。

家們也容易踏進「油滑」與「虛無」的窠臼，難以真正進入當代中國現實的核心地帶，無法抵達人們精神症候的病灶處，甚至，作家們本應懷揣的悲憫與大愛精神也在調侃、戲謔、反諷等編織而成的怪誕藝術中消解殆盡。更遺憾的是，對部分作家而言，鮮活複雜的當代現實經驗只是成為了一種喧囂的寫作道具或背景，他們借助當下中國現實的載體來展開「為藝術而藝術」或「為怪誕而怪誕」的炫技式寫作。以劉震雲為例，在《我不是潘金蓮》《吃瓜時代的兒女們》等小說中，作家熱衷於採取誇張、幽默、變形的怪誕手法來指陳當代中國發展模式下的生存情狀、精神面貌與政治生態，本意是表達他對當代中國現實的關切。不過，在「擰巴」的敘述與極端的反諷中，作家的文筆仍然不時露出「油滑」的痕跡，這尤其可從主要人物李雪蓮和牛小麗的形象塑造、荒誕不羈的敘事話語、層出不窮的巧合事件中看出來。分析這些小說中傳奇化的怪誕筆法和「沒心沒肺」的故事講述，雖然作家旨在「用幽默化解嚴酷的現實」〔註42〕，但讀者深刻體會到的往往是他對現實的一番戲謔與嘲弄，缺乏了對邊緣小人物的同情與悲憫之態，看不到他對物慾橫流的時代中「吃瓜者」的嚴肅批判。此外，小說中屢見不鮮的傳奇事件與偶然奇遇也將現實帶給普通大眾的創傷沖淡，甚至，李雪蓮、牛小麗等小人物對現實的反抗也在怪誕和狂歡敘述中被消解於無形，暴露出「虛無」的意味。閻連科在《炸裂志》《受活》《風雅頌》等介入當代中國現實的小說中採取了神實主義筆法，希望以此洞察那些看得見和看不見的殘酷的真相，但是在極端化的狂想與怪誕下，小說還是容易滑向失控與失序的深淵，也會暴露出油滑甚至輕浮的端倪。比如《炸裂志》中老村長朱慶方被村民　人一口痰淹死、孔明亮率眾人扒火車、朱穎率領炸裂的女兒們去城市賣淫等情節就顯得過於極端、戾氣太重。儘管閻連科認為他的寫作總是擎著「不滅的理想主義火炬」〔註43〕，但同樣承認他的小說缺少「托爾斯泰那種無邊、偉大的愛；陀思妥耶夫斯基那種擁抱苦難、承受一切的胸懷；魯迅面對人的不幸時那種在批判面孔之下的無奈的苦笑。」〔註44〕莫言的《四十一炮》《生死疲勞》等小說在天馬行空的想像、狂放不羈的語言以及光怪陸離的

〔註42〕 趙明河：《用幽默化解嚴酷的現實——訪作家劉震雲》，《人民教育》2011 年第 7 期。

〔註43〕 陳眾議、閻連科：《文學資源兩人談》，《渤海大學學報（哲學社會科學版）》 2008 年第 4 期。

〔註44〕 閻連科：《文學的愧疚——在臺灣成功大學的演講》，《揚子江評論》2011 年第 3 期。

魔幻技法下同樣出現了不少怪謬的情節。比如《生死疲勞》中異想天開的黃互助與藍解放竟然通過野合的方式去悼念亡人。不管莫言如何強調衝破一切束縛、張揚生命強力的酒神精神，這種情節都顯得過於浮誇，而且在人物極度的放縱中也難以看到作家對逝者的尊重。由此，可以說，在介入現實的小說中，並不是所有的絕望書寫都蘊含著對未來的憧憬，也並非所有的批判性言說背後都滲透著作家的大愛。

這種敘事的偏頗或油滑的痕跡也常出現在「60後」那些先鋒頑童以及稍後風靡一時的新生代作家筆下。比如就曾經的先鋒騎士余華而言，他的《兄弟》《第七天》等與當代中國現實短兵相接的小說即不乏這些弊端。尤其是《兄弟》，在怪誕、狂歡、放肆筆法的作用下，當中無論是廁所偷窺還是處美人大賽等群魔亂舞的全民狂歡事件，在眾聲喧嘩中都不乏失控的嫌疑。儘管余華認為在這種情慾交織且放浪形骸的書寫中呈現的是他對現實希望與絕望的思考，「滿懷希望的作家往往會寫出絕望之書，滿懷絕望的作家往往會寫出希望之書」〔註45〕，他也的確經由五花八門的荒誕筆法強有力地批判了時代高速行進過程中泥沙俱下的亂象，甚至將這種畸態極致化，我們認為上述鬧劇般的情節仍然缺乏了必要的理性。作家東西在《篡改的命》中同樣借助「改命」這一荒誕事件和誇張、變形的藝術手法來揭露「草根」進城並獲得身份認同的艱難。不過，在汪家三代人為改命而一邊堅守、一邊墮落的悲劇與絕望命運中，作家還是在小說的細部顯現出了油滑的端倪。比如文中高考被冒名頂替的汪長尺進入城市後便開始了源源不斷的「失去」之旅——去勢、送子、離婚、自盡。這些本是現實生活中難以承受的生命之重，然而，作者卻以「別逗了，我的小心臟會受不了的」「……最好提前打聲招呼，讓我的小心臟別跳得那麼急」「站在西江大橋欄杆上，duang地一下」等油滑的語言來消解了殘酷現實帶來的切膚的疼痛。儘管東西也發出了與余華幾乎如出一轍的感慨，「沒有絕望的人是不會熱愛生活的。一個特別熱愛生活的人，才會寫出絕望」〔註46〕，可這些遠離崇高的「惡搞」型文字對困境中艱難跋涉的個體依舊缺乏了必要的體恤、尊重與悲憫。究其根底，這番「油滑」並非完全由怪誕的技術導致，而仍然取決於作家的主體情感，「小說敘事中的油滑，說到底並不是一種技術問題，

〔註45〕陳輝、余華：《余華：滿懷絕望去寫希望之書》，《北京晨報》2013年8月11日第A24版。

〔註46〕張雅娟：《汪長尺太艱難了，我自己都寫哭了》，《錢江晚報》2016年4月17日第B002版。

而是創作主體對待世界和人生的態度問題，是有情與無情、虔誠與戲耍、嚴肅與輕浮的問題。」〔註47〕應該說，無論作家們介入何種風雲變幻的現實，經由怎樣離經叛道的文學路徑去抵達現實，他們都要積聚飽滿的精神力量，努力調適好自己的價值姿態，與人民共呼吸、共命運，在「建設性」的力量中給人們帶去溫情、理想與「光」的期待。畢竟，「好的文學，總是力圖在『生活世界』和『人心世界』這兩個場域裏用力。」〔註48〕正如世界文學史上的大師們一樣，像卡夫卡也極盡所能去書寫時代之惡，果戈理毫不留情地諷刺庸俗的人性，魯迅對庸眾報以冷峻甚至憎恨的姿態，但並不影響他們內心深處高照的理想主義精神，卡夫卡在荒誕中仍舊保留著希望的洞口，果戈理在黑暗中依然繪就了光明的未來圖景，魯迅在橫眉冷對千夫指的背後同樣保持著俯首甘為孺子牛的深情。他們與現實世界的陰影不屈不撓地鬥爭，但是，始終信仰光明的力量。畢竟，文學如燈，作家們要以如椽之筆去「點亮人生的幽暗之處」〔註49〕，在揭露現實的困頓、霜寒與陰暗之後依然「得給人生煨起一堆向天的火焰」〔註50〕，照亮人們前行的方向。

〔註47〕洪治綱：《小說敘事中的「油滑」》，《文藝爭鳴》2020 年第 4 期。

〔註48〕謝有順：《此時的事物》，南京：江蘇教育出版社，2005 年，第 2 頁。

〔註49〕鐵凝：《文學是燈：東西文學的經典與我的文學經歷》，《人民文學》2009 年第 1 期。

〔註50〕韓宏、趙征南：《陳彥：作家應該給人以希望》，《文摘報》2021 年 3 月 2 日第 5 版。

參考文獻

1. 柳鳴九主編：《二十世紀現實主義》，北京：中國社會科學出版社 1992 年。
2. 彭啟華：《現實主義反思與探索》，武漢：武漢大學出版社 1992 年。
3. 孫郁：《精神洞穴的燭光 批判現實主義文學》，海口：海南出版社 1993 年。
4. 羅鋼：《敘事學導論》，昆明：雲南人民出版社 1994 年。
5. 陶東風：《文體演變及其文化意味》，昆明：雲南人民出版社 1994 年。
6. 蔣承勇：《十九世紀現實主義文學的現代闡釋》，北京：中國社會科學出版社 1996 年。
7. 張德祥：《現實主義當代流變史》，北京：社會科學文獻出版社 1997 年。
8. 張學正：《現實主義文學在當代中國（1976～1996）》，天津：南開大學出版社 1997 年。
9. 楊義：《中國敘事學》，北京：人民出版社 1997 年。
10. 申丹：《敘述學與小說文體學研究》，北京：北京大學出版社 1998 年。
11. 王一川：《中國形象詩學——1985 至 1995 年文學新潮闡釋》，上海：上海三聯書店 1998 年。
12. 何林編：《薩特：存在給自由帶上鐐銬》，瀋陽：遼海出版社 1999 年。
13. 葉舒憲主編：《文學與治療》，北京：社會科學文獻出版社 1999 年。
14. 管文虎：《國家形象論》，四川：成都科技大學出版社 2000 年。
15. 陳曉明：《表意的焦慮：歷史祛魅與當代文學變革》，北京：中央編譯出版社 2001 年。

16. 董小英：《敘述學》，北京：社會科學文獻出版社 2001 年。

17. 張鈞：《小說的立場——新生代作家訪談錄》，桂林：廣西師範大學出版社 2001 年。

18. 賀仲明：《中國心象——20 世紀末作家文化心態考察》，北京：中央編譯出版社 2002 年。

19. 許紀霖：《中國知識分子十論》，上海：復旦大學出版社 2003 年。

20. 邵燕君：《傾斜的市場——當代文學生產機制的市場化轉型》，南京：江蘇人民出版社 2003 年。

21. 南帆編：《二十世紀中國文學批評 99 個詞》，杭州：浙江文藝出版社 2003 年。

22. 李建軍：《小說修辭研究》，北京：中國人民大學出版社 2003 年。

23. 莫言：《小說的氣味》，瀋陽：春風文藝出版社 2003 年。

24. 姜廣平：《經過與穿越：與當代著名作家對話》，桂林：廣西師範大學出版社 2004 年。

25. 廖小平：《倫理的代際之維——代際倫理研究》，北京：人民出版社 2004 年。

26. 布衣依舊，畢飛宇等：《生於 60 年代》，上海：漢語大詞典出版社 2004 年。

27. 何衛青：《小說兒童——1980～2000：中國小說的兒童視野》，青島：中國海洋大學出版社 2005 年。

28. 崔志遠：《現實主義的當代中國命運》，北京：人民文學出版社 2005 年。

29. 王文革：《文學夢的審美分析》，武漢：華中師範大學出版社 2006 年。

30. 陳映芳：《「青年」與中國的社會變遷》，北京：社會科學文獻出版社 2007 年。

31. 溫儒敏：《新文學現實主義的流變》，北京：北京大學出版社 2007 年。

32. 殘雪：《殘雪文學觀》，桂林：廣西師範大學出版社 2007 年。

33. 李朝全：《文藝創作與國家形象》，北京：華藝出版社 2007 年。

34. 張未民等編選：《新世紀文學研究》，北京：人民文學出版社 2007 年。

35. 許紀霖主編：《公共空間中的知識分子》，南京：江蘇人民出版社 2007 年。

36. 雷頤：《歷史的裂縫 近代中國與幽暗人性》，桂林：廣西師範大學出版社 2007 年。

37. 周寧：《世界之中國：域外中國形象研究》，南京：南京大學出版社 2007年。

38. 童慶炳：《童慶炳談文體創造》，開封：河南大學出版社 2008年。

39. 烏丙安：《中國民俗學》，瀋陽：遼寧大學出版社 2008年。

40. 閻連科：《拆解與疊拼：閻連科文學演講》，廣州：花城出版社 2008年。

41. 李運摶：《中國當代現實主義文學六十年》，南昌：百花洲文藝出版社 2008年。

42. 謝有順：《文學的路標——1985年後中國小說的一種讀法》，廣州：廣東人民出版社 2009年。

43. 黃新原：《五十年代生人成長史》，北京：中國青年出版社 2009年。

44. 梁鴻：《「靈光」的消逝——當代文學敘事美學的嬗變》，北京：文化藝術出版社 2009年。

45. 陳平原：《中國小說敘事模式的轉變》，北京：北京大學出版社 2010年。

46. 尚重生：《當代中國社會問題透視》，武漢：武漢大學出版社 2010年。

47. 洪子誠：《作家姿態與自我意識》，北京：北京大學出版社 2010年。

48. 張清華：《存在之境與智慧之燈——中國當代小說敘事及美學研究》，福州：福建教育出版社 2010年。

49. 申丹：《西方敘事學：經典與後經典》，北京：北京大學出版社 2010年。

50. 陳思和：《中國文學中的世界性因素》，上海：復旦大學出版社 2011年。

51. 莫言：《我的高密》，北京：中國青年出版社 2011年。

52. 邵燕君：《新世紀文學脈象》，合肥：安徽教育出版社 2011年。

53. 馮肖華：《現實主義文學的時代張力 20世紀中國文學主潮的詩學價值》，北京：中國社會科學出版社 2011年。

54. 閻連科，張學昕：《我的現實 我的主義：閻連科文學對話錄》，北京：中國人民大學出版社 2011年。

55. 劉恪：《現代小說技巧講堂》，天津：百花文藝出版社 2012年。

56. 劉恪：《先鋒小說技巧講堂》，天津：百花文藝出版社 2012年。

57. 閻連科：《一派胡言——閻連科海外演講集》，北京：中信出版社 2012年。

58. 閻連科：《他的話一路散落》，北京：中國人民大學出版社 2012年。

59. 莫言：《用耳朵閱讀》，北京：作家出版社 2012年。

60. 張清華編：《中國當代作家海外演講》，北京：北京大學出版社 2012年。

61. 房偉：《中國新世紀文學的反思與建構》，北京：中國社會科學出版社 2012 年。

62. 丁帆：《中國鄉土小說的世紀轉型研究》，北京：人民文學出版社 2013 年。

63. 郭寶亮等：《新時期小說文體形態研究》，北京：中國社會科學出版社 2014 年。

64. 何言宏：《介入與超越》，北京：中國書籍出版社 2014 年。

65. 洪治綱：《中國新時期作家代際差別研究》，北京：人民出版社 2014 年。

66. 閻連科：《發現小說》，北京：人民文學出版社 2014 年。

67. 雷達：《新世紀小說概觀》，太原：北嶽文藝出版社 2014 年。

68. 朱小如：《對話 新世紀文學如何呈現中國經驗》，太原：北嶽文藝出版社 2014 年。

69. 蘇童，王宏圖：《南方的詩學：蘇童、王宏圖對談錄》，桂林：灕江出版社，2014 年。

70. 閻連科，梁鴻：《巫婆的紅筷子：閻連科、梁鴻對談錄》，桂林：灕江出版社 2014 年。

71. 張煒：《中年的閱讀》，北京：作家出版社 2014 年。

72. 陳應松：《寫作是一種搏鬥──陳應松文學演講集》，武漢：長江文藝出版社 2015 年。

73. 雷頤：《中國的現實與超現實──一個歷史學家的先見之明》，北京：語文出版社 2015 年。

74. 龍迪勇：《空間敘事學》，北京：生活‧讀書‧新知三聯書店 2015 年。

75. 楊慶祥：《80 後，怎麼辦？》，北京：北京十月文藝出版社 2015 年。

76. 余華：《我們生活在巨大的差距裏》，北京：北京十月文藝出版社 2015 年。

77. 陳曉明：《無邊的挑戰 中國先鋒文學的後現代性》，北京：中國人民大學出版社 2015 年。

78. 梁鴻：《作為方法的「鄉愁」──〈受活〉與中國想像》，北京：中信出版社 2016 年。

79. 邵燕君：《新世紀第一個十年小說研究》，北京：北京大學出版社 2016 年。

80. 蔣述卓等：《文化視野中的文藝研究與邊界拓展》，廣州：暨南大學出版社 2016 年。

81. 吳秀明等：《20 世紀文學演進與「中國形象」的歷史建構》，杭州：浙江

大學出版社 2016 年。

82. 徐賁:《人以什麼理由來記憶》,北京:中央編譯出版社 2016 年。

83. 顧超:《文學的彼岸:中國作家的話語理性與社會想像》,北京:中央編譯出版社 2017 年。

84. 盧歡:《唯有孤獨才有可能思考:當代著名作家訪談錄》,南京:江蘇鳳凰文藝出版社 2017 年。

85. 張煒:《張煒文學回憶錄》,廣州:廣東人民出版社 2017 年。

86. 李洱:《問答錄》,上海:上海文藝出版社 2017 年。

87. 周新民:《中國「60 後」作家訪談錄》,北京:中國社會科學出版社 2017 年。

88. 賀仲明:《本土經驗與民族精神》,廣州:廣東高等教育出版社 2018 年。

89. 王純菲:《西學東漸與文學變革》,北京:社會科學文獻出版社 2019 年。

90. 李遇春:《新世紀文學觀察叢書 新世紀文學微觀察》,太原:北嶽文藝出版社 2019 年。

91. 〔英〕克萊夫·貝爾:《藝術》,周金環、馬鍾元譯,北京:中國文藝聯合出版公司 1984 年。

92. 〔美〕芬克斯坦:《藝術中的現實主義》,趙澧譯,上海:上海文藝出版社 1985 年。

93. 〔美〕W·C·布斯:《小說修辭學》,華明等譯,北京:北京大學出版社 1987 年。

94. 〔美〕瑪格麗特·米德:《代溝》,曾胡譯,北京:光明日報出版社 1988 年。

95. 〔法〕薩特:《詞語》,潘培慶譯,北京:生活·讀書·新知三聯書店 1988 年。

96. 〔蘇〕蘇奇科夫:《現實主義的歷史命運 創作方法探討》,傅仲選等譯,北京:外國文學出版社 1988 年。

97. 〔以色列〕里蒙—凱南:《敘事虛構作品》,姚錦清等譯,北京:生活·讀書·新知三聯書店 1989 年。

98. 〔美〕格蘭特等著:《現實主義·浪漫主義 藝術歷程的追蹤》,關鳴放等譯,西安:陝西人民出版社 1989 年。

99. 〔美〕華萊士·馬丁:《當代敘事學》,伍曉明譯,北京:北京大學出版社 1990 年。

100.〔法〕熱拉爾・熱奈特：《敘事話語 新敘事話語》，王文融譯，北京：中國
　　社會科學出版社 1990 年。

101.〔英〕雷蒙德・威廉斯：《文化與社會》，吳松江等譯，北京：北京大學出
　　版社 1991 年。

102.〔美〕茲比格涅夫・布熱津斯基：《大失控與大混亂》，潘嘉玢、劉瑞祥譯，
　　北京：中國社會科學出版社 1994 年。

103.〔法〕雅克・勒戈夫：《中世紀的知識分子》，張弘譯，北京：商務印書館
　　1996 年。

104.〔法〕福柯：《權力的眼睛》，嚴鋒譯，上海：上海人民出版社 1997 年。

105.〔蘇〕巴赫金：《巴赫金全集》，白春仁等譯，石家莊：河北教育出版社 1998
　　年。

106.〔美〕納博科夫：《說吧，記憶》，陳東飆譯，長春：時代文藝出版社 1998
　　年。

107.〔美〕漢娜・阿倫特：《人的條件》，竺乾威等譯，上海：上海人民出版社
　　1999 年。

108.〔德〕哈貝馬斯：《公共領域的結構轉型》，曹衛東等譯，上海：學林出版
　　社 1999 年。

109.〔美〕愛德華・W・薩義德：《東方學》，王宇根譯，北京：生活・讀書・
　　新知三聯書店 1999 年。

110.〔德〕馬丁・海德格爾：《存在與時間》，陳嘉映、王慶節譯，北京：生活・
　　讀書・新知三聯書店 1999 年。

111.〔美〕埃里希・弗羅姆：《被遺忘的語言》，郭乙瑤、宋曉萍譯，北京：國
　　際文化出版公司 2001 年。

112.〔德〕瓦爾特・本雅明：《德國悲劇的起源》，陳永國譯，北京：文化藝術
　　出版社 2001 年。

113.〔美〕愛德華・W・薩義德：《知識分子論》，單德興譯，北京：生活・讀
　　書・新知三聯書店 2002 年。

114.〔美〕戴衛・赫爾曼：《新敘事學》，馬海良譯，北京：北京大學出版社 2002
　　年。

115.〔美〕雅各比：《最後的知識分子》，洪潔譯，南京：江蘇人民出版社 2002
　　年。

116.〔德〕卡爾・雅斯貝斯：《時代的精神狀況》，王德峰譯，上海：上海譯文出版社 2005 年。

117.〔法〕薩特：《薩特文集》，施康強等譯，北京：人民文學出版社 2005 年。

118.〔美〕愛德華・W・薩義德：《人文主義與民主批評》，朱生堅譯，北京：新星出版社 2006 年。

119.〔法〕古斯塔夫・勒龐：《烏合之眾：大眾心理研究》，馮克利譯，桂林：廣西師範大學出版社 2007 年。

120.〔法〕羅傑・加洛蒂：《論無邊的現實主義》，吳岳添譯，天津：百花文藝出版社 2008 年。

121.〔美〕蘇珊・桑塔格：《同時——隨筆與演說》，黃燦然譯，上海：上海譯文出版社 2009 年。

122.〔美〕瑪莎・努斯鮑姆：《詩性正義——文學想像與公共生活》，丁曉東譯，北京：北京大學出版社 2010 年。

123.〔英〕以賽亞・伯林：《現實感：觀念及其歷史研究》，潘榮榮等譯，南京：譯林出版社 2011 年。

124.〔美〕漢娜・阿倫特：《過去與未來之間》，南京：譯林出版社 2011 年。

125.〔奧〕弗洛伊德：《釋夢》，孫名之譯，北京：商務印書館 2011 年。

126.〔奧〕弗洛伊德：《精神分析引論》，高覺敷譯，北京：商務印書館 2011 年。

127.〔意〕卡爾維諾：《美國講稿》，蕭天佑譯，南京：譯林出版社 2012 年。

128.〔英〕雷蒙・威廉斯：《鄉村與城市》，韓子滿等譯，北京：商務印書館 2013 年。

129.〔法〕米蘭・昆德拉：《小說的藝術》，董強譯，上海：上海譯文出版社 2014 年。

130.〔美〕蘇珊・桑塔格：《疾病的隱喻》，程巍譯，上海：上海譯文出版社 2014 年。

131.〔美〕漢娜・阿倫特：《極權主義的起源》，林驤華譯，北京：生活・讀書・新知三聯書店 2014 年。

132.〔荷〕米克・巴爾：《敘述學 敘事理論導論》，譚君強譯，北京：中國社會科學出版社 2015 年。

133.〔美〕勒內・韋勒克：《批評的諸種概念》，羅鋼等譯，上海：上海人民出版社 2015 年。

134.〔瑞士〕卡爾·榮格:《榮格自傳:回憶 夢 思考》,張豔華譯,北京:清華大學出版社 2017 年。

135.〔法〕加斯東·巴什拉:《夢想的詩學》,劉自強譯,北京:生活·讀書·新知三聯書店 2017 年。

後　記

　　伴隨著「位卑未敢忘憂國」的古風旋律，翻檢來路，發現自己對「介入現實」話題的研究從 2014 年到現在已有九年，畢業到鹽城師範學院文學院工作也將近五年。雖然時間不短，但成果頗少，屬實慚愧。儘管如此，我依然鍾情於這個話題並仍將繼續進行。因為，在這個話題上，我看到了作家與天地萬物風雨同行的公共情懷，目睹了他們經由文學想像打造的詩性正義圖景。這些對話公共生活的文字提醒我要帶著「昆蟲」般的「複眼」去關注現實，感受時代危機中人們的「痛」與「愛」。同樣，它也告誡我在時代的浩波巨瀾中要錨定自身，不忘初心，正如「螢火一般，也可以在黑暗裏發一點光」，成為一個「明智的讀者」。如今，這本小書在磕磕絆絆中得以完成，要感謝的人很多。

　　2009 年我進入南京師範大學讀本科，2013 年在文學院攻讀中國現當代文學專業的碩士，2015 年正式讀博。如果說碩士階段只是悄然打開了學術之窗，那麼博士則要踏入學術之門。當然，入門並非易事，學術上的蹣跚學步總會與焦慮和疼痛相伴相生。回想起來，三年的博士之路，每一步都走得異常謹慎卻又如此匆忙。面對一個大的學術課題，意味著我常因知識的薄弱與靈感的缺失而失落、苦痛，在焦慮不安中迷失自己。此時，導師朱曉進教授的建議、提點及鼓勵往往成為我前行道路上一股強大的動力與精神支柱，讓我回望自己的內心，重審並堅定自己的寫作。在此，我要鄭重感謝朱老師。每一次寫作，無論是選題還是初稿抑或定稿，都凝結著朱老師的心血。朱老師每次批改都會強調章節之間的邏輯性和論文的中心問題，要求論從史出和史論結合。而今，雖然幾經修改，但這幾個問題依然或多或少存在著。儘管當初執意選擇了文學這

個專業，但時常感覺徘徊於真正的文學之外，在寫作過程中，衷心感謝朱老師對我無私的幫助和耐心的指導，「基本特徵—存在之由—變遷之故—歷史啟示」這 16 個字始終刻在我的腦海裏，使我少了一絲迷惘，多了一份執著，也讓我向著「博通」和「精通」的學術之路而努力。

與談鳳霞老師的緣分從碩士就開始了，談老師為人謙和，學識淵博，無論是在專業學習還是在生活中，都給予我極大的幫助與支持。碩士階段的我剛剛進入中國現當代文學這個大家庭，對不同維度的學術問題都抱持著探索熱情，比如挖掘學術史料的版本研究、臺靜農研究和王魯彥研究，或從小問題出發來切入魯迅研究，當然，也包括直擊當下學術熱點的文字。彼時的文章雖然稚嫩粗糙，但談老師幾乎都會予以鼓勵和提點，推著我勇敢前行。特別是關於介入現實這個閎深的話題，談老師充分肯定其現實意義和文學價值，從始至終都很支持我去探索它的奧秘。到了博士階段，我們的師生情分依舊延續著，談老師常常關心著我的學習與生活，為我解惑和打氣。即使是工作後，面臨低谷，談老師也鼓勵我逢山開路、遇水架橋。她溫柔而知性的話語讓我相信「秋雖然來，冬雖然來，而此後接著還是春。」跟隨著談老師，我也從兒童文學的閱讀與翻譯中獲得了一種與眾不同的詩性韻致，讓我回味童年的冒險和勇敢遊戲，追尋生命的那段純真，在不忘初心中遇見更好的自己。

選擇讀博以及去高校工作，都與我對學術的熱情和嚮往密不可分，儘管它也常常伴隨著痛苦。重返時間之流，我想我對「學術」或「科研」的接觸與理解其實源於我的本科畢業論文，也許論文本身的價值不大，但在為文過程中，多少有些收穫。對我而言，最大的收穫或許即是對學術的親近感和對「介入」的接觸。在此要特別感謝沈杏培老師。2012 年秋，我在沈老師的推薦下選擇了當時剛獲諾貝爾文學獎殊榮的莫言。我深知畢業論文對我而言不是結束，更是開始。於是，接下來的過程中，我踏踏實實地開始寫作，閱讀了大量小說文本，也涉及散文、訪談錄、演講集以及關於莫言的諸多爭議，這些對論文並不一定有用，但對於我自己一定有幫助。至少，相比以前，我系統閱讀了一個作家的作品，升騰起研究的熱情，能試圖探溯和索解一個作家的心路歷程，也看到了文學中的社會現實。彼時，對於學術上幾乎一窮二白的我來說，沈老師無疑扮演著引路人角色。無論是他對學術的沉潛姿態，還是孜孜不倦的探索精神，抑或批評的風骨和文化情懷，都給我樹立了榜樣。爾後，也是在沈老師的鼓勵下，我在進入鹽城師範學院後重拾「介入現實」這一讀書期間未完成的話

題，繼續開榛闢莽。在寫作書稿過程中，我曾多次向老師請教，老師總是耐心細緻的解答。可以說，這本書稿的完成離不開沈老師的幫助。

感謝南京師範大學文學院所有老師的培育之恩，讓我對文學多了一份嚮往，特別是現當代文學的楊洪承老師、譚桂林老師、何平老師、劉志權老師、李瑋老師等諸位老師，在治學思路、研究方法、學術精神和價值立場上都引領著我前行。

本書的出版受到江蘇省社科基金項目的資助，也得到了鹽城師範學院文學院和社科處各位領導及老師的大力支持，衷心感謝！

一路走來，我也深深感謝家人的理解和支持。我的父母雖然不明白書稿的研究內容，但總是鼓舞並相信著我，默默地為我付出著。我的先生支持我學術上的一切決定，特別是當我受挫、疲憊或失落時，他總是耐心開導我，陪我去「看夕陽，看秋河，看花，聽雨，聞香，喝不求解渴的酒，吃不求飽的點心。」

雖然這本書稿中還存在許多粗疏和不足，但在為文過程中，我真正閱讀過，思考過，掙扎過，也暢快過，它無疑讓我與文學越來越近，這或許值得欣慰。在一個話題上斷斷續續花了近十年時間，當中有過失落、彷徨和迷惘，也不乏歡樂、掌聲與榮耀。如今，隨著小書成型，回望來時的路，我想說無愧於人，也無愧於己，當年的初心、童真和倔強未曾失卻，也逐漸學會沉潛，接受挑戰，膽敢逆流而上。我仍希望成為《過客》中那個毅然前行的過客，也願意扮演《秋夜》中那朵「瑟縮的做夢的小紅花」，即使在冷的夜氣中，也依然會「夢見春的到來」。